약사의 혼잣말

7

휴우가 나츠

일러스트
시노 토우코

마오마오 가
커다란 냄비에 붕대를
푹푹 삶고 있는데….

"옌옌,
붕대 좀
집어 줘."

야오 는 성장 발육이 좋고
성품이 시원시원한 소녀였다.
일자리를 찾지 못한다 해도
아내로 맞이하고 싶어 할 남자는
수없이 많을 듯했다.

옌옌 은 어딘가 한 걸음 뒤로 물러나 있다는 인상에,
표정 변화가 거의 없는 여자였다.
하지만 얼굴 생김새는 아름다웠고
무엇이든 할 수 있다는 분위기를 풍겼다.

"네, 야오 님."

자즈굴 은 설레는 마음으로
팔짝팔짝 뛰며,
빨리 배에 타고 싶다고 생각했다.

진시 는 찻잔을 흔들었다.

"이 차는
누가 가져다
놓았지?"

몹시 수상한 그림자 하나가
뒤에서 따라왔다.
마오마오는 그 존재를 무시하고 싶었으나
자꾸만 시야 한구석에 들어왔다.
자기는 미행을 하고 있다고
생각하는 눈치였으나
어설픈 나머지 다 보였다.
누가 따라오고 있었느냐면….
지저분한 수염에 여우 같은 눈.
스스로는 멋이라고 부렸는지 몰라도
전혀 쓸모없는 외알 안경.
여기까지 말하면 누구나 다 알 수 있을 것이다.
이름도 말하기 싫은 그 인간이었다.

"뭐야, 저 사람?"

신입 관녀들이 수군거렸다.

'여기서는 꽤 높은
사람인데 말이지.'

약사의 혼잣말

INTRODUCTION

이국에서 온 비와 무녀의 비밀

마오마오는 반강제적으로 시험을 보고,
새롭게 생긴 의관 보조 관녀가 됩니다.
마오마오가 의관 보조 관녀라는 자리에 새로 배치된 이유는
후궁에 새로 들어온 아이린 비와 관계가 있었습니다.
혈혈단신 망명해 온 이국의 비는 무엇을 꾸미고 있을지….
어느 날, 옆 나라 샤오의 무녀가
동궁 공개 자리에 참석하기 위해 방문합니다.
겉으로는 외교적 방문이지만,
무녀의 진정한 목적은 병의 치료였습니다.
하지만 무녀라는 입장에 있는 이상,
남성은 직접 진료를 할 수가 없습니다.
마오마오와 동료 관녀들은 무녀의 용태를 진찰하게 됩니다.
무녀는 대체 어떤 병에 걸렸을까요.
한편, 아이린 비 또한 마오마오에게 접촉을 시도합니다.
아이린 비의 의도는 대체 무엇일까요?
그리고 마오마오는 과연 무녀의 병을 고칠 수 있을까요?

약사의 혼잣말

7

휴우가 나츠 지음
시노 토우코 일러스트

Carnival

목

약사의 혼잣말

차

목차

KUSURIYA NO HITORIGOTO 7

ⓒNatsu Hyuuga 2018
Originally published in Japan by Shufunotomo Infos Co., Ltd.
Translation rights arranged with Shufunotomo Infos Co., Ltd.
Through Shufunotomo Co., Ltd.
Korean Translation rightsⓒ2019 by HAKSAN PUBLISHING CO., LTD.

마오마오……유곽의 약사. 약과 독에 기이한 집착을 갖고 있지만, 다른 일에는 관심이 별로 없다. 양아버지 뤄먼을 존경한다. 19세.

진시……황제의 아우. 천녀 같은 미모를 지닌 청년. 마오마오를 좋아하지만 자꾸 피해 다니는 탓에 도무지 마음을 전할 수가 없다. 본명은 카즈이게츠. 20세.

바센……진시의 종자, 가오슌의 아들. 남들보다 통각에 둔한 체질을 타고났기 때문에 인간의 한계를 넘어선 힘을 발휘할 수 있다. 고지식하고 성실하지만 바보짓을 자주 한다. 리슈 비를 연모하고 있다.

가오슌······바센의 아버지. 탄탄한 체격의 무인이며 예전에 진시의 종자였던 인물. 현재는 황제 직속 부하로 일하고 있다.

라간······마오마오의 친아버지, 뤄먼의 조카. 외알 안경을 낀 괴짜. 군부의 고관이지만 기행이 심한 탓에 주위에서는 꺼려하고 있다.

라한······라칸의 조카이자 양자. 동그란 안경을 끼고 다니는 몸집 작은 사내. 미인에 약하고, 보기와는 다르게 미녀만 보면 꼬드기려 든다.

뤄먼······마오마오의 양아버지, 라칸의 숙부. 본래 환관이었으며 현재는 궁정 의관. 과거에 처형을 받아 한쪽 무릎뼈를 잃었다.

아둬······전직 사부인. 남장미인이며 황제와는 젖형제 사이. 37세.

교쿠요 황후······황제의 정실. 빨간 머리와 녹색 눈을 지닌 이방의 공주. 21세.

리화 비……황제의 측실. 풍만한 가슴을 지녔다. 25세.

코쿠요……의사. 외모가 곱상하지만 얼굴 절반에 포창 흉터가 남아 있다. 자신의 불행한 팔자를 농담거리로 삼곤 하는, 지나치게 긍정적인 성격.

아이린……샤오의 전직 특사. 금발 벽안을 지닌 미녀. 정쟁에 패배하여 리국으로 망명했다.

녹청관 할멈……녹청관을 관리하는 노파. 화가 나면 무섭다.

황제……아름다운 수염을 기른 유능한 남자. 풍만한 몸매의 여성을 좋아한다. 36세.

돌팔이 의관……후궁 의관이며 환관. 미꾸라지 수염을 기른 태평한 성격의 아저씨.

약사의 혼잣말

커다란 배가 있었다. 자즈굴은 입을 헤 벌리고, 처음 보는 그 크기에 눈을 휘둥그레 떴다.

이제부터 강을 따라 내려가 바다로 나가서, 옆 나라로 갈 예정이라고 한다. 손가락보다 많은 수를 세지 못하는 자즈굴에게는 몹시 긴 나날을 배 위에서 보내게 되는 셈이다. 주위에는 많은 사람들이 있었다. 배웅을 나와 준 사람들이었다.

배는 매우 으리으리했다. 이런 배를 타게 되리라고는 상상도 못 했다. 자즈굴의 집은 가난했고, 부모는 이름과 하루하루의 보잘것없는 식사 외에는 무엇 하나 주지 않았다. 뿐만 아니라 노예로 팔아넘기기까지 했다. 자즈굴은 말을 하지 못한다. 귀는 들리지만 어째서인지 태어날 때부터 목소리가 나오지 않았다. 남들보다 모자라지만 일은 할 수 있다. 하지만 자즈굴의 집에 그것을 별충해 줄 만큼의 돈은 없었다.

자즈굴은 자신이 분명 '첩'이 될 거라고 생각했다. 외모는 나쁘지 않다. 코가 살짝 낮지만 애교 있는 생김새이니 말이다. '첩'이 되면 행복해질 수 있을 거라고 생각했다. '창부'가 되면 매일같이 힘들게 일해야 하지만, '첩'이라면 남편 한 사람만 상대하면 된다고 들었다.

그래서 큰 집으로 끌려가게 되었다고 했을 때, '첩'이 될 거라는 생각에 기뻐했는데.

"앞으로 잘 부탁해요."

주인님이라 하면 대부분 변태 영감이라고 들었는데 그렇지도 않았다. 자즈굴의 주인님이 된 사람은 너무나도 아름다운 사람이었다. 주인님은 새하얀 머리카락에 몸집이 살짝 통통한 미인이었다.

자즈굴이 말을 할 수 없다는 사실도, 글을 쓸 줄 모르고 배움도 없다는 사실도 책망하지 않았다. 글을 쓰지 못하는 대신 그림을 그리면 된다며 고가의 종이와 잉크를 잔뜩 사 주었다.

자즈굴은 여기선 쓸모없는 인간이 되어서는 안 되겠다는 생각에 일을 배웠다. 배우는 동안에는 끼니도 거르지 않을 수 있고, 예쁜 옷을 입을 수 있다. 주인님은 자상하다. 그림 그리기는 즐겁다. 바깥 풍경, 주인님, 주위에 있는 선배 시종들. 그리고 때때로 꿈에서 본 풍경을 그리기도 했다. 눈앞에 있는 커다란 배를 타는 꿈도 꾼 적 있다. 그 그림을 그렸더니 주인님은 아주 잘 그렸다고 칭찬해 주었다.

너무나 멋진 일이었다.

배를 타고 먼 나라로 가게 되었는데 너도 따라오겠느냐, 하는 물음에 자즈굴은 따라가기로 했다. 배 여행은 노예선에 탔을 때 경험해 본 적 있는데, 그땐 정말 최악이었다. 하지만 이 배라면 무척 즐거울 것 같다.

뱃멀미는 하지 않았으니 이번 배 여행도 별 문제없을 거라고 생각했다. 주인님은 몸이 약하니까 건강한 자즈굴이 열심히 일해야 한다.

주인님은 병이 있다고 한다. 피부가 새하얗고 머리카락도 새하얗다. 그리고 눈은 과일처럼 빨갛다. 한낮에 외출하면 금세 피부가 타서 빨개진다고 한다. 눈이 부셔서 환한 장소에 나갈 수도 없다.

그러나 하얀 피부와 머리색도, 빨간 눈도 신에게 선택받은 색이며 그렇기 때문에 주인님은 특별한 존재다. 불편하지는 않다고 주인님은 말했다. 자즈굴은 '좋겠다'고 생각했는데, 그 생각을 읽기라도 한 듯 주인님은 자즈굴의 목을 천천히 쓰다듬었다. 그리고 자신이 특별하듯, 자즈굴 역시 특별한 사람이라고 말해 주었다. 목소리 대신 더욱 특별한 무언가를 갖고 있다고도 말해 주었다. 너무나 기뻤다.

주인님은 아주 높은 사람이고, 임금님 옆에 나란히 설 수 있는 존재다. 그런 위대한 사람이 왜 굳이 긴 여행을 해서 다른 나라에 가야만 하는가 하면, 일 때문이라고 한다.

주인님은 아주 특별한 분이며 임금님도 할 수 없는 일을 하는 사람이다.

아주 박식해서 자즈굴에게 많은 것들을 가르쳐 주었다. 하지만 너무 오래 함께 있으면 다른 시녀들에게 미움을 받기 때문에 자즈굴이 주인님 곁에 있을 수 있는 시간은 잠시뿐이다.

"어이, 준비 다 됐어?"

선원으로 보이는 덩치 큰 아저씨가 고함을 질렀다.

자즈굴은 설레는 마음으로 팔짝팔짝 뛰며, 빨리 배에 타고 싶다고 생각했다. 머나먼 이국에는 꿈에서 봤던 풍경 같은, 녹색이 풍부한 대지가 펼쳐져 있을지도 모른다.

"자즈굴."

"?!"

주인님이 오셨다. 햇볕을 받지 않기 위해 머리에 베일을 폭 뒤집어쓴 상태였다. 게다가 얼굴에는 고약을 듬뿍 바르고, 시녀가 양산을 씌워 주고 있었다. 시녀는 발돋움을 하고 있었다. 주인님은 시녀보다 머리 하나는 더 키가 컸다.

"무녀님, 어서 선실로 들어가시지요. 피부가 타십니다."

"알고 있어요."

피부를 태우는 햇볕은 무섭지만, 그래도 바깥바람을 쐬니 기분이 상쾌해 보였다. 주인님은 눈부신 듯 새빨간 눈동자를 가늘게 뜨고 있었다.

주인님은 이제 마흔이 다 되었다고 자즈굴은 들었다. 전체적으로 별로 장수하지 못하는 자즈굴의 고향에서는 이미 오래전 할아버지나 할머니가 되었어도 이상하지 않을 연령이었다. 자즈굴의 부모도 그 정도 나이대다. 보통 마을 사람들은 밭일과 방목 때문에 내내 밖에서 시간을 보내므로 피부는 까무잡잡하게 그을리고, 주름이나 기미도 많다. 따라서 피부가 깨끗한 주인님의 외모는 무척이나 젊게 보였다. 옛날에는 더 날씬한 몸매였다고 하는데 지금은 다소 통통한 편이다. 통통한 체격은 부의 상징이며, 자즈굴의 고향에서는 미인의 증표이기도 했다.

"지금부터 가는 나라는 말이지, 샤오보다 훨씬 물이 많단다."

자즈굴은 고개를 끄덕였다. 따라가기로 결정했을 때 다른 시녀들이 알려 준 이야기였다.

"보리도 쌀도 나는 곳이어서, 녹색 식물이 풍부하지."

곡물은 고급 식재료로, 밭농사를 짓더라도 수확물을 세금으로 다 뜯기기 때문에 먹지 못한다. 샤오의 도시 구역은 교역 덕분에 풍요롭지만 조금만 멀어져도 가난한 시골 마을이 많아진다. 비가 안 내리거나 해충이 득실거리면 금세 굶주리게 된다. 자즈굴이 팔려 온 이유도 농사가 잘 안 되어 먹을 것이 없어서였다.

먹을 것이 많은 나라와 사이좋게 지내는 일은 매우 중요하다. 주인님은 그 때문에 긴 여행을 떠나시게 된 거다.

다른 나라는 쓰는 말이 다르지만 자즈굴은 말을 할 수 없기 때문에 그 석정은 없다. 대신 그만큼 열심히 들어야만 한다.

그런 자즈굴을 보고 주인님은 머리를 쓰다듬어 주셨다. 자즈굴은 새끼 산양처럼 실눈을 뜨고 헤헤 웃었다.

"자, 오늘은 어떤 꿈을 꾸었니?"

맑은 물이 가득 흐르는 거리를 걷는 꿈을 꾸었다. 나중에 배에서 그림으로 그릴 것이다.

선원이 요란스럽게 도착 준비를 하는 가운데 주인님과 자즈굴은 선실로 돌아갔다.

1 화 : 관녀 시험

"오랜만입니다."

"오랜만입니다."

마오마오는 메아리처럼 눈앞의 인물이 한 인사를 똑같이 반복했다.

유곽 약방에서 빈둥빈둥 시간을 보내며 약을 짓고 있는데 찾아온 사람은 원조 치유계 무관, 가오슌이었다.

"무슨 일이신가요?"

가오슌은 진시의 시종에서 이젠 황제 직속으로 바뀌었다. 설마 황제에게서 무슨 전언이 있나 싶어 마오마오는 경계하는 자세를 취했다.

"아뇨, 제 못난 아들놈이 왔어야 하는데 한심하게도 얼마 전부상을 입는 바람에…."

그래서 자신이 대신 왔다는 얘기인 모양이다. 현재 가오슌이

임시로 진시의 종자로 돌아왔나 보다. 진시는 종자 하나 고르는 일조차 상당히 까다로우니 참 고생스럽겠다 싶다.

"아, 상당한 중상이었죠."

마오마오는 얼마 전 사건을 떠올렸다. 궁정의 한 구획에서 일어난 대소동이었다. 보는 사람이 더 아플 정도로 크게 다친 그 젊은이가 기억이 난다.

"네, 거의 만신창이가 다 되었습니다."

"살아 있는 게 신기할 정도던데요."

"제 아들이지만 어쩌면 저렇게 튼튼한지, 어이가 없을 정도입니다."

말은 심하지만 가오슌의 못난 아들, 바센이 자신의 역할을 다하는 바람에 입은 부상이다. 바이냥냥의 약 때문에 의식이 혼탁해진 채 높은 곳에서 뛰어내리고 만 리슈 비를 구하기 위해 온몸을 바쳤다.

한 일은 훌륭하지만 오른팔을 제외한 전신이 골절, 타박상, 긁힌 상처로 가득한 상태에서도 의식이 있었다는 사실에는 마오마오도 어처구니가 없었다.

"목발을 짚은 채로 일하러 가겠다고 하는 통에 집에 묶어 놓고 왔습니다. 제 모친과 누나의 감시하에 요양을 하고 있는 중이지요."

그렇구나, 하고 마오마오는 고개를 끄덕이며 서랍을 열었다.

차에 곁들일 과자가 좀 있었을 터였다.

"샤오마오, 신경 안 써도 됩니다."

"그런가요? 점심시간이 되기 전에 다 팔린다는 번화가 가게의 찐빵인데요."

녹청관 기녀가 줬던 것이었다. 기녀는 원래 여동에게 줄 생각이었으나, 개수가 부족해서 싸움이 벌어질지도 모른다는 이유로 마오마오에게 준 모양이었다.

흑당과 마를 넣고 반죽해서 쪄 냈기에 부드러운 단맛과 겉이 촉촉하고 윤기 있는 것이 특징이다.

"…잘 먹겠습니다."

가오슌은 생김새만 놓고 보면 중후한 무인이지만 사실은 단 것을 매우 좋아한다.

마오마오는 차 준비를 했다. 여기서 차 준비란 아침에 미리 끓였던 차를 우물물로 식히는 일이었다. 더운 계절에 차가운 음료를 대접하는 일은 최고의 사치다.

고급 손님에게 유리잔에 담아 제공하는 음료지만 상대가 가오슌이라고 하니 할멈도 아낌없이 내주었다. 참고로 바센일 때는 한 단계 낮아진다.

가오슌은 살짝 미소를 띤 표정으로 찐빵을 먹고 있었다. 그런데 무슨 용건으로 여길 찾아온 걸까. 잡담이나 늘어놓으러 오진 않았을 텐데 말이다. 마오마오가 물끄러미 쳐다보자 가오슌은 다급히 찐빵을 입 안 가득 욱여넣고 차로 꿀꺽 삼켰다.

"자, 그럼 본론으로 들어가지요."

왠지 나쁜 예감이 들었다.

"한 개 더 있으니 드시죠."

마오마오는 자기 몫의 찐빵을 건넸다. 단것보다 술을 더 먹고 싶었다. 눈치 빠른 가오슌이 또 찾아오게 된다면 이 찐빵은 좋은 술로 바뀌어 되돌아올 것이다.

찐빵을 하나 더 해치운 가오슌이 헛기침을 했다.

"샤오마오, 의관이 될 생각은 없나요?"

"될 수 없잖아요."

마오마오는 즉답했다. 여자는 의관이 될 수 없다. 그것은 지금 이 나라의 법률이다.

"질문을 바꾸겠습니다. 의관에 준하는 신분이 될 생각은 없나요?"

"……."

의관에 준하는 신분이라는 말은 다시 말해 의국에 있는 약도 어느 정도 사용할 수 있다는 뜻이다. 한일자로 꾹 다물고 있던 입술이 부들부들 떨리기 시작했다. 가오슌은 눈을 반짝 빛냈다.

"그리고 새로운 약을 시험해 볼 수도 있지요. 약을 시험해 볼 사람도 얼마든지 있고요."

"……."

뺨이 씰룩거렸다. 입꼬리가 올라가기 시작했다.

'아니, 안 돼. 수상해. 너무 수상하다고.'

괜찮아 보이는 이야기에는 함정이 있기 마련이다.

심지어 이 이야기를 제안하는 사람이 가오순이다. 괜찮은 안 건일 거라는 보장도 없다.

게다가 이 약방도 돌봐야 한다. 견습 약사가 있긴 하지만 마오마오가 약방을 비우면 또 불평할 것이다. 한 사람 몫을 제대로 하려면 한참 멀었으니 말이다.

'좋아, 이건 거절해야….'

하지만 마오마오가 생각한 대로 일이 잘 풀릴 리는 없었고, 가오순은 선수를 쳤다.

뭐라 말했느냐면.

"서쪽, 샤오에서 온 특사를 기억하지요?"

"아, 그때 그…."

예전에 라한과 함께 서도에서 만났던, 아이린이라는 여자를 떠올린 마오마오는 한순간 굳어졌다. 식량 문제냐, 망명이냐로 교섭을 시도했던 여자다. 서도에서 만나기 전에도 자신의 사촌 자매와 함께 리국에 온 적이 있었다.

하지만 가오순은 특사라고밖에 말하지 않았다. 그렇다면 아이린이 아닌 다른 쪽인지도 모른다.

"작년에 진시 님이 매우 애쓰셨던 연회의 두 주빈 말씀이시죠?"

마오마오는 무난한 대답을 선택했다.

'십수 년 전에 만났던 달의 요정 같은 미녀를 보고 싶다'며 찾아와 민폐를 끼치고 간 그 두 사람으로 간주하면 될 듯하다. 서도에서 만났던 아이린, 그리고 또 한 명 아이라라는 여자다. 이쪽 역시 보통내기가 아닌 인물로 시 일족에게 페이파, 즉 최신형 화기를 유통시켰다는 의혹이 있다.

어쨌거나 둘 다 귀찮은 상대라는 사실은 변함이 없다.

"아이린이라는 이름의 여자입니다. 얼마 전 후궁에 새롭게 중급 비로 입궁했습니다. 알고 있지요?"

"네, 그런데 별문제는 없었나요? 갑작스러운 입궁 같은데요."

"물론 있지요. 이국 출신이라는 이유 때문에 후궁 내에서 비나 궁녀들의 시선도 매우 험악합니다. 게다가 샤오에서 하녀 한 명 데려오지 않았고요."

하기야 입장을 생각하면 타당한 일이긴 하지만, 조금 불쌍해 보이기도 했다.

"그래서 저를 부르시는 건가요?"

의관과 동등한 지위라면 후궁 안에 들어가기도 쉽다.

"사실은 시녀가 되어 들어와 줬으면 했지만…."

가오슌의 표정은 복잡했다.

아무리 그래도 마오마오는 작년까지 교쿠요 비, 아니 교쿠요 황후의 독 시식 담당 시녀였다. 그 일을 그만두고 시정 유곽으로 돌아온 처지이니 명령이라고는 해도 다른 비의 시녀가 되는 데에는 문제가 많을 것이다. 교쿠요 황후 본인도 매우 섭섭해할지도 모른다.

"의관과 같은 권한을 갖는다면 보조 역할로서 교쿠요 황후 전하와 대면할 수도 있을 겁니다. 그분께 말씀을 드렸더니 매우 기뻐하시더군요."

"저는 아직 승낙 안 했는데요."

이미 교쿠요 황후까지 끌어들였다면.

"여기, 황후 전하께서 추천장을 써 주셨습니다."

가오슌은 천연덕스러운 표정으로 편지를 꺼냈다. 뭐지, 전에도 비슷한 일이 있었던 것 같은데.

"진시 님께서도 써 주셨지요."

가오슌은 편지를 한 장 더 추가했다. 마오마오는 얼굴을 움찔거렸다.

"그리고 주상께서도요."

"도대체 왜…."

마지막으로 지나치게 훌륭한 문서까지 나오는 모습을 본 마오마오는 저도 모르게 뒷걸음질을 쳤다.

가오슌은 미간에 주름을 잔뜩 잡은 채 천천히 눈을 감았다.

"예전에 궁정에서 일할 수 있는 관녀 자격을 따려 시도한 적이 있었지요?"

"떨어졌지만요."

한때 마오마오는 직접 진시 밑에서 일한 적이 있었다. 진시는 그때 마오마오에게 관녀가 되라면서 대량의 참고서를 강제로 떠안겼다.

"네, 쉽게 붙을 줄 알았습니다. 약과 독에 대해서는 그렇게나 공부를 열심히 하고, 또 기억력도 매우 좋아서 말이죠."

"공교롭게도 그런 일은 없었지만요."

마오마오라고 딱히 남들보다 뛰어난 건 아니다. 남들이 배워야 하는 일, 해낼 수 있어야 하는 일을 생략하고 그만큼 자신이 관심 있는 분야에 집중했을 뿐이다.

"샤오마오는 관심 없는 분야에 있어선 기억하지 못하는 게 아니라 기억하기 힘든 것뿐이죠? 실제로 유곽 예절에 대해서는 전부 꿰뚫고 있고요."

"그건 어쩔 수 없는 일이었거든요."

이젠 반쯤 목내이木乃伊*가 된 상태이긴 해도 녹청관 할멈은 아직도 기운이 넘친다. 배운 것을 외우지 못하면 체벌만 받는 게 아니라 밥까지 굶어야 한다. 아버지 뤄먼이 감싸 주긴 했지만 연약한 아버지가 할멈을 이길 수 있을 리가 없었다.

※목내이 : 미라.

따라서 살아남기 위해서는 언니들의 도움을 받아 가며 유곽 예절을 익히는 수밖에 없었다.

"즉, 필요하다면 배울 수 있다는 말이지요? 전에는 아무리 진시 님이 명령하셨어도 제대로 공부할 생각 자체가 없었던 것 같은데요."

마오마오는 더욱 뒷걸음질을 쳤다.

지금 눈앞에는 세 통의 편지가 있다.

진시, 교쿠요 황후, 황제.

아무리 비공식적인 문서라 해도 이 나라 안에서 결코 거역해서는 안 되는 사람 세 명이 지금 자신을 노려보고 있는 셈이었다.

"무슨 일이 있어도 붙어야 합니다."

"그, 그렇게 말씀하셔도…."

가오슌은 약방 문을 활짝 열었다. 밖에서 기다리고 있던, 부하로 보이는 남자가 천으로 싼 무슨 꾸러미를 들고 다가왔다. 그것을 펼치니 속에서는 은 덩어리들이 번쩍번쩍 빛나고 있었다.

"무슨 일이 있어도."

가오슌 뒤에는 어째서인지 체벌용 채찍을 든 할멈이 서 있었다. 할멈은 산더미 같은 은을 보더니 눈을 빛냈다.

'함정에 빠졌잖아!'

"무슨 일이 있어도 이번에는 꼭 붙어 줘야겠습니다."

가오슌은 마오마오를 향해 딱 잘라 말했다.

가오슌의 수완은 놀라울 정도였다.

이미 할멈은 매수되어 있었고, 약방은 견습 약사 사젠에게 맡겨졌고, 마오마오는 녹청관의 빈 방을 하나 빌려 공부해야 하는 상황이 되어 있었다.

때때로 악동 쵸우가 마오마오에게 집적거리러 오곤 했지만, 그럴 때마다 할멈이나 남자 하인들이 목덜미를 붙잡아 밖으로 끌어냈다. 공부에 방해가 되니 어쩔 수가 없다.

방 안에는 집중력을 높여 주는 향이 피워져 있었고, 옆방에서는 차분하고 온화한 얼후나 금 타는 소리가 들려왔다. 음악이 특기인 기녀들이 연주해 주고 있는 모양이었다.

공부를 하다 보면 단것이 당기는 법이지만, 마오마오에게는 대신 간식으로 짭짤한 전병과 차가운 과일 음료가 준비되었다.

극진하기 짝이 없는 대접이었다.

'대체 얼마를 먹인 거야?'

그런 의문이 떠올랐다. 동시에 마오마오가 농땡이를 피우며 낮잠이라도 자는 게 아닌지, 할멈이 순찰까지 돌고 있으니 더 난감할 지경이었다. 심지어 할멈은 젊은 시절 상당한 고급 기녀였으므로 웬만큼의 학식도 있었다.

"넌 시 하나 제대로 못 짓는 게야?"

"아니 이상한데, 어째서 의관 시험에 시 짓기가 필요해?"

올바르게 말하면 의관 시험이 아니라 의관 밑에서 일하는 관녀 시험이지만 말이다.

이 나라에는 관녀가 되기 위해 필요한 자격이 몇 가지 있다. 이번에 신설된 부문은 의관 전용의 관녀라고 한다. 기왕 새로 만들었으면 시 과목 따위는 없애 줬어도 좋았을 텐데 말이다.

"의학하고는 상관없잖아. 역사는 왜 있고, 사경寫経*은 또 왜 있는데?"

"역사를 아느냐 모르냐에 따라 인간으로서의 깊이가 달라지는 법이다. 글자는 깨끗하게 쓰면 읽기가 쉽고, 그러기 위해 사경은 아주 좋은 공부가 되지."

할멈은 이럴 때만은 멀쩡한 소리를 한다. 평소처럼 "돈 안 되는 건 배울 필요 없어."라고 말해 주면 얼마나 좋을까. 아니면 이번에는 애초부터 돈이 얽혀 있으니 어쩔 수 없는 걸까.

견본으로 쓰라며 가볍게 붓을 놀려 써 준 글씨도 달필이었다. 지금은 마른 나뭇가지 같은 손이지만 옛날에는 손톱을 매끄럽게 가꾼, 흰 물고기 같은 손이었으리라.

필적이 아름다운 여자는 사랑받는다.

외모가 어여쁜 여자는 사랑받는다.

....

※사경 : 경문을 베껴 쓰는 일.

남자를 위해 여성성을 갈고닦아 온 여자였지만, 아직도 유곽에서 기녀들을 가르치고 있다. 옛날엔 그렇게 아름다웠다면 왜 다른 인생을 선택하지 않았을까. 아니면 선택할 수가 없었던 걸까.

가끔 궁금해진다.

"글씨가 예쁘다고 내면까지 아름다우리라는 법은 없는데 말이야."

할멈의 주먹이 정수리에 내리꽂히려나 했는데 아무 일도 일어나지 않았다.

"내면이 아름다운지 추악한지는 아무도 알아볼 수 없지. 그렇다면 글씨라도 아름답게 쓰는 편이 낫지 않겠냐?"

할멈은 '빨리 써'라고 말하듯 들이밀었다. 한쪽으로 쏠리지 않고 전체적으로 균등하게 쓴 그 글씨는 과거 시험의 모범 답안 같았다.

"알았어, 알았어."

게으름을 피웠다간 채찍이 날아온다. 마오마오는 소매를 걷어붙이고 붓을 들었다.

관녀 시험은 빈번히 열린다고 한다. 과거와 다르게 시험을 치는 대상은 젊은 여자들이다. 남자와 다르게 일하는 기간이 짧아, 정기적으로 인원을 보충하지 않으면 금세 인력 부족이 일어나기 때문이라고 한다.

게다가 관녀가 되고 싶어 하는 여자들은 대부분 관리나 유복한 상인 집안의 딸들로, 말하자면 신부 수업과 남편 찾기를 겸하는 일이기 때문에 열심히 일하는 사람도 많지 않다. 마오마오는 진시 직속 하녀 일을 했을 때 몇 번인가 관녀들에게 시비가 걸린 적이 있는데, 일을 열심히 하는 듯 보이지는 않았다.

시험 장소는 도성 북측에 있는 교습소였다. 과거는 도성 북쪽에 있는 지방 도시에서 열리지만, 자주 행해지는 시험은 도성 내에서 치르는 편이 좋다.

반달쯤 집중적으로 공부를 마친 뒤 마오마오는 잔뜩 지친 채 시험을 보러 왔다. 시험 장소에 온 수험생들은 약 100명 정도였다. 의관 보조 외의 다른 부문을 지망하는 수험생들도 있으니 그 정도는 된다.

시험에 대해 깊게 할 말은 없었다. 마오마오는 두 시간쯤 걸려 끝낸 뒤 잽싸게 돌아왔다. 이미 서류 심사는 다 끝난 모양인데, 서류 심사에서 떨어질 일은 없을 것이다. 오히려 자신이 너무 특별 대우를 받고 있는 게 아닌지 걱정되었다.

'아니, 그럼 그 시험 공부는 무엇을 위해….'

실력으로 붙을 거라 믿고 싶다.

마오마오가 떨어진다면 한시나 사경 등의 관심 없는 분야가 있었기 때문이리라. 다른 과목에서는 꽤 괜찮은 점수가 나왔을 것이다.

오히려 틀린 문제가 있다면 좀 알려 줬으면 싶을 정도였다. 응시하는 부문이 의관 직속 관녀라는 이유로 지극히 초보적인 약제 지식도 시험 문제로 나왔다. 그 정도 수준이라면 문제의 양이 열 배는 되었다 해도 제한 시간 안에 다 풀었으리라.

쓸 것을 다 쓰고 시험을 마친 뒤, 달리 더 할 일도 없었기에 마오마오는 재빨리 유곽으로 걸어 돌아가려 했다.

기운 빠지는 목소리가 들려오지 않았더라면….

"네에~? 왜 시험을 못 보게 하는 건데요~?"

시험장 앞에서 뭔가 소란이 벌어지고 있었다. 실랑이를 피우고 있는 사람은 담당 관리와 수험생으로 보였지만, 아무리 봐도 수험생이 이상했다. 여자 옷을 입고 있으나 그 장본인이 여자라고 하기에는 덩치가 너무 컸다. 크기만 하면 몰라도 목소리도 낮고, 심지어 귀에 익기까지 했다.

'전에도 비슷한 장면을 본 적이 있는 듯한데….'

불길한 예감이 들어 무시하려 했으나, 기묘한 상황이었기에 무시할 수가 없었다.

"왜 안 들여보내 주시는 거예요?"

아양을 떠는 그 여자는 얼굴의 절반을 천으로 가리고 있었다. 이 시점에서 의심은 완전히 확신으로 바뀌었다. 확실히 얼굴만 보면 여자로 안 보일 것도 없다. 이목구비는 곱상하고 선 자체도 가는 편이다. 화장도 예쁘게 했다. 하지만 아무리 높은 목소리를 내려 애써 봐도 남자 목소리는 숨길 수가 없고, 무엇보다 유난히 몸을 꾸물꾸물 뒤틀어 대는 움직임이 보기 흉했다.

"…여기서 뭐 해?"

무시해도 되는데도 난감한 상황에 처한 관리가 불쌍하게 느껴지는 바람에 마오마오는 말을 걸고 말았다. 착한 관리였다. 마오마오 같았으면 경비 무관에게 재빨리 넘겼을 텐데 말이다.

"코쿠요."

지난번 서도 여행에서 돌아오는 길에 선착장에서 알게 된 남자였다. 얼굴 절반에 포창 흉터가 있어 천으로 가리고 다니는 자다. 의사로서 일하고 있지만 이 얼굴 때문에 제대로 일자리를 구하지 못하는, 불행한 인물이었다.

하지만 성격이 얼간이 같아서 별로 불행해 보이지 않는다.

"앗, 마오마오! 오랜만이야~ 좀 들어 봐~ 이 아저씨가 나는 절대 시험 못 본다고 그러잖아~"

자신에게 말을 맞춰 달라는 듯 코쿠요는 가리지 않은 쪽 눈을 끔뻑였다. 불쾌하니까 하지 말아 줬으면 좋겠다.

'말을 맞춰 달라고 해도….'

"시험은 벌써 다 끝났어."

"뭐~? 말도 안 돼~!"

양손으로 뺨을 가리고 여자 목소리를 흉내 내서 말해도 곤란하다.

"자, 아저씨도 곤란해하고 있잖아."

마오마오는 코쿠요의 옷자락을 잡아끌고 시험장을 나왔다.

흐름이란 무서운 법이어서 마오마오는 결국 여장 변태와 함께 식사를 하는 상황을 맞고 말았다. 옷이나 좀 갈아입으면 좋을 텐데 안타깝게도 여벌의 옷을 갖고 오지 않았다고 했다. 참고로 지금 입고 있는 옷은 살던 마을의 촌장 부인에게서 빌려 왔다고 한다. 빌려 달라고 한다고 빌려주는 사람도 문제다.

"겨우 취직자리가 결정되나 했더니. 다음 시험은 두 달이나 더 있어야 하는구나~"

"애당초 시험 칠 자격도 없으니까 무리야. 거세하고 싶다면 도와줄게."

"아앙, 그건 싫어."

코쿠요는 몸을 움츠린 채 또다시 꾸물꾸물 흔들어 댔다. 매우 보기 괴로운 광경이었다.

"취직이라니, 영감님은 어쩌고?"

코쿠요는 도성 근처 어느 마을에서 괴팍한 노의사의 조수 노릇을 하고 있다. 사이도 나빠 보이진 않았는데.

"영감님이 말야~ 요즘 들어서 통 기력이 없어. 슬슬 일을 그만둘 것 같아 보여서, 나도 얼른 새 일자리를 찾아 두려던 참이었어."

"……."

마오마오는 다소 복잡한 표정을 지었다. 늙은 의사의 기력이 쇠해진 이유에 짐작 가는 데가 있기 때문이었다.

"그때 마침 새롭게 의관 보조가 될 수 있는 자격 시험이 열린다는 말을 들었거든."

'우선 응모 요강부터 확인하라고.'

아니, 그래서 여장을 하고 온 걸까. 어떻게 좀 해 줬으면 좋겠다. 심지어 꽤 예뻐 보이는 바람에 주위 남자들이 이쪽을 흘끔흘끔 쳐다보고 있다. 얼굴의 절반을 가린 모습도 신비로워 보이는 듯했다. 목소리를 들으면 금세 낙담할 텐데.

마오마오는 가벼운 식사로 작은 찐빵을, 코쿠요는 물만두를 먹었다.

"마을에는 약초도 많고, 영감님은 거기서 계속 지낼 예정이니까 집을 주겠다고도 하셨는데~"

"그냥 영감님 뒤를 이으면 문제없는 거 아냐?"

"그게 또 그렇게 되지도 않아~ 영감님은 원래 의관이었잖아~ 그럴듯한 직함이 있었으니까 진료를 받으러 멀리서 찾아오는 사람도 있었던 거지, 어디서 온 말 뼈다귀인지 모를 나 같은 놈이 그 뒤를 이으면 다들 수상하게 생각하고 아무도 안 올걸~"

그건 그렇다. 마을 안에서는 어느 정도 신뢰를 얻었을지도 모르지만, 그 작은 마을 하나만 가지고 먹고 살기는 힘들다. 약초를 열심히 갈아 놓고 이런저런 부업을 해야 근근이 생계를 유지할 수 있으려나.

마오마오는 척, 손가락 하나를 들이밀었다.

'마침 잘됐다.'

"저기 말이야, 그 마을에서 유곽까지 한 달에 몇 번 정도 출장 와 줄 수 있어?"

마오마오의 제안에 코쿠요는 잠시 생각에 잠겼다.

"…교통비 제공해 주면 갈게~ 아, 밥도 주면 좋겠어."

"쌀이라면 팔아 치워야 할 정도로 많으니까 문제없어."

돌팔이 의관네 고향 마을에서 받아 온 쌀과 보리가 있고, 고구마도 있다. 너무 많아서 설탕에 졸여 보관할까 하는 생각까지 들 정도다.

"부탁할 일은 견습 약사에게 약초 지식을 가르치는 것, 그리고 지금까지 영감님이 마련해 주던 약초를 이어받아서 계속 마련해 달라는 거야. 그리고 그 견습 약사의 실력으로는 만들기 어려운 약도 조합해 주면 좋겠어. 이때 약의 확인은 그 견습과 약방이 있는 녹청관의 관리인 할멈에게 맡길 예정이야."

아직까지 정체가 불확실한 인물이니 그 정도 조치는 해 두는 편이 좋을 것이다.

"가게 보는 일은 기본적으로 견습에게 맡길 예정이니까 접객은 안 해도 돼."

"뭐~? 접객에는 자신 있는데~"

또다시 몸을 꾸물꾸물 뒤튼다. 안타깝게도 용모 때문에 제대로 취직조차 하지 못하는 인물의 말이었으므로 마오마오는 무시했다.

"급료는 이 정도면 어때?"

마오마오가 손가락을 하나 세웠다. 마을에서 받는 일과 합치면 먹고살 수 있는 액수였다. 약사로서의 급료로 따지면 조금 부족한 느낌은 있지만.

"이 정도는 받아야지."

코쿠요는 마오마오의 손가락을 두 개 더 세웠다.

""후히히히히히….""

서로 얼굴을 마주 보고 웃은 뒤, 마오마오는 상대를 노려보았다.

평소 행동거지는 얼간이 같지만 시세에 대해서는 잘 아는 모양이었다.

마오마오는 찐빵을 먹으며, 손가락을 몇 개 세우느냐에 관한 문제부터 시작해 세부적인 계산에 이르기까지 계속 이야기를 나눠야만 했다.

2 화 ⁞ 괴롭힘

새 약사를 찾았다는 소식을 전하자 사젠은 몹시 안도한 표정을 지었다.

"또 혼자 가게 보는 것보다는 훨씬 낫지."

그것이 사젠의 소감이었다. 마오마오 입장에서는 '여긴 나 혼자서도 이끌어 나갈 수 있어!' 하고 큰소리를 뻥뻥 쳐 줬으면 했지만, 뭐 어쩔 수 없는 일이다.

시험 후 며칠 동안은 아주 잠깐이나마 평온하게 흘러갔다. 극진한 대접을 받긴 했으나 수험 공부 외에는 아무것도 할 수 없었던 반달 동안은 마오마오에게 너무나 고통스럽기만 한 기간이었으니 말이다.

마오마오는 오랜만에 밭일을 하고 약초를 조합하며 만족스럽게 시간을 보냈다.

며칠 후, 아마도 합격 통지일 거라고 생각하며 받아 든 편지에는 예상대로의 말이 적혀 있었다.

"그런데 이거 떨어지는 사람이 있긴 하냐?"

마오마오에게서 어떤 시험 문제가 나왔는지에 대한 이야기를 들은 할멈은 그렇게 말했다.

만점을 따기는 어렵지만 6할 정도만 맞히면 된다고 한다. 벼락치기 공부를 한 마오마오조차 스스로 채점해 보았을 때 8할을 넘겼으니, 평소 관녀가 되기 위한 공부를 해 온 아가씨들이 떨어질 리가 없다. 의학 지식 부문에서도 전문적인 지식을 묻는 문제는 얼마 되지 않았고, 조금만 생각해 보면 금방 알 수 있는 문제들뿐이었다.

"그건 머리 좋은 사람들이나 하는 말이겠지. 할멈, 마오마오."

불쑥 고개를 내민 사람은 단정치 못한 차림새의 바이링이었다. 녹청관의 세 아가씨 중 한 명인 바이링은 어젯밤 손님이 온 덕분에 피부가 몹시도 매끈매끈해져 있었다. 분명 손님은 돌아갈 무렵쯤엔 정기를 빨려 건어물이나 다름없는 상태가 되어 있었으리라. 서른을 훌쩍 넘었는데도 그 미모가 시들지 않는 이유는 방중술을 갈고닦은 덕분이라는 소문이 있다. 바이링은 녹청관 기녀들 중에서 최연장자다.

"난 생각만 해도 머리가 아파지는걸. 일단 외우려고 노력은 하는데 통 머릿속에 들어오질 않아."

사람에게는 적성이라는 게 있다. 노력하면 보통 어느 정도 선까지는 올라갈 수 있지만, 개중에는 노력만으로 절대 해결되지 않는 부분이 있다.

바이링 언니는 글자를 제대로 쓰지 못한다. 쓰려고 하면 마치 거울상처럼 반대로 써진다고 한다. 할멈이 몇 번이나 고쳐 주려 했지만 습관을 쉽게 고칠 수는 없었기에, 할 수 없이 항상 사람을 붙여 첨삭이나 대필을 시키고 있다.

그 대신이라고 하긴 뭣하지만, 무용으로 말할 것 같으면 유곽 안에서 바이링 언니보다 뛰어난 사람은 없다고 해도 좋을 정도로 훌륭한 실력을 지니고 있다.

"이거 합격한 건 좋은데, 어떻게 하면 돼? 일하러 갈 때 입고 갈 만한 옷이 있었던가?"

"그런 부분은 다 알아서 준비해 주겠지."

마오마오는 하나부터 열까지 다 남에게 맡길 작정이었으므로 별다른 준비를 하겠다는 생각은 전혀 없었다. 시험 전날에도 가오슌이 보낸 심부름꾼이 입고 갈 옷과 필기도구 일습을 가져다주었을 정도였다. 심부름꾼은 마오마오를 시험장에 데려다주었다가 데려오는 일까지 할 생각이었던 것 같았지만, 귀찮았기 때문에 무시했다. 덕분에 여장한 코쿠요와 식사를 하는 꼴이 되고 말았지만 말이다.

합격 통지에는 합격자 전원이 우선 한곳에 모였다가 각 부서로 가게 된다고 적혀 있었다. 날짜는 모레, 장소는 궁정의 한

구획. 편지와 함께 꽃 모양 낙인이 찍힌 나무패도 들어 있었다. 이것이 통행증인 듯했다.

마오마오는 흐응, 하면서 합격 통지서를 약서랍 위에 올려놓고 약연으로 약초를 갈기 시작했다.

모레, 마오마오는 지시받은 장소에 와 있었다. 주로 문관들이 일하는 건물 앞이었고 의국과도 가까웠다.

면접 장소에 모인 합격자들은 시험을 친 사람들의 8할 정도 되어 보였다. 합격률이 8할이라니, 여기서 떨어지지 않아 정말 다행이라고 마오마오는 가슴을 쓸어내렸다. 동시에 지난번에 본 시험에서 떨어졌을 때 진시와 가오슌이 왜 그렇게 어처구니없어했었는지 이제야 좀 이해가 되었다.

연령은 14, 5세쯤부터 20세 정도까지가 대부분이었다. 스무 살이 넘은 여자들도 꽤 있었는데 이들은 묘하게 눈을 번쩍번쩍 빛내고 있는 듯했다. 그 이유는 깊이 생각해 보지 않아도 알 수 있었다. 관녀가 되어 미래의 남편감을 찾아내겠다는 의지의 발현인 셈이었다. 나이를 먹으면 먹을수록 조급해지게 되니 말이다.

'어머니가 되는 연령은 갓 20세를 넘은 정도가 이상적이라고 생각하는데.'

14, 5세경에 결혼해서 아이를 낳는 일도 딱히 드물지는 않지만 이 시기는 몸이 아직 완성된 상태가 아니다. 사람에 따라서

는 초경조차 오지 않은 경우도 있다. 월경이 안정되려면 초경이 오고 나서 몇 년이 흘러, 몸이 충분히 성장했을 때라는 사실을 고려해 볼 때 지나치게 어린 나이에 결혼하는 건 바람직하지 못하다고 마오마오는 생각했다.

'골반이 약하면 출산이 힘들지.'

마오마오는 자신의 허리에 손을 짚었다. 이 이상의 신체적 성장을 바랄 수는 없지만 출산을 하게 될 경우 조금 더 살집을 키우는 게 낫지 않을까. 자식을 낳는다는 행위는 죽음과 바로 맞닿아 있는 일이기도 하다.

마오마오는 한 번 정도 출산을 해 보고 싶다고 생각하고는 있으나 가볍게 입 밖에 낼 수 있는 말은 아니다. 시험 삼아 아이를 낳아 보고 싶다고 했다가는, 듣는 사람에 따라 자기가 바보 취급당한다고 느낄 수도 있을 것이다. 게다가 마오마오가 갖고 있는 또 하나의 생각을 알게 된다면 고함을 지를 가능성도 있다.

'온전한 태반을 손에 넣고 싶어.'

출산을 할 때는 갓난아기가 태어남과 동시에 태반이 떨어져 나온다. 그 떨어져 나온 태반은 일부 지역의 경우 산모가 자양강장용으로 먹기도 하는데, 생간 같은 맛이 나는 별미라고 한다. 물론 짐승 간을 생으로 먹으면 회충이 있지만, 태반에는 아무 문제도 없다. 원래 자신의 몸속에 있었던 부분이니 말이다.

마오마오는 아버지에게서 '절대로 인간은 약 재료로 쓰면 안 된다'는 가르침을 받았다. 쓸데없는 흥미를 느끼지 않도록 시체도 건드리지 말라고 했다.

하지만 자신의 태반이라면 어떨까. 시체는 아니다. 타인의 신체를 재료로 삼는 것도 아니다. 원래 자신의 신체 일부였을 뿐이다. 그걸 또다시 스스로 흡수한다 한들 뭐가 문제란 말인가.

즉, 마오마오 입장에서는 아버지와의 약속을 지킬 수 있으면서도, 섭취해 본 적이 없는 미지의 약인 셈이었다.

반드시 해 봐야겠다고 마오마오는 생각했다.

"이쪽으로 모여 주세요."

나이 든 관녀가 합격자들을 불러 모았다. 눈빛이 날카로운 사람이었다.

지정된 옷을 입고 와야 하는 자리인데 그 복장을 요란하게 개조한 사람이 몇 명 있었다. 공작은 수컷이 화려한 날개를 펼치지만 인간은 여자가 화려하게 차려입는다.

마오마오는 받은 옷을 있는 그대로 입고 왔을 뿐 딱히 눈에 띄는 행동은 하지 않았다. 그러나 어째서인지 주위에서 자신을 흘끔흘끔 쳐다보는 시선이 느껴졌다.

'옷을 이상하게 입었나?'

다른 사람들과 똑같이 무늬 없는 치마와 저고리였다. 상의는 연분홍색, 하의는 붉은색. 부서에 따라 색이 다른지 마오마오와 같은 색의 옷을 입은 합격자는 다섯 명도 채 되지 않았다.

의관 보조 분야는 신설된 부서이기 때문에 별로 놀라운 일은 아니다.

다른 점이 있다면 장식 끈의 색깔 정도일까. 마오마오의 끈만 조금 색이 진한 느낌이었다.

깊이 생각할 필요는 없겠다고 여기며 마오마오가 나이 든 관녀의 지시에 따라 사람들과 함께 모여서 줄을 서려 하는데 뒤에서 무언가가 부딪쳐 왔다.

아니, 단순히 부딪힌 수준의 충격이 아니었다. 마오마오는 양손을 짚을 틈도 없이 땅바닥에 넘어지고 말았다. 이목구비가 밋밋해서 그나마 다행이었다고 할 수도 있겠다. 지면에 나가떨어진 마오마오의 얼굴은 모래 속에 완전히 파묻혔다.

"······."

마오마오는 손으로 얼굴을 툭툭 털며 몸을 일으켰다. 코피가 안 난 걸 고마워해야 할까.

"어머나, 미안해."

마오마오와 같은 색의 옷을 입은 집단이 우아한 미소를 지으며 걸어갔다.

"괜찮아요?"

나이 든 관녀가 마오마오에게로 후다닥 달려왔다.

"괜찮습니다."

마오마오는 천연덕스러운 얼굴로 일어났다.

그리고….

'오랜만인걸.'

이곳은 여자들의 일터.

오랜만에 겪는 익숙한 상황에, 마오마오는 감개에 젖었다.

근무 첫날에는 우선 궁정에서 일하는 관녀로서의 마음가짐을 배우게 된다고 한다.

따라서 100명이 채 안 되는 수의 신입 관녀들은 선배 관녀들의 뒤를 따라 커다란 강당으로 들어가 설교를 들었다. 전에 마오마오도 후궁 강당에서 강의를 한 적이 있긴 하지만, 솔직히 남의 설교를 듣는 일은 매우 지루하다.

책상과 의자는 넉넉했으므로 신입 관녀들은 부서별로 드문드문 떨어져 앉았다.

마오마오의 주위에는 아무도 없었다. 아까 마오마오에게 부딪쳤던 관녀들은 앞쪽 자리에서 한데 뭉쳐 앉아 있었다.

관녀가 되는 여자들은 대부분 관리의 딸이고, 가끔 유복한 상인 가문의 딸도 끼어 있다. 후궁 안에서도 여자들끼리의 다툼이 적지 않긴 했지만 이곳 역시 마찬가지다.

하지만 후궁 안에는 어느 의미로는 하극상이 가능한 분위기가 조성되어 있고 다들 맨주먹으로 덤비려는 마음가짐도 있었으나, 이곳은 조금 다르다. 종래의 계급 구조 안에 자신의 위치를 어떻게 고정시키느냐가 중요해 보이는 곳이다. 왜냐하면 신입 관녀들은 이미 몇 명 단위의 무리를 이루고 있었고, 그 속의 중요 인물이 누구인지는 대충 봐도 알 수 있기 때문이었다.

'부모의 관직이 그대로 딸의 지위가 된다는 말이군.'

그런데 그 속에 도대체 어디서 굴러먹다 온 말 뼈다귀인지 알수 없는 마오마오가 끼어 있으니 무리에서 배제시키는 건 당연한 일이다. 또는 입장을 깨닫게 해 주기 위해 일부러 그랬을 수도 있다. 그렇게 생각하면 아까의 행동도 이해는 된다.

하지만 역시 유치한 짓이라고 마오마오는 생각했다.

한 시간쯤 걸려 설명이 모두 끝나자 부서별로 나뉘었다. 마오마오는 같은 부서 사람들과 함께 의국으로 가게 되었다. 의국은 궁정 안에 여러 곳 있다. 마오마오가 진시 밑에서 일할 때 자주 들렀던 곳은 서측에 있는 의국으로, 아버지가 의관으로 상주하고 있다.

그곳과 반대편인 동측에도 의국이 있고, 지금 향하는 곳은 그곳인 듯했다.

마오마오는 얼굴을 찌푸렸다.

궁정 서측에는 문관들이 많고, 동측에는 주로 무관들이 있다. 아버지 뤄먼이 서측에 배정된 이유는 가능한 한 무관과 얽히지 않을 수 있게 해 준 누군가의 배려 덕분이었지만, 그 행동에 별의미는 없어 보인다.

왜 무관을 피하느냐, 마오마오 역시 마찬가지 이유로 피하고 싶은 상황이다.

'어떻게 벌써 알고 온 거야?'

가능한 한 평정을 가장하며 마오마오는 나이 든 관녀 뒤를 따라 걸어갔다. 걸어가는 동안 험상궂은 무관들이 이쪽을 흘끔흘끔 쳐다보았다. 마오마오는 몰라도 다른 관녀들은 모두 젊고 아름답다. 남자라면 저도 모르게 시선이 한 번 더 갈 정도다.

벌써 여름에 접어들기 시작한 계절이다. 그냥 걷기만 해도 땀 냄새가 풀풀 풍겼다. 남자들이 상반신을 훌렁 벗은 차림으로 훈련을 받고 있는 모습을 보고 신입 관녀들은 시선을 어디다 둬야 할지 알 수가 없어 당황하고 있었다.

그런 가운데 몹시 수상한 그림자 하나가 뒤에서 따라왔다.

마오마오는 그 존재를 무시하고 싶었으나 자꾸만 시야 한구석에 들어왔다. 자기는 미행을 하고 있다고 생각하는 눈치였으나 어설픈 나머지 다 보였다. 누가 따라오고 있었느냐면….

지저분한 수염에 여우 같은 눈, 스스로는 멋이라고 부렸는지 몰라도 전혀 쓸모없는 외알 안경. 여기까지 말하면 누구나 다 알 수 있을 것이다. 이름도 말하기 싫은 그 인간이었다.

"뭐야, 저 사람?"

신입 관녀들이 수군거렸다.

'여기서는 꽤 높은 사람인데 말이지.'

군부 내에서는 더 높은 사람도 있다고 하지만 그런 사람들은 집무실이 중앙에 있다. 이 괴짜는 한가한 사람처럼 어슬렁거리고 다닌다고 하지만 아무튼 직함만큼은 꽤 높다고 한다.

괴짜 군사의 존재를 알아차린 무관들은 관녀들 쪽을 흘끔흘끔 쳐다보던 시선을 거두고, 우스꽝스러울 정도로 열심히 훈련에 임했다. 이들에게도 괴짜를 건드리면 안 된다는 엄격한 규칙이 있는 모양이었다. 평소에 도대체 얼마나 민폐를 끼치고 다니는 걸까.

'시끄러워.'

마오마오는 빨리 이동하고 싶었지만 나이 든 관녀의 걸음이 느리니 어쩔 수가 없었다. 치마로 가려져 있으나 엉덩이의 움직임을 보건대 아마 전족을 하고 있는 듯했다.

'걷기 힘들겠네.'

마오마오를 비롯한 다섯 명의 신입 관녀들은 걸음걸이가 가벼웠다. 관리의 딸들이라면 이 중에 한 명 정도는 전족을 한 사람도 있을 법한데, 우연히 모두 건강한 발을 갖고 있는 듯했다.

"저쪽이 의국이랍니다."

나이 든 관녀는 훈련장 근처에 있는, 장식도 없고 투박하며 튼튼해 보이는 건물을 가리켰다. 서측 의국이 오히려 화려한 축이었다.

마오마오가 그런 생각을 하고 있는데 등 뒤에서 크게 외치는 소리가 들렸다.

　모두가 뒤를 돌아보자 남자 한 명이 들것에 실려 오고 있었다. 몸이 축 늘어져 있었고, 신체에 타박상 자국이 보였다.

　"의국으로 옮겨야 해!"

　힘센 무관들은 익숙한 태도로 의국을 향해 뛰어갔다.

　"우리도 어서 가 봅시다."

　마오마오 일행도 그 뒤를 따랐다.

　의국에 도착하자 남자들이 곤혹스러워하고 있었다.

　"왜 그러시죠?"

　"아니, 평소엔 항상 의관이 있었는데…."

　안에는 아무도 없었다. 잠시 자리를 비우겠다는 글조차 남아 있지 않았다.

　쓰러진 남자는 축 늘어진 채 침대에 눕혀져 있었다. 문득 마오마오는 남자를 쳐다보았다. 전신이 타박상투성이였고 아직 수염도 나지 않은 젊은이였다. 볕에 그을린 피부를 보니 매일 죽도록 훈련하고 있었다는 사실을 알 수 있었다.

　"어쩌다 쓰러졌나요?"

　마오마오가 젊은이의 얼굴을 들여다보았다.

　"지금 뭐 하는 거야?"

　신입 관녀 한 명이 마오마오를 막으려 들었으나 반대로 나이 든 관녀에게 가로막혔다. 나이 든 관녀의 눈에는 '알 것 같으면 한번 봐 주렴'이라고 적혀 있었다.

"훈련 중 갑자기 쓰러졌다. 어디 그렇게 세게 부딪히지는 않은 것… 같았는데."

왠지 애매한 말투였다. 훈련을 좀 과하게 시켰다는 사실을 들켰기 때문인지, 아니면 창으로 얼굴을 반쯤 들이밀고 쳐다보고 있는 괴짜 때문에 불편해서 그런지는 알 수가 없었다.

체온은 정상. 땀도 흘리고 있다. 하지만 맥이 다소 약했다.

"어디에 부딪혀서 그랬다기보다는…."

마오마오는 의국에 있던 수건을 몇 장 집어 와서 물병에 담갔다. 물에 적신 수건을 쓰러진 젊은이의 몸 위에 덮어서 서늘하게 식혀 주었다.

"선반에 있는 걸 좀 써도 될까요?"

마오마오는 나이 든 관녀에게 물었으나 대답은 애매했다. 대신 창밖에 있는 인물이 엄지를 치켜들었고, 그 모습을 본 관녀가 "써도 좋아."라고 답했다.

괴짜 군사는 눈에 거슬리는 존재지만 또 쓰기에 따라서는 편리하기도 하다.

마오마오는 잔에 물을 담고 소금과 설탕을 섞어 넣었다. 무엇을 만들었냐면 전에 진시가 피서지에서 쓰러졌을 때 만들었던 액체와 같은 것이다. 젊은이가 쓰러진 이유는 더위에 의한 수분 부족이었다.

젊은이의 머리를 천천히 일으킨 마오마오는 잔을 기울여 입술을 적시듯이 물을 먹였다. 의식이 어느 정도 돌아오고 난 후에는 스스로 마시게 했다.

가혹한 훈련을 시켰던 무관들은 안도의 한숨을 내쉬었다. 하지만 마오마오로서는 날카롭게 째려보고 싶은 심경이었다.

미지근해진 수건들을 다시 적셔서 몸을 식혀 주고 있는데 짝짝짝 박수 소리가 들려왔다.

무슨 일인가 했더니 하얀 웃옷을 입은 남자들이 들어왔다. 하얀 웃옷은 의관의 증표다. 노인이 한 명, 장년이 두 명이었다.

"합격이다."

"뭐, 뭐가 말인가요?"

신입 관녀들 중 한 명이 물었다.

"뭐가 합격이냐고? 내가 데리고 쓸 조수를 뽑아야 하는데 필기시험만으로 결정할 수는 없지. 어느 정도는 지켜봐야 하지 않겠나?"

즉, 지금까지 마오마오 일행이 뭘 어떻게 할지, 숨어서 지켜보고 있었다는 뜻이다. 참 성격이 나쁘다.

"쓸모가 없으면 그 자리에서 바로 자르려고 했는데 말이지."

늙은 의관은 어째서인지 아쉽다는 표정으로 마오마오를 쳐다보며 물병에 든 물을 마셨다.

'까다로워 보이는 인간이네.'

마오마오는 솔직한 감상이 입 밖으로 흘러나오지 않도록 조심했다.

  참고로 아직 밖에서 괴짜 군사가 안을 들여다보고 있었으나, 이젠 무시해도 될 것 같았다.

약사의 혼잣말

3 화 ⦙ 의관 보조

마오마오를 포함한 의관 보조 관녀는 총 다섯 명이었다. 일단 처음 한 달 동안에는 군부 훈련장 옆에 있는 의국에서 일을 배우게 되었다.

군부에서 일을 배우는 이유는 가장 일이 많은 곳이기 때문이다.

진시의 추천을 받고 들어오긴 했지만 마오마오는 특별 취급을 받지 않았다. 따라서 마오마오가 후궁에 드나들기 위해서는 열심히 일을 해서 좋은 평가를 받아야만 한다.

무인들은 매일같이 여러 가지 이유로 실려 왔다. 긁힌 상처, 베인 상처, 부딪힌 상처, 때로는 꿰매야만 하는 부상도 적지 않았다. 일에 익숙해지기에는 딱 좋은 곳이다.

'의외로 진심인가 본데?'

마오마오는 이 부서를 표면상 만들어 놓은 곳이라고만 생각했다. 다른 신입 관녀들도 단순히 결혼상대를 찾기 위해 일하러 왔을 뿐이라고 여겼는데.

'의외로 열심히 일하는 사람이 둘.'

자신을 제외한 나머지 네 명 중 둘은 야무지게 일을 해냈다. 한 명은 무리의 대장 격으로 여겨지는 존재였고, 다른 한 명은 얌전해 보였다.

나머지 두 명은 의욕 운운하기 이전에 맨 처음 피를 보고는 기절하고 말았다. 며칠이 지나 어느 정도 익숙해지긴 했지만 아직도 얼굴을 찡그리고 다니고 있다. 땀범벅에 진흙범벅이 된 무관들을 보고 얼굴을 찌푸려서는 곤란한데 말이다.

"옌옌燕燕, 붕대 좀 집어 줘."

"네, 야오姚 님."

옌옌이라는 이름의 얌전한 관녀는 야오라는 관녀의 시녀인 모양이었다. 여기서는 일단 동료로 취급되고 있지만, 지금의 태도로 볼 때 상하 관계는 명백했다.

야오는 성장 발육이 좋고 성품이 시원시원한 소녀였다. 일자리를 찾지 못한다 해도 아내로 맞이하고 싶어 할 남자는 수없이 많을 듯했다.

옌옌은 어딘가 한 걸음 뒤로 물러나 있다는 인상에, 표정 변화가 거의 없는 여자였다. 하지만 얼굴 생김새는 아름다웠고 무엇이든 할 수 있다는 분위기를 풍겼다.

마오마오는 열심히 붕대를 세탁하고 있었다. 상처에 감아야 하니 항상 깨끗하게 준비해 두어야만 한다. 깨끗이 빤 다음에는 삶아서 소독한 뒤 잘 말린다.

동료들은 여전히 마오마오에게 쌀쌀맞은 태도를 보였고 필요 최소한의 대화밖에 나누지 않았다. 어차피 상대가 먼저 말을 걸지 않는 이상 마오마오 쪽에서도 말을 걸 일은 없었으므로 피장파장인 셈이다.

의관들은 자기 나름대로 관녀를 험하게 부려 먹으려는 듯 했으나, 마오마오는 그런 일에는 익숙했으므로 다른 사람들에게 도움을 요청할 필요도 없이 혼자 담담히 일을 해치웠다.

결과적으로 그 누구와도 친목을 다지지 못한 채 마오마오의 일은 끝난다.

삶는 소독을 마친 붕대를 널어 말리고 있는데 의관들 중 한 명이 불렀다.

"하나 물어도 될까?"

"네, 왜 그러시죠?"

"혹시 일하기 힘들진 않나?"

어디서 본 적 있는 사람이다 했더니, 전에 진시 밑에서 일할 때 알고 지냈던 의관이었다.

"딱히 문제는 없는데요."

"식사할 때 혼자 먹고 있던데."

"여기 밥은 맛있거든요."

후궁과 다르게 더 달라고 할 수도 있고, 무관과 같은 음식을 먹기 때문에 간도 싱겁지 않다.

"아니, 그게 아니라. 노골적으로 무시당하고 있는 것 같던데 힘들지 않아?"

"그렇게 말씀하셔도, 그쪽에서 제게 물어보면 쉬워질 일은 있어도 그 반대의 경우는 거의 없어서요."

난처해지는 건 오히려 상대방이다. 가끔 중요한 전달 사항을 알려 주지 않는 일이 있긴 했지만, 마오마오를 야단치던 의관도 창밖에서 노려보는 괴짜 때문에 결국 아무 말도 할 수가 없었다. 괴짜가 하루에도 몇 번씩 나타났다가 부하에게 끌려가는 일은 여전히 이어지고 있었다.

오히려 제일 곤란한 사람은 일을 가르쳐 주는 의관들일 것이다. 마오마오는 조금 미안해졌다.

"사이좋게 지내는 일은 어렵지만, 이상한 사람 다루는 법이라면 제가 좀 압니다."

"…가르쳐 줄 수 있겠니?"

일단 뤄먼의 이름을 꺼내면 된다. 아버지에게는 미안하지만 마오마오 입장에서도 저 아저씨가 이렇게 자기 뒤를 졸졸 따라다니는 건 불쾌한 일이었다. 그리고 기보를 건네주면 그것을 보는 동안에는 얌전해진다. 하지만 너무 못 둔 기보에는 오히려 훈수를 두기 시작하니 주의해야 한다.

"하나만 더 물어도 될까?"

의관은 여전히 나무 뒤에 숨어 이쪽을 흘끔흘끔 쳐다보고 있는 외알 안경 아저씨의 눈치를 보며 물었다. 또 어느새 찾아왔나 보다. 아저씨의 찌르는 듯한 시선은 마오마오와 대화를 나누는 의관에게 고정되어 있었다.

"군사님과는 무슨 관계지?"

"남남입니다."

"아니, 그게….."

"남남이에요."

마오마오는 딱 잘라 말한 뒤 일터로 돌아갔다.

의국에서 일을 시작한 후로 마오마오는 궁정 근처의 기숙사에 머물고 있었다. 거리로 따져 보면 유곽에서 통근을 해도 상관은 없었지만, 사는 장소가 장소인 만큼 이상한 소문이 떠도는 것은 피하고 싶었다. 유곽 약방도 걱정이 되긴 했지만 코쿠요가 드나들고 있으므로 조금은 안심할 수 있었다.

아버지도 마오마오와 마찬가지로 기숙사에서 살고 있다. 그러나 정식 의관은 야근이 많기 때문에 의국 근처의 가수면실에 그냥 눌러 사는 의관도 적지 않다. 아버지도 기숙사로 돌아오는 일은 좀처럼 없다고 한다.

방 넓이는 그리 넓지도 좁지도 않고, 침대와 옷장도 있으며 글을 쓸 수 있는 크기의 책상도 있었으므로 마오마오는 불만이 없었다.

일단 책장도 갖춰져 있다. 책은 귀중품이기 때문에 그리 많이 사들일 수는 없지만, 의국에 있는 책은 허락을 받으면 빌려 올 수 있다고 한다.

마오마오 입장에서 이 생활은 그리 나쁘지 않았다. 하지만 식사는 각자 준비해야 한다. 근처에 밥집도 있지만 마오마오는 부뚜막을 빌려 직접 죽을 끓이는 경우가 많았다.

마오마오는 침대에 앉아 낮에 도착한 듯한 편지를 펼쳤다. 편지는 두 통이었다. 하나는 유곽에서 온 편지로, 약방이 현재 어떻게 돌아가고 있는지에 대해 보고하는 내용이 적혀 있었다.

녹청관 할멈은 일단 코쿠요를 경계하고 있지만, 아직까지 이상한 행동을 한 적은 없다고 한다. 사젠과도 잘 지내고 있는 모양이다.

나머지 한 통은 진시가 보낸 편지였다.

가오슌의 이름으로 와 있지만 글씨는 진시의 필적이었다. 내용은 혹시 누가 보더라도 별문제 없는, 지극히 흔해 빠진 근황보고로 보인다. 사실은 후궁에 있다는 샤오 출신의 아이린이라는 여자, 즉 새 중급 비의 근황이었다. 누군가가 훔쳐볼 가능성도 고려하여, 이국의 꽃에 빗대어 묘사되어 있었다.

하지만 의아하게 느껴졌다.

상대가 아무리 보통내기가 아닌 인물이라고는 하지만 후궁에 들어올 때는 혼자다. 그렇게까지 경계할 필요가 있을까, 하고 생각하며 마오마오는 편지를 다 읽은 뒤 문갑에 넣었다. 아이린의 행동에는 별로 이상한 부분이 없어 보였다.

그 진상을 알게 되는 것은 며칠 후의 일이지만, 지금 시점에서 마오마오가 사실을 알 길은 없었다.

의국 일에도 제법 익숙해졌을 무렵 오늘도 어김없이 괴짜 군사가 창밖에서 안을 엿보다가 아버지에게 붙잡혀 끌려갔다.

아버지는 다리가 불편하기 때문에 몇 번이고 자신을 들어 왕복시키는 게 미안한지, 요즘 들어서는 짐수레를 타고 이동하고 있다. 승차감은 매우 불편해 보였으나 한쪽 무릎뼈가 없으니 어쩔 수 없다.

"으응?"

방금 전 괴짜를 끌고 갔던 아버지 뤄먼이 다시 돌아왔다. 뭔가 깜박하고 간 물건이라도 있나 했더니 아버지는 의국 안으로 들어왔다.

마오마오는 널어 두었던 붕대들을 걷어 가지고 안으로 들어왔다. 이미 마오마오 말고 다른 관녀들이 모여서 정렬해 있었다.

이번에도 전달 사항을 전할 때 자신만 빼놓았던 모양이다. 심각한 표정을 지은 의관이 마오마오에게 줄을 서라고 말했다.

"오늘은 후궁에 가야 하는데 도와줄 사람이 몇 명 필요해서 말이야."

뤄먼이 일부러 여기까지 온 것에는 저런 이유가 있나 보다.

후궁에는 돌팔이 의관이 있긴 하지만 최근에는 뤄먼도 후궁에 드나들고 있다. 다른 의관들은 아직 소중한 것을 잘 간직하고 있기 때문에, 전직 환관이었던 뤄먼 한 명만 후궁에 들어갈 수 있다.

"그럼 제가 가겠습니다."

앞으로 나선 사람은 관녀 네 명 중 우두머리 격인 야오였다. 그 뒤를 따라 옌옌도 나섰다. 그러자 다른 두 명도 나섰다.

"안타깝게도 이미 데려갈 사람은 정해져 있다."

의관의 말에 야오가 눈을 가늘게 떴다.

"그건 이쪽 분을 말씀하시는 건가요?"

야오는 이름을 부르지 않고 마오마오 쪽을 흘끔 쳐다보기만 하며 말했다.

딱히 이름을 기억해 주지 않는다 해도 문제는 없지만, 마오마오가 후궁에 들어가는 일을 막지는 말아 줬으면 좋겠다. 일단 그것 때문에 관녀가 된 몸이니 말이다.

"항상 빨래만 하고 있을 뿐 제대로 일을 하는 것 같아 보이진 않던데요. 아, 그리고 청소도 하더군요."

야오의 말에 편승하기라도 하는 듯, 이름이 기억나지 않는 다른 관녀 하나가 입을 열었다.

"관녀라기보다는 하녀 쪽이 더 어울리지 않을까요?"

관녀 둘이 서로 시선을 주고받으며 키득키득 웃었다.

'아니, 너희가 안 하니까 내가 하는 거잖아.'

하녀라 불린다 해도 지금까지 하녀 일을 쭉 해 왔기 때문에 마오마오로서는 아무 생각도 들지 않았다. 하지만 위에서 시키는 일이라 했을 뿐인데 그 일을 부정당하니 기분이 좋지는 않았다.

자신도 한마디 해야 하는 게 아닐까 생각하고 있는데, 다른 의관이 싱글싱글 웃으며 이름이 생각나지 않는 두 관녀의 어깨에 손을 얹었다.

맨 처음 왔을 때 신입 관녀들을 시험했던 그 노의관이었다.

"그래, 너희 둘은 그만 돌아가 봐도 좋아."

느닷없는 말에 두 관녀의 눈이 휘둥그레졌다.

"무, 무슨 말씀이세요?"

"나는 분명 빨래를 열심히 하라고 했을 텐데. 그런데 그건 자기들이 할 일이 아니라면서 아무 일도 안 하는 너희를 여기에 남겨 둘 것 같니? 난 그런 게 제일 싫단다."

온화한 말투였지만 인정사정 봐주지 않는 분위기였다.

"일단 시험에는 합격했겠지. 하지만 의국 근무에는 맞지 않는다고 판단되는구나. 다른 부서로 돌리게 될 텐데, 다른 곳으로 가서는 청소나 세탁 일이 산더미처럼 많아질 테니 각오해 두는 편이 좋을 게다."

노의관은 단호하게 말한 뒤 젊은 의관에게 그 둘을 데려가도록 지시했다.

"야, 야오 님!"

두 관녀는 도움을 요청하듯 야오를 쳐다보았다.

야오와 옌옌은 어처구니없다는 표정으로 쳐다보고만 있을 뿐이었다. 무리 지어 다니는 듯 보였지만 사실은 꽤 건조한 관계였던 모양이다.

"자, 조용해졌으니 한 가지 더 덧붙여 두도록 하지."

의관은 남은 두 명의 관녀와 마오마오, 그리고 아버지를 쳐다보았다.

"난 연줄 채용이라는 걸 아주 싫어해."

아버지의 눈썹이 난처한 듯 양쪽으로 축 처졌다.

'이건 혹시….'

마오마오는 자신이 제대로 시험을 치고 들어왔다고 생각했지만, 주위에서 보기에는 그렇지 않은지도 모른다.

무엇보다 마오마오가 온 뒤로 괴짜 군사가 이쪽에 눌러앉는 바람에 일에 지장이 생겼다는 사실은 부정할 수 없다.

"그렇지 않다면 확실히 실력으로 평가받아야겠지. 자, 내가 할 말은 이게 끝이니 빨리 후궁이든 뭐든 데려가도록 해."

아버지는 난처한 표정으로 고개를 꾸벅 숙였다.

결국 남은 마오마오와 나머지 두 명, 합쳐서 모두 셋이 후궁에 가게 되었다.

약사의 혼잣말

4 화 : 후궁

후궁에 들어가기 전에는 환관이든 궁녀든 신체검사를 받는다. 마오마오나 아버지는 익숙한 일이었지만 야오와 옌옌에게는 상당히 굴욕적인 일이었던 모양이다. 환관이 몸을 만지는게 몹시 불쾌했는지 둘은 건드리지 말라는 표정을 노골적으로 짓고 있었다. 아버지는 포기한 얼굴로 궁녀를 불러 주었다.

"이번뿐이야."

"알겠습니다."

일단 아버지의 말에 거역할 생각은 없는 모양이었다. 하지만 환관이라는 이야기를 들은 후로는 태도가 다소 불량해진 느낌이 들었다.

'별로 놀라운 일은 아니지만.'

환관이 경멸당하는 일은 별로 드물지 않다. 아버지도 익숙한 일이므로 딱히 마음에 두지 않는 듯했지만 마오마오는 화가 났다.

후궁 안에 들어가니 그리운 분위기가 느껴졌다.

여자의 화원, 주위의 남자라고는 전부 환관들뿐. 그런 특수한 상태가 일상화되어 있는 공간이다 보니, 그곳에 사는 사람들도 다소 특수해진다.

궁녀들은 안으로 들어온 마오마오 일행을 흘끔흘끔 쳐다보았다. 자유롭게 밖을 드나들 수 없는 이 장소에서는 외부에서 들어온 사람들의 존재에 민감하다.

혹시 뭐 재미있는 소문의 씨앗이라도 가져와 준 게 아닌지 눈을 빛내고 있다.

개중에는 낯익은 얼굴도 더러 있었다. 별로 친하게 지내던 사이는 아니었지만 빨래터에서 수다를 떨 때 가끔 끼어 있었던 하녀들이었다. 이들은 마오마오가 몇 번씩 후궁을 나갔다가 돌아오는 모습을 보았기에 다들 의아한 표정이었다.

아버지는 곧바로 후궁 내 의국으로 향했다. 관녀 둘은 조금 신기하다는 표정으로 주위를 둘러보며 걸었으나 아버지와 마오마오는 딱히 신경 쓰지 않았다. 그 모습이 눈에 거슬렸는지 드물게도 야오가 먼저 마오마오에게 말을 걸었다.

"왜 그렇게 태도가 익숙해?"

"여기서 2년 가까이 일한 적이 있으니까요."

기간이 좀 띄엄띄엄 떨어져 있긴 하지만 작년 가을까지 있었다.

"후궁 궁녀의 봉공 기간은 2년이거든요."

이래저래 설명하기 귀찮았으므로, 이 정도만 말해 두면 알아서 납득할 것이다.

대화는 그게 전부였고 일행은 아무 말 없이 의국에 도착했다. 의국에서는 미꾸라지 수염의 반가운 얼굴이 꾸벅꾸벅 졸고 있었다.

"안녕하세요."

아버지가 미안한 표정으로 말을 걸자 콧방울이 톡 터지고, 돌팔이 의관이 깜짝 놀라서 벌떡 일어났다.

"아니! 뤄먼 씨 아냐? 게다가 아가씨! 오랜만이네!"

돌팔이 의관은 무거운 배를 끌어안고 성큼성큼 다가왔다. 마오마오는 돌팔이 의관의 고향인 종이 만드는 마을에 동행한 이후 몇 달 만에 처음 보는 것이었다.

야오는 마오마오가 돌팔이 의관과 본래 아는 사이였다는 사실이 마음에 안 드는 모양이었다.

'연줄 채용이란 말이지.'

마오마오는 아까 군부에서 일하는 노의관이 했던 말을 속으로 반추해 보았다.

"뒤에 있는 아가씨들은?"

돌팔이 의관이 야오와 옌옌을 보고 물었다.

두 사람은 애매한 표정을 짓고 있었다. 상대는 환관이지만 일단은 의관이다. 머리로는 이해하고 있지만, 어떤 태도를 취해야 할지 알 수가 없어 난감해 보였다.

돌팔이는 그런 표정은 읽지 못하고, 아니 읽지 않고,

"다과로는 뭐가 좋을까?"

하고 찬장을 뒤지기 시작했다. 어떤 의미에서는 행복한 성격이다.

"이 세 사람은 앞으로 의관의 일을 돕게 된 궁정 관녀들입니다. 저희끼리만 후궁 전체를 돌보기는 너무 힘들기 때문에, 이번에 시험적으로 함께 일하게 되었지요. 연락 못 받으셨나요?"

아버지의 말에 돌팔이 의관은 움찔 놀라더니 책상 쪽을 흘끔 쳐다보았다. 아직 개봉도 하지 않은 편지가 한 통 보였지만 그 점에 대해서는 굳이 캐묻지 않기로 하자.

"아~ 그랬지, 그랬어. 그래서 이제 어떻게 할까?"

돌팔이 의관은 일부러 그러는 것처럼 '그 정도는 나도 안다네' 하는 표정으로 말했다. 마오마오는 이미 익숙한 일이었고 아버지는 쓴웃음만 짓고 있었다. 야오와 옌옌은 벌써부터 이 의관 뭔가 이상한데, 하는 의심 어린 시선을 보내기 시작했다. 돌팔이라는 사실을 들키기까지 그리 오랜 시간이 걸리진 않을 듯했다.

"오늘은 리화 비전하 궁에 들렀다가 그 후 다른 중급 비전하들을 찾아뵐 예정입니다."

후궁의 상급 비들로 말할 것 같으면 러우란은 역모를 일으켜 사라지고, 교쿠요 비는 황후가 되어 후궁을 나갔다. 그리고 리슈 비는 거의 출가 상태이니 실질적으로 남은 사람은 리화 비 하나뿐이었다.

'사내아이가 태어났다고 들었는데 어떻게 됐을까?'

리화 비를 만나는 건 정말 오랜만이었다. 예전에 옆에 딱 붙어 간호한 일도 있었기에 이래저래 정이 많이 든 비다.

리슈 비만큼은 아니지만 리화 비 역시 여러모로 운이 없는 비였다. 당시의 몹쓸 시녀들은 싹 내보냈다고 하던데 지금은 어떨까.

그리고 본론, 샤오에서 들어온 새로운 비 아이린 역시 궁금했다. 사실 마오마오는 이 여자 때문에 의관 보조 관녀가 된 거나 다름없는 처지이니 말이다.

"일단 수정궁으로 가 보자꾸나."

이리하여 일행은 리화 비를 만나러 가게 되었다.

상급 비의 처소를 방문할 때는 의관과 별개로 다른 환관이 호위로 따라온다. 의관을 호위하는 동시에, 비에게 해를 끼치지 않을지 감시하는 역할도 겸한다. 사람이 그리 자주 바뀌진 않기 때문에 이 환관 역시 마오마오와는 면식이 있는 사이였다.

직무에만 충실한 이들은 필요한 사항 외에는 궁녀들에게 말을 걸지 않기 때문에 마오마오는 이름도 모른다. 마오마오는 뭐 그래도 상관없었고, 상대방 역시 이쪽에서 폐를 끼치지만 않으면 신경 안 쓸 것이다. 이런 담백한 관계가 마오마오는 그리 싫지 않았다.

상급 비 중 한 명, 현비인 리화 비의 궁은 여전히 화려했다. 예전에 수정궁에 공간을 빌려서 장미를 키운 적이 있었는데 그때 남은 장미를 곳곳에 옮겨 심었더니 궁의 정원에는 장미가 많았다.

마오마오가 심은 장미는 흰색뿐이었지만, 지금 정원 관리를 하고 있는 사람이 단조롭다고 생각했는지 빨강과 노랑, 특이한 종류인 녹색 장미까지 선명하게 피어나 있었다. 장미궁이라고 불러도 손색이 없을 정도였다. 꽃의 계절이 거의 끝나 가고 있다는 사실이 조금 아쉽게 느껴졌다.

"헉!"

수정궁 현관에서 사람들을 맞이하던 시녀가 마오마오를 보더니 비명을 질렀다.

고참 시녀들도 몇 명 남아 있었는지 마오마오를 보고는 노골적으로 얼굴을 찡그리는 자도 있었다. 매번 변함없이 마오마오를 요괴 취급하는 인간들이다.

덕분에 야오와 옌옌이 또다시 마오마오를 이상하다는 눈으로 쳐다보고 있는 듯했다.

뿐만 아니라 아버지까지 마오마오를 쳐다보았다. '여기서도 무슨 짓을 저지른 거니?' 하고 불안한 눈빛으로 묻고 있었다.

일행은 수정궁 안으로 안내되었다. 장소는 침실이 아니라 응접실이었다. 잠시 기다리고 있으니 옷깃 스치는 소리와 함께 커다란 장미꽃 같은 비가 나타났다. 팔에는 통통한 아기가 안긴 채 입을 오물오물 움직이고 있었다. 희미하게 젖 냄새가 나는 걸 보니 방금 전까지 젖을 먹이고 있었는지도 모른다.

리화 비는 백분을 바르지 않고, 연지를 살짝 칠했다. 원래 피부가 아름다웠으므로 백분을 바르지 않아도 아무런 문제는 없다.

돌팔이 의관과 아버지의 뒤를 이어 세 관녀들도 인사를 했다. 오랜만에 만나는 비가 건강해 보여 정말 다행이라고 마오마오는 생각했다. 품 안에 안긴 아기 역시 혈색이 좋았다. 먼저 세상을 떠난 동궁의 연령은 이미 넘고도 남았다. 사실은 한창 장난을 칠 나이의 아들이 하나 더 있어야 했다고 생각하니 조금 허전해졌다.

정실인 교쿠요 황후가 낳은 아들이 현재 동궁이 될 예정이지만, 그다음 황위 계승권은 바로 여기 있는 리화 비의 아들에게 있다.

'진시는 아직 동궁 대접을 받고 있을까?'

후계자 문제를 생각하면 이 아이의 장래가 조금 불안해지긴 하지만, 지금은 그저 건강하게 자라 주기만 하면 충분하다고 마오마오는 생각했다.

"인사는 길게 하지 않아도 돼. 그보다 몸 상태를 봐 주지 않겠니?"

리화 비는 갓난아기를 조심스럽게 마오마오에게 건넸다. 갑자기 건네는 바람에 마오마오는 조금 당황했지만, 갓난아기는 낯을 가리지도 않고 손가락을 빨면서 생글생글 웃고 있었다.

'아이 다루는 데에는 익숙하지 않은데….'

리화 비는 마오마오에게 보여 주고 싶었으리라. 먼저 낳은 아들을 잃고 마치 혼이 빠진 껍데기처럼 살아가던 자신이 지금은 이렇게 건강한 아들을 다시 낳아서 키우고 있다는 사실을. 그렇게 생각하니 아이가 귀엽게 느껴지지 않는다느니 하는 소리는 도저히 내뱉을 수가 없었다.

수정궁에 추가로 들어온 시녀는 유능했다. 마오마오가 아이를 잘 안을 수 있도록 의자를 준비해 주고, 물에 적신 탈지면이 담긴 잔도 건네주었다. 아이가 목이 마른 듯 보이면 이것을 입에 물려 주면 된다.

아버지는 리화 비에게 문진問診을 하고, 맥을 쟀다. 돌팔이 의관은 딱히 아무것도 하지 않고 옆에서 싱글싱글 웃고만 있었다. 돌팔이 의관 대신 옌옌이 진료 도구를 꺼냈다.

마오마오는 갓난아기를 똑바로 바라보았다.

날씨가 많이 더워진 탓인지 아이의 목에 살짝 땀이 나 있었다. 그 외에는 딱히 마음에 걸리는 부분도 없고, 그야말로 건강 그 자체였다.

마오마오가 흐뭇한 미소를 짓고 있는 돌팔이 의관에게 귓속말을 하자, 아버지에게 그 말을 전달해 주었다. 아버지는 이미 예상한 일이었는지 돌팔이 의관은 다시 아버지의 말을 듣고 가져온 약상자에서 땀띠약을 꺼냈다.

아기가 건강하게 자라나 준 건 참 고맙고 좋은 일이지만, 마오마오가 아기를 안고 있는 내내 야오는 이쪽을 계속 노려보았다.

리화 비 다음으로는 새로 중급 비가 된 샤오 여성을 찾아갔다. 상급 비의 궁은 세 개나 비어 있었지만 하나도 사용되지 않는다. 아이린은 다른 중급 비들과 마찬가지로 건물 하나를 받았다. 장소는 후궁 중앙에서 동쪽에 있었다. 특별 취급을 받고 있는 것도 아닌 듯했고, 한동안 사용되지 않았던 건물이었는지 주위가 다소 살풍경했다.

마중 나와 준 시녀들은 환하게 웃으며 마오마오 일행을 안으로 들여보내 주었다. 수는 다섯 명 정도, 중급 비가 거느린 시녀들로서는 많지도 적지도 않은 수였다.

"안녕하세요."

안에서 나온 금발의 새 비는 익숙지 않아 보이는, 커다란 소맷자락이 달린 옷을 입고 있었다. 투명할 정도로 하얀 피부에 하늘 빛깔의 눈, 풍만한 육체. 키도 크다. 역시 눈에 확 띄는 용모였다.

'한 번은 자기들의 미모를 이용해서 이쪽 내정에 파고들려 했던 적도 있으니까.'

작년에 찾아왔을 때는 여장한 진시에게 속수무책으로 패배하고 돌아가긴 했지만, 어쨌거나 아이린은 그때의 목적이었던 입궁 자체는 결국 이룬 셈이다.

아이린은 입궁할 때 다른 한 명의 특사 아이라에 대해서는 별로 좋은 말을 하지 않았는데, 요 1년쯤 되는 시간 동안 두 사람의 사이가 틀어지기라도 한 걸까.

'굉장히 친해 보였는데.'

여자들 관계란 연약한 법이니 무너지는 일이야 있겠지만 그 이유가 궁금해졌다. 하지만 입 밖에 내서 물어볼 수는 없다.

아이린은 긴 의자에 누워 시녀가 차를 준비하는 모습을 지켜보고 있었다.

'황제 취향이야.'

풍만한 육체였다.

이국 여성들은 실제 연령보다 나이가 더 들어 보인다고 하지만, 아이린은 아직 20대 중반쯤 된다고 들었다. 밤이 되면 이런저런 의미로 매우 활기가 도는 주상이긴 해도 수완이 대단한 인물이라는 사실을 마오마오는 알고 있다. 사내아이 둘이 건강하게 쑥쑥 자라고 있는 현재, 급하게 자식을 늘릴 필요는 없다. 하물며 망명 목적으로 찾아온 여자가 아이를 낳게 되면 추후 외교 문제의 불씨가 될 수도 있다.

'이미 충분히 큰 불씨가 되긴 했지만.'

마오마오는 서쪽 땅에서 라한과 당당하게 거래하던 여자를 바라보았다. 지금은 얌전히 차나 마시고 있지만 그 뱃속으로는 무슨 생각을 하고 있을지 모른다.

옆에 있던 시녀가 차에 독이 들었는지 맛을 본 뒤 사람들에게 잔을 나누어 주었다.

"후궁에는 좀 익숙해지셨나요?"

아버지가 느긋한 말투로 물었다. 아이린은 이쪽 말을 유창하게 구사할 수 있지만, 천천히 말해 주는 게 더 알아듣기 쉬우리라.

"네, 모든 분들이 참 잘해 주셔서요."

아이린은 긴 손가락으로 찻잔을 집어 들었다. 손잡이가 달린, 이국풍의 잔이었다. 긴 손가락 끝의 손톱에는 꼼꼼하게 붉은 칠을 해 놓았다. 차 향기도 달콤하게 느껴지는 걸 보니 서방에서 온 발효차인 듯했다. 조금 마셔 보고 싶었으나, 시녀는 아버지와 돌팔이 의관 몫밖에 대접해 주지 않았다.

'수정궁에서는 줬는데 말이야.'

그 부분은 리화 비가 배려해 주었던 모양이다. 본래 조수에게 차 대접을 해 주는 방침은 없는 듯했다.

아버지는 문진을 한 뒤 비의 맥을 짚었다. 아버지가 다른 의관들과 다른 점은 그것을 수치로 기록한다는 부분이었다. 라한 만큼은 아니지만, 아버지 역시 명확히 몸 상태를 나타내는 지표로서 숫자를 중히 여기고 있다.

아버지는 탁자 위에 휴대용 필기도구를 펼쳐 놓고 가벼운 붓놀림으로 적어 내려갔다.

그때 마오마오는 평소와 글씨 모양이 다르다는 사실을 눈치챘다.

'서방 문자?'

얼핏 보기에는 꾸불꾸불한 지렁이 같은 글씨였다. 옛날 아버지가 의학에 관한 지식들을 이 문자로 적어 두었을 때, 마오마오가 필사적으로 해독하려 했기에 쓰는 법을 바꾼 적이 있었다.

왜 또 그런 짓을 하는 걸까, 하고 생각했지만, 지금도 그 글씨를 어떻게든 알아보려 하는 사람들이 드문드문 보였다. 돌팔이 의관은 전혀 알아보지 못했으므로 그저 시키는 대로 필기도구를 내밀기만 할 뿐이었으나 시녀들 중 한 명이 새 차를 끓이면서 흘끔흘끔 쳐다보았다. 그리고 또 한 사람.

옌옌이 차분한 표정으로 지켜보고 있었다.

내용은 별로 대단한 이야기가 아니었다. 마오마오도 읽을 수 있었다. 맥박 정상, 건강 상태 양호 등 간단한 말들이었다.

"별다른 이상은 없습니다."

"그렇습니까."

아이린은 평소 유창하게 말하지만 말끝에서 발음이 살짝 기묘해지는 게 느껴졌다. 샤오 특유의 발음일지도 모른다. 마오마오를 기억하고 있는 모양인지 때때로 이쪽에 시선을 보내곤 했다.

특별히 이상한 부분도 없었기에 일을 마치고 돌아가려 하는데 아이린이 불러 세웠다.

"기왕 오셨는데 과자라도 드시죠."

예쁜 천에 구운 과자가 포장되어 있었다. 특이한 모양의 병간餅干*으로 유락* 냄새가 났다. 관녀들에게만 나눠 주었기에 돌팔이 의관이 그 낯선 과자를 부럽다는 듯 쳐다보았다. 의국에 돌아가면 조금 나눠 줘야겠다. 똑같은 천을 구하기는 힘들었는지, 옌옌만 무늬가 있는 천이었다.

'차는 안 주고 과자만 주는 건가?'

의아하게 생각하면서도 받은 것을 돌려줄 마음은 없었다. 마

※병간 : 쿠키.
※유락 : 버터.

오마오는 과자를 품에 넣은 뒤 아버지와 돌팔이 의관을 따라 다음 비가 있는 곳으로 향했다.

   나머지 중급 비들의 처소를 돌아본 뒤 의국으로 돌아가자 하늘이 붉게 물들기 시작하고 있었다. 소식하는 마오마오라 해도 슬슬 배가 고플 시간이었다. 돌팔이 의관을 꼬드겨서 의국에서 차나 마시면 안 될까 하는 생각이 들었다.

   "오늘은 중급 비들만 살펴보았지만 다음에는 건강을 돌봐 주는 대상을 하급 비, 그리고 시녀들까지 차근차근 늘려 나가야겠구나."

   아버지가 다정한 말투로 말했다. 예전에는 중급 비들까지만 검진을 받을 수 있었다고 한다. 왠지 갑자기 바빠질 것 같은 느낌이었다. 돌팔이 의관이 동그란 눈을 깜빡이고 있었다.

   아버지가 의관으로 돌아오고, 의관을 보조하는 관녀가 늘어난다.

   아버지는 나이로 봐도 앞으로 쭉 진맥을 할 수 있는 상황이 아니니, 조만간 관녀들을 주축으로 삼아 진료를 할 수 있도록 만들어 나갈 요량인 듯했다. 추후 후궁이 축소되어 일이 편해지게 되리라는 사실까지 내다보고 있는지도 모른다.

   아버지는 의국에 들르려 하지도 않고 들어온 문 쪽으로 향했다.

"그럼 이만 가 보겠습니다."

"조금 더 쉬었다 가도 되는데."

'맞아, 간식도 있고.'

마오마오도 마음속으로 돌팔이 의관을 응원했지만 아버지는 고개를 가로저었다.

"그럴 수는 없지요. 다음 일도 남아 있으니."

돌팔이 의관이 아쉬운 듯한 시선을 보냈다. 가끔 환관이 놀러 오긴 하지만, 그래도 함께 차를 마실 만한 친구가 부족한 모양이었다. 마오마오의 친구 샤오란도 봉공 기간이 끝나, 후궁을 나가고 없다.

'어떻게 지내고 있을까?'

시정에서 일자리를 찾아낸, 그 애교스러운 소녀의 모습이 떠올랐다. 조만간 편지라도 보내 봐야겠다.

자신들이 받아 온 과자를 돌팔이 의관이 부럽다는 시선으로 쳐다보고 있었기에 마오마오는 조금 나눠 줄까 싶어 품에서 꺼냈다. 그리고 꾸러미를 풀고 과자를 꺼내던 마오마오는 무언가를 알아차렸다.

특이한 모양의 병간은 기묘하게도 대롱 모양을 띠고 있었다. 그리고 그 대롱 속에 무언가가 들어 있었다. 손가락 끝으로 쑤셔 보니 작은 종이였다. 그 종이는 모든 병간 속에 다 들어 있는 모양이었다.

'뭐지?'

마오마오는 과자를 잘 싸서 다시 품에 넣고 후궁을 나왔다.

돌팔이 의관이 실망하는 모습은 그냥 못 본 척하기로 했다.

5 화 : 운명의 병간

일이 끝나고 기숙사로 돌아온 마오마오는 받은 과자를 꺼냈다. 천을 펼치고 그 위에 과자를 올려놓아 보니 병간의 개수는 총 일곱 개였다. 그리고 그 일곱 개 전부에 대부분 비슷한 크기의 종이가 들어 있었다.

'…이게 뭐지?'

뱀 같기도 하고 지렁이 같기도 한 문자. 아버지가 마구 갈겨 썼던 글씨와 똑같은 서쪽 문자로, 필기체라고 들었던 것 같다. 즉, 빨리 쓰는 데 특화된 서체다. 그 하나하나가 2, 3개의 문자이지만 연결되어 있는 말은 아니다. 리국의 언어와 달리 서방의 것은 문자를 여러 개 쓰지 않으면 의미를 이루지 못한다.

그래서 종이마다 뚝 잘라 적혀 있는 문자를 이해하기가 힘들었다. 무슨 의미가 있는 말일까.

'시험당하고 있군.'

역시 이 비는 여간내기가 아니다. 혈혈단신 후궁에 들어왔다는 사실만 봐도 배짱이 어마어마한 여자다. 시험당하고 있다는 사실을 알아차린 마오마오는 화가 났지만, 그 이상으로 이 문제를 풀지 못한다는 게 답답했다.

마오마오는 과자와 종이를 늘어놓아 보았다. 각 종이에 적혀 있는 문자 수는 두세 자 정도였다. 종이는 대충 찢었는지 깔끔한 사각형이 아니라 사선이거나 들쑥날쑥했다.

종이에 드문드문 과자 기름이 배어 있었으나 좋은 종이를 썼는지 찢어지진 않았다.

'장난치고는 공을 많이 들였는걸.'

뭘 하고 싶은 걸까. 마오마오는 빛에 종이를 비쳐 보았지만 아무것도 보이지 않았다.

고개를 갸웃거리고 있는데 똑똑 문을 두드리는 소리가 났다.

누굴까. 종이를 손에 든 채 나가 보니 야오와 옌옌이 서 있었다. 둘 다 마오마오와 같은 기숙사에 살고 있었지만, 당연히 마오마오와 이야기를 나눌 일이 없으니 있든 없든 신경 안 쓰고 지내던 상태였다.

"무슨 일이시죠?"

마오마오가 묻자 야오는 뚱한 표정으로 대꾸했다.

"낮에 비전하한테서 받은 과자 있지? 그걸 이리 내."

명령조였다. 신기하게도 단것에 딱히 집착하지 않는 마오마오라도 이런 사람에게는 내주기 싫어지는 말투다. 물론 이 여자가 식탐이 심해서 과자를 내놓으로고 하는 게 아니라는 사실은 마오마오도 잘 알고 있었다.

그래서 조금 심술을 부리기로 했다.

"죄송하지만 저녁 대신 먹었는데요. 서방에서 온 과자는 식감이 좀 버석버석하더라고요. 통밀 같은 게 들어 있었던 걸까요?"

마오마오는 일부러 입 안에서 이물감이 느껴졌다고 말해 보았다. 그러자 야오가 얼굴이 새파래져서는 마오마오를 추궁했다.

"토해! 빨리 토하란 말이야!"

몸을 잡고 흔들어 댄다. 역시 마오마오와 마찬가지로 그쪽 병간에도 종이쪽지가 들어 있었던 모양이다.

"나머지는! 설마 하나도 전부 먹었다는 건 아니겠지?!"

"야오 님."

마오마오의 어깨를 흔들어 대는 야오를 옌옌이 말렸다. 말 그대로 냉정한 표정이었다.

"마오마오 씨의 얼굴에서 웃음기가 보입니다. 왠지 사람을 바보 취급하는 듯한 느낌이기도 하니, 어쩌면 놀리고 있는 게 아닐까요?"

옌옌은 마오마오의 이름을 기억하고 있나 보다. 게다가 마오마오의 표정까지 읽어 냈다.

"놀렸다는 게 사실이야?"

'들켰나.'

마오마오는 옷깃을 고치며 야오를 바라보았다.

"제가 조금 장난을 친 건 사실이지만, 먼저 예의를 지키지 않은 건 그쪽 아닌가요? 제게 무슨 원한이 있는지는 모르겠지만 갑자기 남의 물건을 빼앗아 가려 하는 건 강도나 다름없는 짓이라고 생각하는데요."

마오마오의 말은 정론이었다. 설마 이 말에도 반발하진 않을 것이다. 야오는 얼굴이 새빨개졌다. 펄펄 끓는 주전자처럼 김을 뿜어내는 듯했다.

야오는 커다랗게 한숨을 내쉰 뒤 마오마오를 똑바로 바라보았다.

"아까 그 구운 과자에 무슨 이상한 점은 없었어? 있다면 내게 줬으면 해. 대신 과자 값은 내겠어."

"이상한 점이라뇨?"

"이상한 점 말이야. 이상한 뭔가가 들어 있었다거나."

대가를 치른다면 나쁘지는 않지만, 마오마오 역시 그 기묘한 종이의 수수께끼가 궁금했다. 그리 쉽게 넘길 생각은 없었다.

저 두 사람이 받은 과자 속에는 무엇이 들어 있을까. 하지만 마찬가지로 자신에게 쉽게 이야기해 줄 것 같지는 않다.

마오마오는 옌옌을 흘끔 쳐다보았다. 형식상으로는 어디까지나 야오의 곁을 따라다니며 시중을 드는 관녀였지만, 이쪽은 비교적 냉정하게 마오마오를 관찰하고 있었던 듯했다.

'이쪽을 흔들어 볼까.'

마오마오는 이야기를 어떻게 진행할까 고민하며 입을 열었다.

"제가 받은 과자 속에 무엇이 들어 있는지 물으려 한다는 건, 그쪽에서 받은 과자 속에도 무언가가 들어 있다는 말이군요? 그걸 가르쳐 주신다면 제 쪽에서도 정보를 드리죠."

"……."

야오는 상당히 불만스러운 표정이었다. 옌옌은 주인이 어떻게 나올지를 가만히 지켜보고 있었다.

마오마오는 들고 있던 쪽지를 내보였다.

"보여 주신다면 저도 이것의 나머지를 보여 드리겠습니다."

종이에 적혀 있는 글씨는 각각 다른 문자였다. 무슨 의미가 있는지 알려면 전부 모아 보아야만 한다. 따라서 한 장 정도는 보여 줘도 상관없을 것이다.

"나머지는?"

"그쪽에서 보여 주시면 저도 보여 드린다니까요."

마오마오와 야오는 어디까지나 대등한 입장이다. 같은 시험을 치르고 합격한 이상 신분 차이는 아무 상관도 없다. 실제로는 그렇게 생각하지 않는 사람도 많겠지만 지금 이 자리에서는 대등했다.

"야오 님."

"…알았어."

옌옌이 부르자 야오는 할 수 없다는 듯 고개를 끄덕였다.

"하지만 계속 이렇게 복도에 서서 이야기할 수는 없어."

"그럼 제 방으로 들어오시죠."

"아니, 내 방이야."

마오마오는 아무래도 상관없었지만 여기서 상대가 원하는 바를 고분고분 들어줬다가는 주도권을 빼앗길 듯했다.

"그럼 담화실을 사용하면 어떨까요? 제가 지금 허락을 받아 오도록 하죠."

평행선을 달릴 뻔한 상황을 해결해 준 사람은 역시나 옌옌이었다. 기숙사에는 담화실이 있어, 그곳에서 일과 관련된 대화를 나눌 수 있다. 문을 잠글 수도 있으므로 밀담을 나누기에 매우 좋다.

"알겠습니다. 준비하고 올게요."

마오마오는 나머지 과자들을 천에 다시 싸서 가지고 나왔다.

담화실은 바로 사용이 가능했다. 열 명쯤 들어가는 방이기 때문에 세 명이 들어와 있으니 썰렁할 만큼 넓게 느껴졌다.

"같이 꺼내는 거야."

"알고 있어요."

야오와 마오마오, 그리고 옌옌은 긴 탁자에 머리를 맞대다시피 하고 앉아 "자." 하고 구운 과자들을 꺼냈다.

마오마오는 세 개의 꾸러미를 보았다. 구운 과자의 개수는 일곱 개, 일곱 개, 여섯 개였다. 한 사람만 개수가 모자랐다. 여섯 개짜리 과자를 들고 온 사람은 야오였다. 야오는 민망한 듯 시선을 피했다.

"사, 살짝 깨물어 버려서 그래."

"그렇군요."

마오마오는 반쯤 찢어지고 글자가 번진 종잇조각을 보고 말했다. 쪽지는 빠짐없이 일곱 개 모두 있었다. 마오마오의 쪽지와 마찬가지로 전부 문자가 적혀 있다.

옌옌 쪽은 과자는 다 있는데 쪽지는 없었다.

"아직 안 꺼내셨나요?"

마오마오가 묻자 옌옌은 고개를 가로저었다.

"아뇨, 제 과자에는 한 장도 들어 있지 않았습니다."

옌옌은 대롱 모양의 기묘한 과자 속 구멍을 보여 주었다. 속에는 아무것도 채워져 있지 않았다. 그 말을 믿는다면 일곱 장과 일곱 장, 총 열네 장의 종이에 적혀 있는 문자에 무슨 의미가 있다는 뜻이 된다.

'나란히 늘어놓으면 무슨 뜻이 완성되려나?'

마오마오와 같은 생각을 했는지 야오는 종이를 섞어서 늘어 놓았다. 누구 것인지 알아보지 못하면 곤란하기 때문에 마오마오의 종이는 한쪽 귀퉁이를 접었다.

글자를 늘어놓고 나니 야오뿐만 아니라 마오마오와 옌옌까지도 고개를 갸웃거렸다.

"옌옌, 넌 좀 알겠어?"

"죄송합니다. 저는 샤오 말은 아주 조금 배웠을 뿐입니다. 대화를 나누는 정도라면 어느 정도 가능하지만요."

아버지가 문진한 내용을 기록하고 있을 때 옆에서 들여다보고 있었던 건 역시나 읽고 쓰기가 가능했기 때문이었던 모양이다.

야오는 불만스러운 표정으로 마오마오를 쳐다보았다.

"너는?"

"저도 마찬가진데요. 단어가 제대로 성립이 되어 있다면 알아볼 수 있겠지만."

옌옌과 비슷한 수준일 터였다. 대충 문자열을 바꿔 보았지만, 의미를 알 것 같으면서도 통 아리송했다. 하나하나 해 나가다 보면 알 수 있을 것 같기도 했지만 시간이 엄청나게 걸릴 터였다. 안타깝게도 한 장이 잇자국과 침으로 더럽혀지는 바람에 글자 하나를 판별할 수가 없었다. 그 점을 스스로도 알고는 있는지 야오가 조금 얌전해진 느낌이었다.

"달리 뭔가 단서가 될 만한 게 없을까요?"

마오마오는 구운 과자를 들여다보았다. 과자 모양은 전부 같았다. 물론 완전히 똑같지는 않았지만, 겉모습으로 구별할 수 있을 만큼 다르지는 않았다.

"맛은?"

마오마오는 코를 킁킁거렸다. 전부 같은 냄새가 났고 한 조각씩 떼어 입에 넣어 보았지만 모두 같은 맛이었다. 살짝 매콤한 맛이 났다. 생강이 들어 있는 모양인데, 그냥 맛을 내려는 의도였던 듯했다.

게다가 이제 와서 어느 과자에 어느 종이가 들어 있었는지 구분할 수도 없다.

"역시 뭐 그렇게 특별한 의미는 없는 게 아닐까요?"

옌옌이 고개를 갸웃거렸다.

"그러고 보니 어떤 절에서는 과자에 제비를 넣어서 점을 치는 일도 있었는데."

제비뽑기라면 여기 적혀 있는 글자는 길흉을 의미할 수도 있다. 마오마오가 보기에 그런 것 같지는 않았다.

"제비라면, 어째서 한 사람한테만 아무것도 안 들어 있는지 그 이유가 궁금해지는군요."

마오마오의 의견에 둘 다 고개를 끄덕였다.

구운 과자를 건넸을 때 아이린이 정해진 꾸러미를 정해진 사람에게 일부러 주는 것 같지는 않았다. 과자가 아니라면, 그 외에 뭐가….

"…아, 혹시."

마오마오는 과자를 쌌던 천을 쳐다보았다. 마오마오와 야오 몫은 민무늬였고, 옌옌의 천에만 무늬가 있었다.

마오마오는 무늬 있는 천을 관찰했다. 바탕이 되는 천을 먼저 짜고 나중에 염색을 한 듯, 뾰족뾰족한 무늬가 가득했다. 후염색이라 그런지 무늬가 번져 보였다. 어쩌면 붓으로 그려 넣은 무늬인지도 모른다.

"이건."

마오마오는 천을 탁자 위에 펼쳐 놓고, 무늬와 쪽지를 번갈아 비교해 보았다. 무늬의 뾰족뾰족한 부분과 쪽지가 겹쳐졌다. 고개를 갸웃거리며 겹쳐 나가다 보니 모든 쪽지가 다 천 안에 깔끔하게 들어갔다.

"역시."

글자는 가로 두 줄로 배열되었다. 단어 몇 개가 나타나고, 문장이 완성된 듯했다.

"그, 그래서 어떻게 읽는 거야?"

야오가 눈을 가늘게 뜨며 물었다. 전혀 해독을 할 수 없어 답답한 모양이었다.

"'흰색', 그리고 '물음표'."

"그리고 '알다'일까요? 이건 '정체'인가?"

마오마오와 옌옌은 아는 단어부터 해석해 나갔다. 글자가 딱 하나 사라져 있는 부분만 읽을 수가 없었지만 다른 단어들과 맞춰 보니 어느 정도 의미를 알 수 있었다.

"'아가씨'인가요?"

"그런 것 같은데요."

전부 합쳐 보니,

'하얀 아가씨의 정체를 알고 싶은가?'

마오마오의 전신에 오싹 소름이 끼쳤다.

'제발 그만해.'

다 끝난 일이 아니었던가. 왜 이제 와서 그 이야기를 또 꺼내는 걸까.

하얀 아가씨, 바이냥냥은 지금쯤 아무것도 하지 못하도록 어딘가에 유폐시켜 놓았을 터였다. 아이린은 바센이나 진시가 이야기해 준 부분 외에 바이냥냥에 대해 알고 있는 게 또 있다는 말일까.

그 이야기를 왜 의관 보조 관녀인 마오마오 일행에게 하는 걸까.

"하얀 아가씨라니?"

야오가 고개를 갸웃거렸다. 마오마오와 다르게, 세간을 시끄럽게 했던 바이냥냥에 대해서는 모르는 것 같았다. 옌옌은 말 없이 문장을 내려다보고 있었다.

마오마오는 빨리 진시에게 보고해야 하는 안건이라는 생각에 자리에서 벌떡 일어났다. 하지만 일어난 마오마오의 손목을 옆에서 잡았다.

"어디 갈 생각인가요?"

붙잡은 사람은 옌옌이었다.

"어딜 가느냐니, 보고해야 할 일 아닌가요?"

마오마오는 정직하게 대답했다. 마오마오는 신중하다. 귀찮은 비밀을 혼자서만 끌어안게 되는 건 사양하고 싶다.

행동으로 보면 모범적인 행동이라 할 수 있을 것이다.

"나도 보고하는 일은 틀리지 않았다고 생각해."

야오도 드물게 마오마오 편을 들었다. 마오마오는 야오가 그렇게 말하면 옌옌은 입을 다물 거라고 생각했지만.

"이런 수수께끼를 일개 견습 의관들에게 느닷없이 내미는 사람은 어떤 분이실까요?"

옌옌이 마오마오를 쳐다보았다. 마치 마오마오가 아이린을 알고 있다는 듯한 말투였다.

'아니, 나도 그렇게 잘 아는 건 아닌데.'

하지만 절대 방심할 수 없는 인물이라는 사실은 안다. 만일 이 일을 진시에게 말한다 해도 도망칠 술수를 이미 갖고 있을 가능성이 높다.

또는.

"이것도 무슨 시험 아닐까요?"

"시험⋯."

듣고 보니 그럴듯한 말이었다. 견습 의관이 되기 위해 통과해야 하는 시련은 다른 관녀들보다 훨씬 혹독하다. 시험에는 붙었어도 쓸모없다고 판단되면 바로 잘린다.

아주 말도 안 되는 이야기는 아니다.

'아니, 하지만.'

아무리 그래도 의관 보조에 대한 시험이라 하기에는 너무 지나친 문제가 아닐까 싶었다. 이 문제를 풀기 위해서는 우선 서방의 언어를 어느 정도 이해해야만 한다. 무엇보다 이 세 사람이 구운 과자의 정보를 서로 공유하리라는 보장도 없다.

다양한 복합적 면을 맞춰 보고, 응용력 높은 인재를 찾고 있는 듯했다.

'마치⋯.'

마치 밀정 같지 않은가.

진시가 한몫 거든 일이라면 아주 아니라고 할 수도 없다. 아니, 하지만 무슨 접점이 있단 말인가. 그래도 뒤를 캐 보면⋯.

'아냐, 모르겠다.'

그렇다면 미주알고주알 보고하기보다는 임기응변으로 아이

린에게 직접 물어보는 게 나을 수도 있다.

하지만….

"보고할게요."

"얘기 못 들었어? 시험이면 어떻게 할 건데!"

야오가 마오마오에게 버럭 소리를 질렀다.

시험이라면 차라리 떨어지는 편이 낫다. 마오마오는 이미 의관 보조 자격을 땄다. 설마 이 이상 조수를 줄이지는 않으리라. 견습 의관이 해야 할 일이라고 하기에는 도가 지나치다.

"안심하세요. 두 분은 비전하께 연락을 해 주세요."

'나는 의국에서 약 조합을 해야지.'

추가 항목 시험을 치는 건 이 두 사람이면 충분하다. 추가 시험을 통과하면 또 무슨 일이 기다리고 있을지 모른다.

'못 해먹겠네.'

마오마오는 의국에서 빨래를 하고, 차 준비를 하고, 잔심부름을 하고, 아버지나 다른 의관들에게서 약 조합을 배우고, 가끔 찾아오는 튼튼해 보이는 무관들에게 새로운 약을 시험해 보고 싶을 뿐이다. 그런 사소한 행복이면 충분한 것을.

하지만 두 사람의 얼굴은 무시무시했다.

마오마오를 꽉 붙잡고 노려보고 있었다. 주로 야오가.

"이건 셋이 함께 머리를 맞대지 않았다면 풀 수 없는 문제였어. 너 혼자만 가서 보고한다 해도 결국 우리 셋 다 똑같은 취급을 받게 돼."

　무슨 말을 하고 싶은 거지.

　""너도 공범이라고.""

　야오와 옌옌의 목소리가 겹쳤다.

　마오마오는 양손을 살짝 들고 쓴웃음을 지었다.

6 화 : 군사, 쓰러지다

　마오마오는 뜨거운 햇살 아래에서 빨래를 하며 한숨을 내쉬었다. 어쩌다 이렇게 귀찮은 일이 되었을까, 하고 진심으로 생각하면서 말이다.

　빨래를 말하는 게 아니다. 아이린의 수수께끼와 그것을 푸는 바람에 생겨난 포위망을 말한다. 야오와 옌옌은 아침부터 마오마오가 배신하지는 않을지 눈을 번들번들 빛내고 있었다.

　'공범이라.'

　그런 연유로 현재 마오마오의 옆에는 옌옌이 딱 붙어 앉아 있다. 둘은 대야를 두 개 나란히 늘어놓고, 열심히 붕대를 빨고 있었다. 무환자無患子 열매 껍질이 준비된 덕분에 붕대에 묻은 얼룩을 깨끗하게 없앨 수 있다.

　붕대 세탁을 마친 뒤에는 한차례 삶아서 소독을 한다. 사람의 피에는 독이 있는 경우가 있어, 타인의 피가 몸에 묻거나 입에 들어가면 감염을 일으킬 수가 있다. 성 감염증 역시 비슷하게 옮기 때문에 마오마오는 피가 얼마나 무서운지 알고 있었다.

야오는 의관과 함께 외출했다. 앞으로는 약 구매 방법도 배운다고 한다.

'내가 가고 싶었는데.'

두 사람이 자신을 혼자 내버려 둘 수는 없다고 우기기에 마오마오는 결국 옌옌과 둘이 남게 되었다. 지루해 죽을 것 같다. 심심한 나머지 무심코 옌옌에게 화풀이를 할 정도였다.

"빨래는 하녀들이나 하는 일 아닌가요?"

"저는 한 번도 그런 말을 한 적 없습니다."

그런 말을 한 사람은 이미 쫓겨나고 없는 관녀들이다. 그 관녀들은 지금쯤 뭘 하고 있을까. 야오와 옌옌의 표정이 크게 달라지지 않았던 걸 보면 원래 잘 알고 지내던 사이도 아니고, 그냥 야오의 가문 이야기를 듣고 멋대로 무리를 지어서 야오 밑으로 들어오려 했던 모양이다. 안타깝게도 그런 자들을 동정할 만큼 야오와 옌옌은 물렁한 성격이 아니었다.

"약 사는 데 따라가고 싶었는데….."

"저도 가고 싶었습니다. 차라리 당신 혼자 보낼 걸 그랬군요."

한마디로 야오와 함께 있고 싶었다는 뜻이다. 서로에게 불만이 있는 상황이니 마오마오는 이 이상 불평을 할 수도 없었다.

다 빤 붕대를 꼭 비틀어 짠 뒤 대야에 집어넣고 있는데 의국으로 달려오는 사람들이 보였다. 마오마오가 무슨 일인가 하고 눈을 가늘게 뜨며 쳐다보자 누군가가 들것에 실려 오고 있었다.

"부상자인가?"

마오마오와 옌옌은 대야를 안고 의국으로 들어갔다. 의관은 약을 사러 나가고 없었기 때문에 지금은 견습 의관밖에 없을 터였다. 일단은 자신들도 돌아가는 편이 낫겠다고 판단했다.

"어, 그게…."

의국에서는 견습 의관이 당황해서 어쩔 줄 몰라 하고 있었다. 군부와 가깝기 때문에 부상자가 실려 오는 일은 드물지 않다. 견습이라도 어느 정도 익숙해져 있을 텐데, 하고 인파 속으로 고개를 들이밀고 보니.

"으엑."

저도 모르게 이상한 소리가 흘러나오고 말았다. 외알 안경을 낀 괴짜가 몸을 뒤틀며 괴로워하고 있었던 것이다.

"독살 시도가 있었대."

견습 의관이 새파란 얼굴로 말했다.

"설마…."

마오마오는 떨떠름한 표정으로 괴짜 군사를 쳐다보았다. 괴짜는 얼굴이 새파래진 채 덜덜 떨며 배를 부둥켜안고 있었다. 그것만이라면 다행인데….

"나, 나온다."

뭐가? 하고 물을 필요도 없었다. 주위 사람들은 얼굴이 새파래진 채 들것을 들어 올려 뒷간으로 향했다. 위인지 아래인지는 섣불리 묻지 말아야겠다.

거센 파도가 약 한 시간 정도 이어진 뒤에야 괴짜 군사의 용태는 겨우 좀 안정되었다. 계속 밖으로 내놓기만 하면 몸에 수분이 부족해지기 때문에 마오마오와 옌옌은 흡수가 잘 되는 소금과 설탕을 섞은 물을 준비했다. 참고로 물을 먹인 사람은 견습 의관이었고, 마오마오는 그냥 지켜보고만 있었다. 과일즙을 섞어서 먹기 쉽게 해 줄까 생각했지만 뭐 그렇게까지 해 줄 의리는 없다.

물을 먹을 수 있다니 다행이다. 구토와 설사 증상에는 수분 섭취가 매우 중요하다.

진정이 되자 마오마오가 깨끗이 빤 붕대를 삶아서 소독하기 위해 냄비를 준비하고 있는데 라한이 다급히 들어왔다.

"아버님이 쓰러지셨다고 들었는데!"

마오마오는 괴짜가 누워 있는 침대를 가리켰다. 와글와글 모여 있던 부하들은 한 명도 빠짐없이 다 돌아가고 없었다. 견습 의관도 의관들을 부르러 갔다. 혼이 쏙 빠진 건 이해가 되지만 정작 의국을 관녀 둘에게만 맡겨 놓고 나가는 건 별로 바람직한 일이 아닐 텐데 말이다.

옌옌이 냄비에 물을 담으며 의아하다는 듯 쳐다보았다.

"아는 사이인가요?"

"조금."

"칸 태위님과도 완전히 남남은 아닌 것 같은데, 무슨 관계인가요?"

"남남이에요."

마오마오는 딱 잘라 말한 뒤 불 피울 준비를 했다.

"말하기 싫으면 말 안 해도 상관없고요."

옌옌은 어딘가 의미심장한 투로 말했다. 일단 묻는 척하긴 했지만 사실은 이미 조사를 다 끝내 놓았는지도 모른다.

'저 아저씨가 문제야.'

지치지도 않고 틈만 나면 의국에 찾아오곤 하니 시치미를 떼는 데에도 한계가 있다.

붕대를 푹푹 삶고 있는데 라한이 병실에서 나왔다.

"작은할아버님은 안 계시고?"

"오늘은 약을 구입하러 나가서 앞으로 두 시간은 안 돌아오실 거야. 다른 의관들은 다른 의국에 있을 테고."

"으음…."

아무리 괴짜라 해도 높은 사람이라는 건 사실이니, 쓰러진 일은 비밀로 해 두는 편이 낫다. 하지만 그 폐해를 무시하면서까지 의국으로 데려온 이유는 아버지, 즉 뤄먼을 부르기 위해서였으리라.

"독살 시도가 있었다고 들었는데요."

라한이 팔짱을 낀 채 고민하고 있는데 옌옌이 물었다. 왠지 모르지만 옌옌이 자발적으로 행동하는 일은 드문걸, 하고 마오마오는 생각했다.

"그래, 그랬어. 그런데 다른 사람이라면 몰라도 아버님을 독살하려 한 게 누구인지 모르겠단 말이야."

"원한이라면 얼마든지 살 수 있지 않을까요?"

라한을 상대할 때는 더 편하게 말해도 될 테지만, 옌옌이 보고 있는 앞이니 조금은 말투를 고치는 게 낫겠다고 생각했다. 어쨌든 지금의 지위를 손에 넣기 위해 친아버지조차 함정에 몰아넣은 인물이니 원한을 산 사람이라면 하늘에 뜬 별만큼 많을 터였다.

"아버님은 사람 보는 눈만큼은 확실하신 분이야. 주위에 독살을 꾀할 만한 인간을 놓아두진 않으셨을 거야."

"그건 그래. 사람 보는 눈을 빼면 그냥 늙은이 냄새가 나기 시작한 아저씨일 뿐이니까."

"바둑이랑 장기도 잘 두시거든? 그건 실례야."

"두 분 다 말이 심하신데요."

옌옌이 냉정하게 한마디 하면서 젓가락으로 냄비 속 내용물을 휘저었다. 라한은 옌옌이 상당한 미인이라 그런지 자신에게 말을 건다 해도 그리 기분 나빠 하진 않았다.

라한은 동그란 안경을 번쩍번쩍 빛내며 옌옌의 골격을 수치화시키고 있는 듯했다. 시선이 변태 같았기에 머리를 후려갈겨 주었다.

"저는 아무 상관없는 사람이니 혹시 불쾌하게 느끼신다면 정말 죄송하지만, 만일을 대비해서 알려 주실 수 없을까요? 어떤 독을 드신 건가요?"

"글쎄요, 독이라고는 하지만 그냥 단순한 식중독일 가능성도 있지 않을까요? 아무거나 주워 먹었는지도 모르고요."

"그렇게 아무거나 주워 먹지 못하도록 감시는 단단히 붙여 놓았다."

라한은 당당하게 말했다.

'진짜 붙였구나.'

마오마오는 어처구니가 없다는 표정을 지었다.

"저, 저어⋯."

뒤에서 누군가가 부르기에 뒤를 돌아보았더니 괴짜 군사의 시중을 들던 관리가 있었다. 심약하고 못미더워 보이는 분위기였다.

'리쿠손도 곱상하게 생겼었는데.'

군부에 소속되어 있긴 하지만 괴짜의 부관 노릇을 하고 있었다면 서류 업무를 하는 일도 잦을 터였다. 그러고 보니 리쿠손은 최근 들어 통 보이지 않는다. 괴짜 직속 부하 임무를 그만둔 걸까.

"말씀하신 대로 적어 왔습니다."

부하는 조악한 종이를 내밀었다. 곳곳에 글씨가 번져 있는 그 종이에는 괴짜가 요 며칠 동안 했던 행동과 먹은 음식이 적혀 있었다.

"그리고 바로 직전에는… 가엾게도 또 달의 귀인을 찾아가서 못살게 군 모양이군."

그러니까 방금 전까지 진시의 집무실에서 일을 방해하고 있었던 듯하다.

괴짜는 할 일이 있는 것 같으면서도 없다. 가끔 중요한 서류에 도장을 찍거나, 갑작스러운 인사 문제를 해결하고 있다고 한다.

전쟁이라도 벌어진다면 조금은 도움이 될지도 모르지만 평상시의 그 존재는 그야말로 대낮에 걸어 놓은 등불만도 못하다. 단순히 쓸모없는 존재일 뿐이라면 다행이지만 주위에 생트집만 잡으며 다니니 문제다.

"월병 하나에 과일 음료를 마시고, 달의 귀인에게도 월병을 드렸지만 차 대접 하나 받지 못해서 화를 내셨단 말이지."

"네. 달의 귀인께서는 여전히 아름다우셨습니다."

부관은 멍하니 황홀한 눈빛을 지었다. 여기에도 진시의 희생자가 있었다.

상대가 진시라면 독살을 당할 수는 있어도 독살을 시킬 수는 없으리라.

"마오마오, 독은 얼마나 먹어야 효과가 있지?"

"어떤 독인지에 따라 다르죠. 확실하게 말하긴 힘듭니다. 그리고 독의 종류에 따라서는 가라앉은 듯 보였다가 재발해서 그대로 죽음에 이르게 만드는 경우도 있고요."

마오마오는 병실을 흘끔 쳐다보았다. 괴짜 군사의 부관 얼굴이 창백해졌다.

"아마 괜찮을 거라고 생각하지만요."

"성격 진짜 나쁘네."

라한이 어처구니없다는 표정으로 말하며 탁자 위에 종이를 올려놓았다. 괴짜는 진시의 집무실을 방문하기 전에는 궁정의 중앙 정원 정자에 태평하게 늘어져 있었던 모양이다. 그곳은 개천이 흐르고 기온도 서늘하기 때문에 평소 마음에 들어 하는 장소라고 했다. 괴짜는 그곳으로 간식인 찐빵을 가져가 먹고 있었다.

"급료 도둑."

"조금은 에둘러 말하세요."

옌옌이 마오마오를 타일렀으나, 속으로는 동의하는 듯했다.

괴짜는 아침 출근 시간에 반 시간 정도 지각했다. 그야말로 중역 출근이다. 아침 식사로는 고구마를 섞은 죽과 월병을 먹었다고 한다.

"단것만 먹었네요."

"당뇨 걸리겠다."

"작은할아버님도 그렇게 말씀하시더라. 그런데 마오마오, 여기까지 보고 뭔가 알아낸 점은 없어?"

라한이 마오마오를 물끄러미 바라보았다. 처음에는 아버지에게 의지할 생각으로 온 모양이지만, 자리를 비웠으니 할 수 없이 마오마오에게 맡기기로 한 듯했다. 군사의 독살 미수 사건이라니, 가능한 한 빨리 해결하고 싶을 터였다.

"먹은 음식 중 남은 게 있다면 알 수 있을지도 모르지만요."

"그건 어렵겠네. 다 먹어 버렸으니까."

"앗, 저어…."

심약하게 생긴 부관이 또다시 나섰다.

"마시다 남은 과일 음료가 있는데요…."

"바로 가져다주실 수 있으신가요?"

"네."

부관은 재빨리 나갔다가 잠시 후 돌아왔다. 삶은 붕대를 다 널어놓을 수 있을 정도의 시간이었다.

"이겁니다."

부관이 내민 것은 투명한 유리병이었다. 나무로 된 마개가 꽂혀 있고, 속에는 연한 색깔의 액체가 3분의 1 정도 남아 있었다. 색으로 볼 때 포도 과즙을 마시기 편하도록 물로 희석한 음료인 듯했다.

"꽤 크네요."

옌옌이 흥미롭다는 표정으로 보고 있었다. 가지고 다니기는 불편해 보이지만, 물이나 차 대신 과일 음료를 마시는 괴짜에게 이 정도 크기의 병은 필요할 지도 모른다.

"이건 독이 아니라고 생각합니다."

부관이 말했다.

"이유가 뭐죠?"

"저도 먹었으니까요. 항상 가지고 다니는 물건에 독을 넣기는 보통 힘든 일이 아닐 겁니다."

"그럼 제외시킬 수 있겠군."

라한은 음료 병을 받아 들고 탁자 위에 올려놓았다.

"예쁘네요."

"당신도 충분히 아름답습니다."

이 주판 안경 인간은 천연덕스럽게 도대체 무슨 소리를 지껄이는 걸까. 생김새도 변변찮은 주제에 미인만 보면 틈을 놓치지 않고 유혹하려 든다.

"감사합니다."

옌옌은 의례적인 미소를 지으며, 어디까지나 사무적인 말투로 대답했다. 곱슬머리 안경 남자 따위에게는 흥미 없다는 사실을 잘 알 수 있었다.

마오마오는 유리병을 빤히 바라보았다. 그 속의 액체를 관찰하다 "으음?" 하고 고개를 갸웃했다.

"고급스러운 병이네요."

"네. 리쿠손 님께서 드린 물건이라 마음에 들어 하신 모양입니다."

"그러고 보니 요즘 들어 안 보이던데, 무슨 일이 있나요?"

마오마오는 때마침 잘되었다는 생각에 궁금하던 바를 물어보았다.

"아, 리쿠손 님은 서도로 가셨습니다. 이 병은 전별 선물이었고요. 저는 그 후임인데 아직 부족한 점이 많습니다."

부관이 고개를 꾸벅 숙였다.

"몰랐어?"

"몰랐네요."

얼마 전 서도에 다녀온 참이었는데 말이다.

"교쿠엔 님께서 도성에 오시게 되었는데, 그 대신 서도에는 중앙 사정에 밝은 인재를 보내 달라고 하셨습니다. 교쿠엔 님의 희망으로 리쿠손 님이 가셨고요."

교쿠엔은 교쿠요 황후의 부친이다.

황후의 부친쯤 되는 위치라면 중앙에 꼭 와 줘야 하는 사정도 생기는 법이다. 다소 이른 감이 들긴 하지만 교쿠요 황후가 낳은 아들을 공개하는 자리가 있다고 들었다. 다시 말해 교쿠엔의 손자이며, 아이가 이대로 별 탈 없이 자라면 차기 황제가 된다.

동궁을 선보이는 행사라면 대대적으로 열려 마땅한 자리다. 타국에서 요인들도 찾아올 정도의 행사이기 때문에, 서도의 최고 권력자라 하더라도 굳이 긴 여행을 해 가며 도성을 방문해야만 한다.

"꼭 보내 달라고 부탁하니 거절할 도리가 있어야지. 이래저래 쓸모 많은 사람이었는데 말이야."

리쿠손을 잘 아는 라한은 유감스러운 듯 말했다. 확실히 사람 얼굴을 한 번 보기만 해도 절대 잊어버리지 않는 그 특기는 쓸 데가 많을 터였다. 남의 얼굴을 구별하지 못하는 괴짜 군사의 보좌 노릇을 하기에 그야말로 최적의 인재였지만, 어쩔 수 없는 일이다.

옌옌은 절반 이상 알아듣지 못하는 이야기겠지만 굳이 깊이 캐묻지 않고 가만히 듣고만 있었다. 지나치게 나서지 않는 그 성품을 보면 좋은 시녀가 될 수 있겠지만, 동시에 어디까지 사정을 알고 있는지 모르는 상대이기 때문에 무섭다는 느낌도 든다.

"자, 본론으로 돌아가자. 독살을 시도한 게 누구였는지에 대한 얘기였는데….”

“그건 이미 알았는데요.”

마오마오는 유리병을 바라보며 아무렇지도 않게 말했다.

“““응?”””

주위의 목소리가 겹쳐 들렸다.

“도대체 누군데?”

라한이 안경을 고쳐 쓰며 물었다.

“괴짜 본인이죠.”

마오마오가 손가락 끝으로 유리병 표면을 튕겼다. 청량한 소
리가 울려 퍼지고 속에 든 과일 음료가 찰랑였다.

“그게 무슨 소리야? 아버님이 자살이라니, 그건 말도 안 돼.
다른 사람을 궁지에 몰아넣는 일은 있을지 몰라도.”

“정말 말이 심하군요.”

옌옌이 한마디 툭 던졌다.

“하지만 넣은 건 본인인데요. 이 과일 음료 속에.”

“자, 잠깐만요. 딱히 뭔가를 넣는 것 같지는 않았는데요. 제
가 안 보는 틈을 노려 넣었단 말씀이신가요?”

부관도 부정했다.

“아뇨, 넣었습니다. 당당하게, 눈앞에서.”

마오마오는 유리병 주둥이 부분을 가리켰다. 나무로 된 마개
가 끼워져 있었다.

"질문이 있는데요. 항상 과일 음료를 가지고 다니는 모양이던데, 따로 잔은 준비되어 있나요?"

"아뇨, 그냥 그대로 입을 대고…."

"직접 드신 적이 있다고 하셨는데, 그때도 똑같이 입을 대고 드셨나요?"

"아뇨, 절대 아닙니다! 어젯밤 저택에 모셔다 드릴 때 과일 음료를 사 가지고 들어갔는데, 그때 마셨습니다."

음료는 보통 개인 용기를 지참해 가지고 가서 사 오는 경우가 많다. 아마 빈 유리병을 씻어서, 그 속에 새로 산 과일 음료를 담았으리라.

"그러니까 바로 어제 산 음료란 말이죠?"

"네."

이제 단언할 수 있다. 독을 넣은 사람은 군사 본인이라고 말이다.

"그래서 어떤 독을 넣었다는 거지? 아무리 아버님이 싫어도, 농담이 지나치면 오빠도 화낸다."

"누가 오빠야."

저도 모르게 본래 말투가 튀어나왔다. 옌옌 쪽을 흘끔 쳐다보니 "역시." 하는 표정을 짓고 있었다. 말하지 않아도 이미 마오마오에 대해 조사를 마친 듯했다. 마오마오는 에헴, 하고 헛기침을 하고 다시 본론으로 돌아갔다.

"독은 누구나 갖고 있는 것입니다. 바로 이거죠."

마오마오는 자신의 입을 가리켰다. 정확히 말하면 입 속에 있는 무언가였다.

"침입니다."

"침?"

잔을 쓰지 않고 유리병에 든 음료를 마신다면 주둥이에 직접 입을 대는 편이 빠르다. 결과적으로 음료 속에 침이 섞이게 된다.

"침이 왜 독이란 거지?"

"개에게 물린 상태로 내버려 두면 그 자리는 퉁퉁 붓게 되죠. 그것과 마찬가지입니다. 개든 사람이든 침 속에는 정도의 차이가 있을지언정 독이 섞여 있습니다."

그리고 그 독은 영양분이 많을수록 더욱 불어난다.

"더운 밤, 그리고 정자에 늘어져 있던 시간. 과일 음료를 따로 차게 식히지 않고 들고 다녔다면 그 속에 든 독도 함께 자랍니다. 결과적으로 몸을 해치게 되죠."

유리병일 경우 열을 모으기가 더욱 쉽다. 마오마오는 예전에 유리 어항으로 햇빛을 모은 적이 있는데, 대략 그것과 같은 원리로 데워졌으리라 상상할 수 있었다.

"생선이 상한다는 사실은 알아도 음료가 반나절 만에 상할 거라는 생각은 보통 못 하죠. 하지만 실제로 상합니다. 그런 연유로…."

괴짜 군사는 현재 앓아누워 있다는 말이 된다.

"정말 민폐스럽기 짝이 없는 일이죠."

마오마오가 딱 잘라 말했다.

"아니, 엄청 민폐라는 건 확실하지만…."

도대체 주위에 뭐라고 설명해야 좋을지 고민이 된다며 라한은 팔짱을 꼈다.

"아예 아무거나 주워 먹고 탈이 났다고 할까요? 설명하기 어려워 보이는데요."

부관은 그보다 더욱 권위가 떨어질 것 같은 방법을 제안했다. 조심조심 어쩔 줄 몰라 하면서도 할 말은 다 하는 사람이다.

"아니, 유리병 속에 든 음료가 독이라는 사실을 알면 설명하기 쉽지. 마오마오, 독 시식 좀 해 다오. 네 특기 아니냐?"

"싫습니다."

마오마오는 단호하게 말했다.

"왜? 평소 같았으면 기꺼이 했을 텐데?"

"왜냐니, 그 아저씨가 입을 댄 물건이잖아요. 마시고 싶으세요?"

"……."

라한은 마음속 깊은 곳에서 우러난 이해의 표정을 지었다.

"조금만 더 상냥하게 대해 주면 안 될까? 그래도 아직 상심에서 벗어나지 못하신 상태인데."

"그러다 건방져지면 곤란하니까요."

마오마오는 잘라 말했다.

정말이지 민폐스럽기 짝이 없는 사건이었다.

잠시 후 의관들이 돌아왔다.

"그런 일이 있었구나."

아버지는 어이가 없다는 표정으로 말했다. 야오는 사 온 물건들에 대한 서류를 작성해야 해서 나중에 돌아온다고 하니, 옌옌은 실망을 감추지 못했다.

괴짜 군사는 별다른 문제가 없어 보였기에 돌아가라고 했다. 자고 있는 동안 데려가게 한 이유는, 저러다 눈을 뜨면 귀찮아진다는 이유밖에 없었다.

의관들이 돌아온 건 좋은데 이번에는 사 온 약의 분류 작업을 맡게 되었다. 원래는 즐거운 일이지만 마오마오는 오늘 사건 때문에 몹시 지쳐 있었다.

"피곤하네요."

"그러게요."

옌옌이 말을 걸었다. 야오가 없기 때문인지 오늘은 대화를 나누는 일이 잦았다.

본래 무표정하고 말수가 적을 뿐, 옌옌이 자신에게 직접적으로 시비를 거는 일은 없었던 걸 보면 그렇게 미움을 받고 있진 않다고 생각한다. 말을 걸지 않았던 건 야오 앞이라는 점, 그리고 마오마오와 같은 이유 때문이었으리라.

'얘기하기 귀찮아.'

아마 마오마오와 성격도 비슷할 것이다.

"지금까지의 일 때문에 다소 사과를 해야 할 일이 있을지도 모르겠네요."

옌옌은 서랍 속에 약을 정리하며 말했다.

"무슨 말씀이시죠?"

"제 태도에 대한 이야기입니다. 그간 상당히 무례한 태도를 취하지 않았던가요? 야오 님의 태도에 대해서는 넓은 마음으로 이해해 줬으면 해요. 원래 수석일 예정이었는데 당신이 나타나서 그런 거니까요."

"수석?"

"설명 못 들었나요? 시험에서 가장 높은 성적을 거둔 사람에게는 다른 합격자들과 다른 장식 끈이 주어질 텐데요."

"아."

마오마오는 자신의 장식 끈만 색이 더 진했던 것을 떠올렸다. 마오마오는 의상에 관한 문제는 일체 가오슌에게 맡겨 두었으며, 새 옷을 가져왔을 때는 녹청관 할멈에게 몹시 부려 먹히고 있었기 때문에 그런 걸 신경 쓸 겨를이 없었다.

'얘기 안 들었네.'

미안한 짓을 했다.

하지만 시험을 아슬아슬하게 통과했을 줄로만 알았는데, 이 건 의외였다.

"일반교양이라면 몰라도 전문 지식은 반 정도만 맞혀도 충분했는데 말이죠."

일반교양이라 함은 마오마오가 싫은 것을 억지로 참고 간신히 공부한 역사나 시가 과목을 말하는 걸까. 그건 정말 열심히 했다. 말도 못 하게 열심히 했다.

"야오 님은 일반교양에서는 전부 다 맞혔다고 하셨으니, 아마 전문 지식에서 마오마오 씨에게 밀렸을 겁니다. 저도 성적에서 질 리가 없다고 생각했기 때문에 연줄 채용이라고 의심했지요."

"그랬군요."

마오마오는 그럴 줄 알았으면 공부를 좀 게을리 해도 됐을 걸 그랬다고 후회했다. 어쨌거나 녹청관 할멈이 완전히 매수되어 버린 시점에, 수험 공부에서 도망칠 방도는 없었을 테지만 말이다.

"저는 원래 약사 일을 했거든요."

"네, 오늘 일로 충분히 알았습니다. 하지만 야오 님은 그래도 분하게 생각하시는 분이라서요."

이해가 안 되는 건 아니다. 그런 성격을 썩 싫어하진 않는다. 스스로 비굴한 태도를 취하는 것보다는 훨씬 낫다.

하지만 문제는 주위에서 그 태도를 보고 어떻게 반응하느냐 다. 합격한 관녀들 중 가장 집안이 좋은 사람은 야오이기 때문에 다른 관녀들은 모두 그 태도를 따르는 수밖에 없다.

"나쁜 분은 아니니 일단 용서해 주시지요."

그에 반해 옌옌은 훨씬 어른스러운 대응을 하고 있었다. 나이가 몇인지는 듣지 못했으나 마오마오와 비슷한 또래일까.

"야오 님은 아직 열다섯 살이라, 어린 데가 있습니다."

"열다섯…이라고요?"

마오마오보다 네 살이나 어리다. 하지만 그런 것치고는 신체 발육이 훌륭하다.

"굉장히 크네요."

어디라고는 말하지 못하지만.

"네, 열심히 키웠으니까요."

옌옌은 어째서인지 자랑스러운 표정으로 말했다.

'열다섯 살이라면 할 수 없지.'

그렇게 어린애라니 화도 안 난다.

하지만 한 가지 의문이 남았다.

이 옌옌이라는 관녀가 야오의 시녀라는 사실은 알았는데, 상당히 머리가 좋아 보인다. 무엇보다 야오도 모르는 서역의 말을 조금이나마 해독할 줄도 안다.

"여쭤 봐도 될까요?"

"뭐죠?"

"제가 없어도 당신이 수석이지 않았을까요?"

마오마오의 질문에 옌옌은 인형 같은 미소를 지으며, 다음 약을 서랍에 넣었다.

"그럴 일은 **절대** 없습니다."

'절대 없다라.'

성적을 올리기 위해 부정행위를 저지르는 것은 문제가 되지만, 알면서 일부러 답을 틀리는 일은 부정행위라고 하지 않는다.

태도는 정중하지만 결코 얕볼 수 없는 상대다.

즉, 만만찮은 사람이라고 할 수 있겠다.

7 화 : 아이린 비의 의도

　외부 의관, 주로 아버지가 후궁에 가는 일은 열흘에 한 번 정도였다. 상급 비는 한 달에 한 번, 중급 및 하급 비는 석 달에 한 번을 기준으로 찾아갔다. 이렇게 해서 모든 비들을 다 돌보는 일은 힘들었지만 위에서 시키는 일이니 할 수밖에 없다.

　지난번 후궁 방문 이후로 아흐레가 지났다. 마오마오 입장에선, 관녀 두 명에게 감시당하고 있다는 것 외에는 특별할 것 없는 9일간이었다.

　하지만 편지가 올 때마다 검열당하는 일은 조금 난감했다. 진시에게서 직접 편지가 오지 않아 정말 다행이었다. 대부분은 가오슌의 이름으로 온다. 그리고 관심 없는 일이긴 하지만 바센은 이미 일에 복귀했다고 한다. 그토록 심한 부상을 입었는데, 어마어마한 회복력이다.

　'신체 구조부터가 다른 게 아닐까?'

혹시 기회가 되면 그 치유 경과를 다른 사람들과 비교해 보고 싶다는 생각도 들었다.

약방은 순조롭게 돌아가고 있다고, 샤젠에게서 편지가 왔다. 하지만 코쿠요가 너무 시끄럽다는 불평도 함께 적혀 있었다. 확실히 시끄러울 정도로 명랑한 성격이긴 하지만 그 점은 참아 달라고 하는 수밖에 없다.

가끔 편지 속에 섞여 고양이 마오마오의 그림도 오곤 했다. 이건 쵸우였다. 심지어 낙관 대신 인주를 칠한 고양이 발자국 도장이 찍혀 있었다. 구깃구깃 밟히고 할퀴어 댄 자국도 보이니, 아마 억지로 눌러 대고 찍은 모양이었다.

야오는 검열이라면서 고양이 그림을 열심히 들여다보았다. 보고 싶은 만큼 실컷 본 뒤, 그래도 아쉽다는 표정으로 마오마오에게 돌려주었다. 나중에 옌옌이 고양이 그림을 줄 수 없는지 묻는 걸 보니 야오에게 주려는 모양이었다.

야오와 옌옌은 '하얀 아가씨'를 그냥 암호라고 생각하는 듯했다. 옌옌은 뭔가 마음에 걸리는 게 있는 눈치였으나 야오가 별로 신경 쓰지 않는다면 깊이 파고들 생각은 없어 보였다.

'하얀 아가씨라….'

십중팔구 바이냥냥을 가리키는 말이겠지만, 어쩌면 다른 의미가 있을 가능성도 있다.

'아니라면….'

먼저 떠오르는 것은 예전에 마오마오가 구해 주었던 식중독 화가였다. 화가의 집에는 하얀 머리에 빨간 눈을 지닌 미녀의 그림이 있었다. 옛날에 봤던 여자이며, 서역 땅에서 만난 적이 있다고 한다.

샤오 출신인 아이린이 말하는 대상이 그 여자라고 한다면.

아니, 하지만 아이린이 일부러 수수께끼까지 내는 걸 보면 아무리 생각해도 바이냥냥이 분명하다. 마오마오는 고개를 가로 저었다.

그러나 마오마오는 화가가 만난 그 하얀 여자에 대해 조금 마음에 걸리는 부분이 있었다.

'무슨 관계가 있지 않을까?'

그 의문에 대한 답을 얻을 수 있었던 건 다음 날 아이린과 재회한 후였다.

후궁에 비라는 지위를 지닌 여자는 백 명이 채 안 된다.

상급 비가 나갈 때는 이런저런 소문이 떠돌 수밖에 없지만, 지위가 낮은 비의 경우에는 정신을 차리고 보면 소리 소문 없이 사라져 있는 경우도 드물지 않다. 하사되는 일도 있고, 황제의 승은을 입지 못한 채 친정으로 돌려보내지는 일도 있다.

후궁을 나가는 일을 비웃는 궁녀도 많지만 마오마오는 거기엔 동의하지 않는다.

꽃과 번호가 붙은 패가 걸린 방. 하급 비의 방이지만 문에는 검은 천이 씌워져 있었다.

검은 천은 상喪을 의미한다. 다시 말해 방 주인인 비가 죽었다는 뜻이다.

마오마오는 아버지와 돌팔이 의관, 그리고 야오, 옌옌과 함께 후궁 안을 돌고 있었다. 두 번째 후궁 방문이었다.

"병일까?"

야오가 문득 중얼거렸다. 병이라면 전에 왔을 때 아버지가 진찰해 보고 알았으리라. 그게 아니라는 말은….

"자살이겠죠."

실은 드문 일이 아니다. 사건성 없는 명확한 자살일 경우 후궁에서는 별다른 소동이 일어나지 않는다. 일상다반사라고 할 정도는 아니지만 신기해하면서 시끌시끌할 일도 아니다.

후궁에 들어온 비들은 꽃의 종류가 다르지만 누구나가 아름다움을 자부하며 살아온 사람들이 대부분이다. 따라서 자존심 강한 자들이 많고, 후궁에 들어온 후 이상과 현실의 차이에 부딪혀 좌절하는 일도 적지 않다.

"술에만 의존해서 살았대."

궁녀들의 이야기 소리가 들려왔다. 수다에 푹 빠져, 의관들이 옆을 지나가고 있다는 사실도 알아차리지 못한 모양이었다. 그러다 뒤늦게 하얀 상의를 보고는 재빨리 일터로 돌아갔다.

'역시 여자의 무덤… 아니, 전장.'

경쟁에서 패배한 자는 사라지는 수밖에 없다.

어떤 의미에서는, 하녀들은 아무리 부려 먹힌다 해도 정해진 봉공 기간이 있는 만큼 차라리 자유롭다고 할 수도 있다. 시간만 지나가면 밖에 나갈 수 있으니 말이다.

오늘은 하급 비들의 방을 돌아본 뒤, 마지막으로 아이린의 처소에 갈 예정이었다. 지난번에 다녀왔기 때문에 이번에는 원래 가지 않을 예정이었으나 본인의 강력한 희망으로 인해 가게 되었다. 몸 상태가 안 좋은 걸까, 아니면 그 외의 다른 무언가를 알고 싶은 걸까.

우선 제일 먼저 찾아간 곳은 동백꽃 문장을 지닌 하급 비의 방이었다.

"별다른 문제는 없어요."

독한 향수 냄새를 풍기는 이 비는 시녀가 부쳐 주는 부채 바람을 쐬면서 말했다. 이미 여름이었기에 향수 냄새가 더욱 짙게 느껴져 마오마오는 코를 틀어막고 싶을 정도였다. 심지어 방은 문이며 창문이며 꼭꼭 달아 놓아, 냄새가 빠질 수도 없었다.

'체형은 주상 취향인데.'

굴곡이 뚜렷한 몸매라는 사실은 앞자락을 야무지게 여며 놓은 의상 위로도 뚜렷하게 알 수 있었다. 다소 험상궂은 생김새이긴 하지만 머리는 나빠 보이지 않는다. 활기가 넘치는 주상으로서는 충분히 취향의 범위 내에 들어갈 터였다.

마오마오는 돌팔이 의관이 들고 있는 수첩을 슬그머니 쳐다보았다. 그 장에는 지금 눈앞에 있는 독한 향수 냄새의 하급 비 이름이 적혀 있었다. 비가 과거에 무슨 병을 앓았는지 등이 적혀 있는 수첩이며, 그뿐만이 아니라 황제가 몇 번 드나들었는지도 기록되어 있었다.

'역시 취향에 맞았나 보네.'

방문한 적이 한 번 있었다고 적혀 있다. 그 이후 없는 이유는 역시나 향수 냄새가 너무 독하기 때문이었으리라. 수입품 중에는 냄새가 독한 물건이 많다. 귀 뒤에 살짝 묻히기만 해도 좋은 향이 풍길 텐데.

너무 노골적이고 천박하다고 생각하지만, 후궁 내에서 황제가 하룻밤을 지낸 일은 하나하나 다 기록된다. 의관에게 보고하는 것도 의무다. 의무라고는 하지만, 솔직히 괴로운 일이다.

'그래, 교쿠요 황후 때도 그랬고.'

마오마오가 비취궁에 있을 때 주상은 거의 사흘에 한 번 꼴로 찾아왔다.

잠자리가 제대로 이루어지고 있는지 확인하기 위해 누군가는 방 밖에서 대기해야 했다. 기본적으로는 시녀장인 홍냥이 하는 일이었지만, 연속으로 오는 경우 등 밤샘이 힘들 때에는 마오마오가 대신한 적도 있었다.

'뭐, 유곽에서 익숙해지긴 했지만.'

주상과 교쿠요 비의 잠자리는 이런 방면으로 어느 정도 익숙한 마오마오가 봐도 상당한 상급자 수준이었다. 벽 너머로 들리는 소리를 견디는 것도 꽤 힘든 일이다. 서른 된 독신인 홍냥에게 이것은 고행이나 다름없을 거라고 마오마오는 항상 생각했다.

이렇게 횟수를 기입하는 것만 봐도 이곳은 바깥 세계와 완전히 다른 장소라는 생각이 들었다.

이대로라면 이 하급 비의 처소에 황제가 또다시 찾아오는 일은 없을 것이다. 비는 황제의 승은을 입은 적이 있기 때문인지 태도가 묘하게 당당했지만, 마오마오는 오히려 그 모습을 보며 반대로 가엾게 느껴지기만 했다.

승은을 입었으니 이제 후궁 밖으로 나가는 일은 더욱 멀어져 버리고 말았다.

'최소한 냄새만이라도 없으면.'

이렇게 독한 향기를 풍기는 걸 보면 혹시 코가 이상해진 게 아닐까, 하고 마오마오는 생각했다.

아니, 착각이 아니라 실제로 그렇게 보였다.

작고 예쁜 입술은 툭하면 벌어져 있었다. 습관이라기보다는, 호흡하는 데 주로 입을 사용하는 듯했다.

생물은 보통 코로 숨을 쉰다. 개나 고양이도 코를 사용한다. 인간 또한 기본적으로 그렇게 되어 있다.

입으로 호흡한다는 말은 코가 막혀 있다는 뜻이다. 어린 시절부터 입으로 숨을 쉬는 버릇이 있으면 치열에도 영향을 준다.

'치열은.'

때마침 아버지가 비의 입을 벌려 보고 있었다. 치열은 나쁘지 않았다. 아무래도 아버지 역시 마오마오와 같은 생각을 하고 있는 모양이었다.

"재채기를 자주 하시는지요."

"네."

"코가 막히는 경우는요?"

"봄부터 초여름에 걸쳐 자주 그래요. 특히 후궁에 온 뒤로."

"주무실 때 불편하신 점은?"

"코가 막히지만 않으면 잘 자요."

아버지는 열심히 적어 나갔다.

돌팔이 의관이 멍하니 쳐다보고만 있었기에 마오마오는 약상자를 아버지에게 건넸다. 아버지가 집어 든 약은 비염 약이었다.

"이걸 쓰십시오. 수면에 방해가 될 경우에는 사용을 중지하셔야 합니다. 또한 소변을 보는 횟수가 늘어날 수도 있지만, 그것은 별문제가 없을 겁니다. 그리고….."

아버지는 덧붙였다.

"지금 사용하시는 향수는 몸에 안 맞는 종류로 보입니다. 향수를 사용하실 거라면 가볍게 묻히시거나, 또는 다른 향으로 바꾸시는 게 좋겠습니다."

"알았어요."

비는 자신의 비염을 알아봐 준 게 고마웠는지 고분고분 대답했다.

마오마오가 알아차렸을 정도이니 아버지가 모를 리가 없다. 게다가 '향수 냄새가 독하다'는 뜻 또한 부드럽게 전달해 주었다. 코 막힘이 없었다면 자신의 냄새가 얼마나 고약한지 알았을 텐데.

하급 비의 방을 나온 아버지는 정원수를 관찰했다. 여름의 색으로 가득한 꽃들이 흐드러지게 피어 있었다.

"아까 그 비전하의 출신지가 어디였지요?"

"북서쪽으로 상당히 떨어진 곳인 모양이던데. 사막과 가까운 곳이어서 기후도 척박했을 테고."

돌팔이 의관이 수첩을 보며 대답했다.

아버지가 천천히 관녀 세 사람에게 다가왔다.

"그럼 마침 좋은 기회이니 문제를 내 볼까. 비전하가 비염에 걸린 원인을 알겠니?"

아버지는 다정한 미소를 지으며 수수께끼를 던졌다. 마오마오는 손을 들려 했지만 아버지가 물끄러미 쳐다보는 바람에 조용히 손을 내렸다. 질문을 받은 대상은 마오마오가 아니라 야오와 옌옌이었다.

야오가 천천히 손을 들었다.

"방이 밀폐되어 있어서인가요?"

분명 꽉꽉 닫혀 있긴 했다. 그래서 냄새도 사라지지 않고 더 독하게 느껴졌다.

'그것도 있지.'

방은 깨끗해 보였지만 제대로 환기가 되는지는 알 수 없는 일이다. 침실은 보지 못했으나, 어쩌면 먼지가 가득 내려앉아 있는지도 모른다.

"그리고 방이 더러워서인지도 모릅니다. 침소가 더럽혀져 있으면 벌레가 꼬이고, 몸에 해를 끼치게 되니까요."

확실히 아주 틀린 의견은 아니다. 하지만 마오마오의 생각은 달랐다.

'그 비는 주상의 방문을 포기한 것 같지 않았어.'

그런 비가 침소 관리를 소홀히 할 리가 없다. 지나치게 독한 향수의 의미는 단정한 몸가짐에 대한 노력이라고 할 수 있다. 코가 막히는 바람에 조절을 못 한 게 문제일 뿐이다.

마오마오는 정원에 나 있는 풀과 나무를 바라보았다.

'봄부터 초여름에 걸쳐서, 심한 비염.'

그리고 쪼그리고 앉아 길바닥에 나 있는 풀을 뜯어 보았다. 쑥. 마오마오가 뜸 재료로 자주 사용하는 풀이다. 어디에나 흔히 있는 풀이지만 비의 고향에는 나지 않았으리라.

마오마오가 재미없다는 표정을 짓는 것을 본 아버지는 '못 말리는 아이구나'라고 말하기라도 하듯, 마오마오가 뜯은 쑥을 받아 들었다.

"비전하의 침소는 깨끗할 거야. 주상께서 언제 오셔도 문제없도록 잘 정리해 뒀을 테지. 특히 한 번이라도 다녀가신 일이 있을 경우라면."

틀렸다는 말을 들은 야오가 불만스러운 표정을 지었다.

아버지는 그런 야오를 부드럽게 다독여 주었다.

"착안점은 좋았다. 지저분한 장소에서는 병이 나기 쉽지. 특히 침소는 중요하니까."

야오의 얼굴에는 칭찬을 받은 일 자체는 그리 싫지 않지만, 그래도 환관에게 칭찬을 받았다는 게 썩 달갑지만은 않다는 표정이 교차되고 있었다.

'나는 정답을 말할 수 있는데.'

연하를 상대로 어른스럽지 못하다는 사실은 알고 있지만 마오마오에게 아버지는 몇 안 되는, 응석을 부릴 수 있는 사람이었다.

"재채기의 원인에는 이런 풀이나 꽃이 관계된 경우가 있단다."

감기와는 다르다. 식물의 꽃가루나 포자가 몸속에 흡수되면 재채기가 나고 콧물이 줄줄 흐를 수가 있다.

"꽃가루가 몸속에서 못된 짓을 하는 거지. 그래서 재채기가 나고."

아버지는 딱 잘라 말했지만 보통 마오마오에게는 이런 식으로 말하지 않는다. 혹시 몸에 해를 끼치는 다른 이유가 또 있지 않을까, 하고 생각하게 한다. 하지만 이 자리에서는 단호하게 말하는 편이 이 둘에게 이해시키기 더 쉬우리라. 야오와 옌옌 말고도 돌팔이 의관까지 같이 감탄하고 있었다.

'아니, 댁은 가르치는 입장이잖아.'

마오마오는 마음의 소리가 목구멍까지 치밀었지만 간신히 참았다.

"저어….."

야오가 또다시 손을 들었다.

"꽃가루가 몸속에서 못된 짓을 한다면 다른 사람들도 모두 재채기를 해야 하는 것 아닌가요?"

아버지는 싱긋 웃었다.

"그래. 하지만 감기에 걸리는 사람이 있고 걸리지 않는 사람이 있듯이, 꽃가루가 몸속에서 못된 짓을 하는 사람과 하지 않는 사람이 있단다. 그리고 안 하고 있다가 어느 날 갑자기 못된 짓을 하는 경우도 있지. 예를 들어 몸 상태가 그리 좋지 않을 때 그럴 수 있고, 또 먼 곳에서 긴 여행을 해 찾아와 새로운 장소에 살게 되었을 때도 그럴 수 있단다."

즉, 아까 그 비를 두고 하는 말이다.

'나는 알았는데.'

마오마오는 부루퉁한 표정을 지었다. 아버지는 난처한 표정으로 마오마오를 바라보았다.

의관이라 하면 보통 잘난 척하며 기술은 알아서 훔치라고 말할 것 같지만, 아버지는 다르다. 사람을 가리지 않고 누구에게나 꼼꼼하게 가르쳐 준다.

조금 억울하긴 하지만 마오마오도 어른이다. 할 수 없이 표정을 지우고, 다음 비의 처소로 향하기로 했다.

열 명 정도 되는 비들의 처소를 돈 뒤 마지막으로 찾아온 곳은 아이린이 사는 곳이었다. 왠지 그 이국 여성에게는 비라는 호칭을 붙이기가 꺼려진다. 외국인이어서 그런 건 아니다. 그런 것 가지고 차별한다면 이민족 공주인 교쿠요 황후 역시 마찬가지다.

마오마오가 아이린을 비라고 볼 수 없는 이유는, 비로서의 역할을 다하기 위해 후궁에 들어온 사람이 아니기 때문이다.

붙임성 좋고 모범적인 시녀가 문을 열어 주자, 일행은 지난번과 같은 방으로 안내받았다.

안에 들어가기 전 옌옌이 소매를 쿡쿡 찔렀다.

'네, 네. 잘 알고 있다고요.'

마오마오는 공범이지만, 주범은 야오가 맡아 준다고 한다. 마오마오 입장에서는, 임기응변으로 대응하는 데에는 옌옌이 더 잘 맞는다고 생각했지만 그럴 수는 없는 모양이었다. 옌옌은 어디까지나 야오를 돋보이게 해 주는 역할에 불과하다.

그나저나 문제는 언제 말을 꺼내느냐다.

일부러 의관 일행을 불러낸 만큼, 아이린은 열에 들뜬 얼굴로 나타났다. 연기인지 사실인지는 알 수 없다. 하지만 발갛게 달아오른 뺨에서는 묘한 색향이 풍겼다.

'가슴 크잖아.'

몸이 안 좋아서인지 잠옷에 가까운 차림새였다. 시녀 중 하나가 '경박하기는' 하는 시선을 보내고 있었다.

옌옌이 슬그머니 야오의 가슴과 비교해 보았다는 이야기는 비밀로 해 두자. 이 이상 더 키울 생각일까.

"그럼 맥을 짚겠습니다."

아무리 요염한 차림이라 한들 이곳에 있는 남자들에게는 소중한 무언가가 없다. 여기 영감님과 아저씨는 이미 다 시들어 버린 처지라 미인계가 안 통한다.

아버지가 증상을 보고 약을 준비했다. 목 언저리가 뻐근하다고 하기에, 칡을 배합해서 만든 약을 내주었다.

"단순한 감기로군요. 익숙지 않은 환경 때문에 많이 피곤하신가 봅니다."

"고마워요. 지난번에도 생각했는데, 이 나라 의사들은 주술을 이용하지 않습니까?"

아이린이 신기하다는 표정을 지었다.

"그런 의료를 행하는 의사도 있기는 있습니다. 제가 그런 방식을 쓰지 않을 뿐이지요."

아버지는 '주술'이라는 수상한 행위 그 자체는 부정하지 않는다.

"없는 건 아니란 말이죠?"

"주술을 원하신다면 그것이 특기인 자를 부르는 편이 낫지 않으시겠습니까?"

아버지의 물음에 아이린은 고개를 가로저었다.

"아뇨, 오히려 안 하는 편이 낫지 싶어요. 이래 봬도 전 옛날에 견습 무녀로서 봉사한 적이 있답니다. 만일 다른 가르침을 강요당하게 된다면 무척 곤란해질 거예요."

"그런 말씀이셨군요. 무녀 신앙이라면 어쩔 수 없지요."

후궁에 입궁했다 해도 굳이 본래 갖고 있던 신앙을 버리도록 강요할 만큼 주상은 엄격하지 않다. 개인의 신앙을 남몰래 지켜 나가는 정도라면 관대하게 봐주는 편이다.

'나라는 버렸는데.'

신앙은 쉽게 버릴 수 없는 모양이다.

"샤오에 무녀 신앙이 있다는 사실은 알고 있습니다. 제사를 지낼 때는 어떻게 하시려는지요."

후궁 안에서도 신을 모시는 제사가 이루어지곤 한다.

"그 점은 문제없습니다. 참가를 허락해 주시기만 하면 얼마든지 이곳 관습에 따를 테니까요."

유연한 대응이다.

잡담이 오가는 가운데 야오가 옆에서 몸이 근질근질한 표정을 짓고 있었다. 물어볼 기회를 통 잡지 못하고 있었다. 이대로 아무 말 안 하는 편이 낫다.

하지만 유능한 부하란 그런 상황에서 훌륭하게 보좌를 해내는 법이다.

진찰 중의 방 안에 경쾌한 파삭 소리가 울려 퍼졌다.

탁자 위에 준비되어 있던 다과, 즉 얇게 구운 전병을 먹는 소리였다. 옌옌이 무표정하게 전병을 먹고 있었다.

"옌옌!"

야오가 옌옌을 질책했다. 야오가 먼저 입을 열었기에 아버지나 돌팔이 의관은 끼어들 수가 없었다. 하지만 평소의 옌옌이라면 이렇게 예의 없는 행동을 할 리가 없다.

"정말 죄송합니다. 너무 맛있어 보여서 그만…."

"괜찮아요. 먹으라고 내놓은 과자입니다."

아이린은 나른한 표정 그대로 말했다.

마치 그 말을 기다리기라도 했다는 듯 옌옌이 야오에게 눈짓을 했다. 야오는 그제야 의도를 알아차린 모양이었다.

"정말 맛있어 보이네요. 지난번에 주셨던 **과자**도 정말 맛있었어요. 참 신기한 모양의 하얀 과자더군요."

특이한 형태의 병간이긴 했지만 색이 하얗지는 않았다. 즉, 암호를 풀었다는 뜻이다.

아이린은 표정을 바꾸지 않았다. 대신 시녀가 의아한 표정을 지었다. 병간 속에 쪽지가 들어 있다는 사실을 모르는 것 같아 보였다. 아니면 그냥 단순한 제비뽑기라고 둘러댔을까.

"그거 다행이네요. 실은 과자 만들기가 취미거든요. 오늘도 과자가 있으니 괜찮다면 가져가세요."

아이린은 가벼운 미소를 지었다. 야오의 의도를 알아들었는지 어땠는지 표정만으로는 판단하기 힘들었다. 어떤 과자를 주려는 건지 지켜볼 일이다.

아이린이 이번에 준 과자에는 아무런 속임수도 없었다. 일이 다 끝나고 난 뒤, 후궁을 나온 세 사람은 서로의 과자를 맞춰 보고 확인했다. 그냥 편지가 한 장 들어 있을 뿐이었다. 거기에는 기숙사 근처의 밥집에서 기다리겠다고 쓰여 있었다. 셋 모두에게 같은 편지가 들어 있는 걸 보니, 역시 셋이 머리를 합쳐

야만 합격할 수 있는 문제였던 듯했다.

왕도 북부에 있는 가게들 중에는 고급 음식점이 많다. 마오마오 일행이 가서 기다릴 장소로 지정된 가게 또한 고급스러워 보이는 상위 주루酒樓였다. 고위 관리 손님이 많기 때문에 개인실도 준비되어 있다.

"우리, 이 가게에 안 어울리는 것 같아."

주루, 이름 그대로 술이 나오는 가게다. 매우 호화로운 높은 건물이었고, 품위가 느껴졌기에 고작 15세 소녀인 야오에게는 어색하게 느껴지는 것도 당연한 일이리라.

여자 셋이서 들를 만한 장소는 아니다.

손님은 대부분 성인 남성이었고, 여성은 급사를 제외하면 거의 보이지 않았다. 일반적으로 생각하면 이런 장소에 와서는 안 된다는 게 상식이다. 하지만 유곽에서 이미 술자리에 익숙해져 있던 마오마오 입장에서는 주위 시선이 좀 차갑긴 해도 별로 신경 쓰이지 않았다. 이곳에는 취해서 이성을 덮치는 주정뱅이가 없으니 오히려 훨씬 낫다.

고상한 화장을 한 급사가 다가왔다.

"무슨 볼일이신가요?"

손님 취급조차 해 주지 않는다. 어쩌면 일자리를 구하러 온 사람들이라고 생각할 수도 있다.

"서쪽 손님인데요."

마오마오는 편지에 적힌 대로 말했다. 급사는 납득한 얼굴로 일행을 안쪽으로 안내해 주었다.

안내받은 방에 들어가자마자 마오마오는 긴장이 탁 풀리고, 엄청난 탈력감을 느꼈다.

"안녕."

몸집이 작고 곱슬머리에 안경을 낀 인물이 과일주를 마시고 있었다. 아니, 술이 아니라 음료일 수도 있다.

괴짜 군사의 조카이자 양자인 라한이었다. 남자가 한 명 더 있긴 했지만, 라한이 데려온 호위일 게 뻔하고 대화에는 한마디도 끼어들지 않을 테니 무시해도 괜찮을 것이다.

"이 사람은….."

"아는 사람이야?"

옌옌은 얼마 전 괴짜 군사가 쓰러졌을 때 본 적이 있다. 야오는 자리를 비웠기 때문에 모른다.

"무사히 도착해서 다행이야. 안 오면 어떡하나 했다."

"난 갈래."

마오마오가 몸을 휙 돌렸으나 야오가 팔을 붙잡았다.

"왜 가겠다는 거야? 아니, 너도 아는 사람이야?"

야오는 얼굴에 물음표를 가득 띄운 채 마오마오와 라한을 교대로 쳐다보았다.

"이쪽 분은 라한 님이세요. 마오마오 씨는 칸 태위님의 따님이시고요."

칸 태위란 괴짜 군사의 정식 명칭이다. 역시나 조사했구나, 하고 마오마오는 벌레 씹은 표정을 지었다.

"남남이에요."

마오마오는 평소와 다름없이 말했다.

"저런, 잘 알고 있네."

라한이 감탄한 듯 말하자 옌옌은 천연덕스럽게 대꾸했다.

"그렇게 매번 찾아오시는데 조사해 보는 게 당연하죠. 일부에서는 거의 암묵적 양해처럼 통하는 모양이던데요."

'그 변태 같은 인간.'

마오마오는 마음속으로 욕설을 퍼부었다. 정말 아무짝에도 쓸모없다. 얼마 전 식중독을 일으킨 이후, 무언가를 먹을 때마다 옆에서 부하가 관찰하고 있다고 한다.

"그리고 이분은 칸 태위님의 아드님이세요."

"오라버니?"

야오가 고개를 갸웃거리며 물었다.

"그래, 맞아."

"아니거든."

"뭐가 맞는 거야?"

여기선 하다못해 야오만이라도 자기편으로 끌어들여야 한다고 마오마오는 생각했다.

하지만 야오는 마오마오를 노려보았다.

"그럼 네 혈족이라는 말이고, 처음부터 다 한패거리였다는 뜻이야?"

다른 방면에서 오해한 모양이었다. 하기야 아는 사람이 주모자라면 그렇게 생각하게 되는 것도 무리는 아니다.

"그렇진 않아."

부정한 사람은 라한이었다.

"이 정도 수수께끼도 풀지 못하는 인간이라면 아무리 피붙이라 해도 소용없지. 쓸모없는 인간을 보내 봤자 괜히 문젯거리만 늘어날 테니까."

동그란 안경 안쪽의 여우 눈을 더욱 가늘게 뜨며 라한은 말했다. 마오마오를 감싸느라 하는 말이 아니라, 이게 바로 라한의 본심이다. 친부모를 배반하고 집에서 쫓아낸 무시무시한 인간, 그것이 바로 라한이니 말이다.

옌옌은 입술을 살짝 뒤틀고 있었다. 웃고 있는 듯 보였지만, 살짝 비웃음이 섞여 있는 느낌도 들었다. 고개만 갸웃거리는 야오에 비하면 훨씬 세파에 많이 닳았다.

'오히려 세상 물정 모르는 주인을 모시느라 이렇게 되었는지도 모르지.'

시녀 하나는 참 잘 뽑았다.

"계속 이렇게 얘기하기도 뭣한데, 식사라도 하면서 천천히 이야기를 나누는 게 낫지 않을까?"

마오마오는 불쾌한 표정을 감추지 않으면서도 자리에 앉았다. 입장으로 따지면 라한이 대접하는 식사가 될 테니, 비싼 음식이나 잔뜩 시켜 먹어야겠다.

"그래서 말이야."

라한의 말투는 가벼웠으나 그 내용은 상당히 골치 아팠다. 일부러 요인 방문 전용 가게의 개인실을 빌릴 정도의 사건이니 밀담으로 나누는 건 당연했다.

복잡한 사정을 생략하고 대충 설명하자면 아이린의 후궁 입궁에는 라한이 관여되어 있었다. 그 사실은 마오마오도 알고 있다. 이유는 아이린의 정적이 권력을 장악하려 하고 있어, 아이린이 생명의 위기를 느꼈기 때문이라고 한다.

자국에 식량 수출을 요청한 건 어떤 의미에서는 생명줄을 만들기 위한 일이기도 했다. 기근이 왔을 때 식량을 잡고 있으면 권력이 커진다. 그걸로 대항하려 한 모양이었다.

"그런데 그것조차 다 버려 두고 올 정도였단 말이지."

백성들을 생각하면 마음은 아프지만 암살을 당하게 되면 아무 의미도 없다. 따라서 이 나라, 리국의 후궁에 들어오기로 했다. 그러면 겉으로는 망명이 아니라 오히려 타국과의 연결 고리를 만드는 방책으로 보일 수도 있다.

마오마오는 고개를 갸웃거렸다.

"뭐 의문이라도 있어?"

"아니, 샤오에서는 여자들이 많이 나서는 것 같아서."

이 나라에서는 생각할 수 없는 일이다. 후궁 안이라면 몰라도 밖에서 여자들이 남자들보다 높은 지위를 가질 수는 없다. 관녀가 되는 일 또한 신부 수업의 일환이라는 인식이 있다.

확실히 정략결혼의 도구라 한다면 중요한 존재가 될 수도 있겠지만, 아이린만큼 나서서 상황에 개입하긴 힘들다.

"그런 것도 몰라?"

드물게도 야오가 "흐흥." 하고 코웃음을 쳤다. 마오마오가 모르는 부분을 자신이 알고 있다는 사실에 신이 났는지, 설명하고 싶어 몸이 근질거리는 모양이었다. 이 소녀의 성격이 점점 귀여워 보이기 시작했다.

"샤오라는 나라는 두 개의 기둥으로 이루어져 있어. 하나는 왕, 그리고 또 하나는 무녀야."

무녀 이야기는 조금 들은 적이 있다. 샤오에서는 무녀가 점술을 통해 정치에도 개입한다고 한다. 낮에 나왔던 '무녀 신앙'이라는 말은 이 이야기를 가리키는 모양이었다.

"그래, 잘 알고 있네."

야오의 말에 라한이 보충 설명을 해 주었다. 야오도 옌옌도 얼굴 생김새가 예쁜 편이어서 그런지 라한은 즐거운 얼굴이었다.

"본래 정치적인 최종 결정권은 왕이 쥐고 있었지만, 최근 들어서 정세가 달라졌어. 무녀는 어디까지나 우상이자 상징으로서 젊은 여자가 맡아 하고 있었지."

무녀는 본래 몇 년, 길어야 십수 년밖에 재위하지 못하는 자리다. 그 이유는 초경을 맞이하지 않은 어린 소녀여야만 무녀가 될 수 있기 때문이다.

"하지만 지금의 무녀는 이미 마흔 살이야. 왕보다도 나이가 많으니 원래는 끼어들 수 없는 영역에도 참견하게 되지. 그래서 여자들도 정치에 참여하는 힘이 강해진 거야."

"그랬구나."

몇 가지는 이미 알고 있는 이야기였으나 새삼 납득이 되었다.

'마흔이 넘었는데 초경이 아직 안 왔다니.'

마오마오는 그쪽이 더 신경이 쓰였다. 가끔 일어나는 일인데, 원인은 다양하다. 당사자들은 어떻게 생각할지 모르지만 마오마오에게는 잔혹할 정도로 흥미로운 이야기였다.

"과거에는 그런 예가 없었나요?"

"그건 본론으로 이어지는 일이니까 내가 자세히 설명해 주지."

얇게 썬 돼지 귀 고기를 우물우물 먹으며 라한이 말했다.

"과거에도 몇 번의 사례가 있었다고 해. 하지만 올 것이 오지 않아도 보통 스무 살이 넘으면 다음 대로 넘어간다고 하지."

정치적으로나 상징적으로나 그편이 나아 보인다.

"그런데 무슨 일인지 지금의 무녀는 아직도 자리를 지키고 있단 말이지."

"지금의 무녀는 특별하니까."

라한은 품에서 한 장의 종이를 꺼냈다. 미인화 같았지만 머리색은 연하게 칠해져 있었다.

전에 보았던, 화가가 그렸던 그림과 꼭 닮았다. 머리는 희고 눈은 붉다.

"지금의 무녀는 백피증이거든. 무녀로서 선택받는 아이에게는 몇 가지 조건이 있는데, 그중에서 가장 존귀하다고 여겨지는 존재가 하얀 아이들이라고 해."

무녀 중에서도 백피증은 드물다. 그래서 관례를 무시하고 아직까지 재위할 수 있었다고 한다.

"……."

그제야 이해가 갔다.

'하얀 아가씨의 정체를 알고 싶은가?'

미인도 화가가 보았다는, 서방의 하얀 미녀. 어쩌면 그 미녀는 무녀였을지도 모른다. 나이로 볼 때도 딱 들어맞는다.

백피증 환자는 본래 갖고 있어야 할 색을 만들어 내는 무언가가 결핍된 사람이다. 하얀 신생아는 우연히 태어날 때도 있고, 혈통 때문에 태어나는 경우도 있다. 리국에서도 그렇지만 샤오에서도 지극히 드문 존재일 것이다.

"그 무녀가 지금 병에 걸려 자리를 보전하고 있어. 그래서 우리나라 의사에게 진료를 부탁하고 싶은데, 상대가 아무리 전직 환관이라 해도 남자가 무녀를 진료할 수는 없다고 하더라고."

"그래서 의관 보조 관녀를…."

"그래. 장소가 장소인 만큼 긴 여행도 해야 하고, 무엇보다 국제 문제로 발전할 가능성도 있어. 그래서 임기응변으로도 충분히 대응할 수 있는 인재가 필요해."

이번 선발 과정이 특별히 까다로웠던 이유는 그것 때문이었나 보다.

"아무도 시험에 통과하지 못했을 가능성도 있지 않나요?"

옌옌이 물었다.

"없을 경우 다른 인물을 보내기로 되어 있었지. 어디까지나 최후의 수단으로써."

어떤 인물일까, 하고 생각하다 보니 문득 남장이 잘 어울리는 어느 미인이 떠올랐다. 스이레이라면, 출신만 제외하면 그 누구보다도 적절한 인물이라 할 수 있었다. 하지만 잡혀 있는 몸이니, 웬만하면 그 방법은 피하고 싶었을 것이다.

"이야기를 듣자하니 아이린 비전하는 무녀의 병에 대해 짐작가는 데가 있는 모양이군요. 아이린 비전하의 그 정적이라는 자에 대한 견제도 될 수 있는 걸까요?"

"그것도 아주 틀린 말은 아니야."

애매한 말투였다. 분명히 라한의 말에 모순은 없었다. 하지만 마오마오는 묘하게 무언가가 마음에 걸렸다.

거짓말을 잘하려면 교묘하게 진실을 섞어 넣어야 한다. 라한의 경우 거짓말을 하고 있는 건 아니지만, 진실을 말하지 않는 듯한 느낌이었다.

'여기서 한 번 찔러 볼까?'

아니, 어설픈 짓을 했다간 야오는 몰라도 옌옌에게는 들킬 가능성이 있다.

마오마오는 일단 입을 다물고 있기로 했다.

약사의 혼잣말

8 화 : 의도의 의도

　역시 무슨 사정이 있다고 확신한 건, 오랜만에 맞은 어느 휴일의 일이었다. 유곽 사정도 궁금했기에 마오마오는 슬쩍 기숙사를 빠져나와 녹청관으로 향했다.

　편지에는 별다른 문제가 없다고 적혀 있었는데 실제로 그랬던 듯했다. 한낮의 가게는 태평한 분위기였고, 여동이 현관 청소를 하고 있었으며 장난꾸러기 악동은 고양이 마오마오와 장난을 치고 있었다.

　"주근깨!!"

　고양이 마오마오를 안은 쵸우가 달려왔다. 고양이는 사지를 버둥거리며 쵸우의 품을 걷어차고 빠져나와서는 마오마오의 뒤에서 맴돌았다.

　일단은 마오마오를 잊어버리진 않은 모양이었다. 마오마오가 털 뭉치를 가볍게 안아 올려서 담장 위에 놓아 주자, 고양이는 잽싸게 달려갔다. 매정한 털 뭉치였다. 이 은혜를 갚는 의미로 귀중한 생약이라도 가져다줬으면 좋겠다.

"왜 이렇게 안 돌아오고 있었던 거야?"

"나도 일이 있으니까 그렇지."

마오마오는 자신에게 안기려 드는 쵸우의 머리를 귀찮다는 듯 꾹 눌러서 밀쳐 냈다.

'응?'

왠지 키가 좀 큰 것 같은데, 하는 생각에 마오마오는 쵸우를 쳐다보았다. 매일 밖에서 뛰어논 덕분인지 피부도 살짝 그을렸다. 앞니도 전부 새로 나서 깔끔하게 자라, 이젠 그렇게 한심해 보이지 않았다.

"사젠은 있어?"

마오마오는 견습 약사에 대해 물었다.

"응. 지금 애꾸눈 형이랑 같이 있어."

코쿠요도 있나 보다.

마오마오는 낯익은 기녀에게 가볍게 인사를 건네며 녹청관에 세 들어 있는 약방 안으로 들어갔다. 이야기 소리가 들려왔다.

"응. 그러니까 요점은 정성껏, 아주 꼼꼼하게 약초를 빻아야 한다는 점이야. 왜냐하면 섞을 때 조금이라도 치우치면 만들어 놓은 약 전체의 효능이 떨어지거든."

"흐음…."

막자로 열심히 가루를 내고 있는 사젠에게 코쿠요가 차분하게 가르침을 주고 있었다. 성실하게 일하고 있는 건 훌륭한 일이지만, 좁은 약방 안에서 남자 둘이 밀착한 채 작업을 하고 있는 모습을 보니 왠지 답답하게 느껴졌다.

자기들도 덥긴 한 모양인지 창과 문을 활짝 열어 통풍을 시켜 놓은 건 좋은데 그 또한 문제가 있다.

'썩었잖아.'

남자 둘이 밀착해 있는 모습을 히죽히죽 웃으며 지켜보는 기녀가 몇 명 있었다. 코쿠요는 얼굴 절반을 가리면 미남이고, 사젠도 수수하며 눈에 잘 안 띄는 용모이긴 하지만 그래도 아주 못나진 않았다.

여자들 중에는 남자끼리의 연애에 흥미를 가진 자도 적지 않다. 녹청관에서는 음간陰間, 즉, 남창을 취급하지 않기 때문에 이 모습은 기녀들에게 상당한 재미를 주는 모양이었다.

주위에서 자신들을 그런 눈으로 쳐다보고 있는 줄은 손톱만큼도 모르는 두 사람 사이로 마오마오가 끼어들었다.

"별다른 문제는 없어 보이네."

"응~ 똑바로 잘하고 있어~"

코쿠요는 여전히 멍청해 보이는 말투로 대답했다.

"아니, 생각보다 꽤 힘든데."

사젠은 살짝 원망스러운 눈빛을 지으며 대꾸했다.

"큰 문제 없어 보이니 다행이야."

"아니, 내 말 좀 들어 달라고!"

편지에는 괜찮다고 쓰지 않았던가. 아니면 역시 할멈이 불러 주는 대로 받아 적은 걸까. 어차피 불평을 들어 줘 봤자 한도 끝도 없을 게 뻔했으므로 마오마오는 무시했다. 사젠은 상당히 끈덕진 성격이다.

마오마오는 약방 안을 휙 둘러보고 나서 이상한 게 늘어나진 않았는지, 뭐 떨어진 건 없는지, 그 정도만 확인했다.

"이건 뭐야?"

약은 아니지만 한 번도 본 적 없는 물건이 서랍 위에 놓여 있었다. 얇은 전병처럼 생겼다. 과자인 듯하기도 한데 혹시 간식일까.

"아, 그거. 새로 만들어 봤어~"

코쿠요는 얇은 전병 한 장을 집어 들고, 그 위에 곱게 빻은 약을 올려놓았다.

"이렇게 와삭와삭 씹어 먹으면서 함께 약을 복용하는 용도야. 아니면 물에 적셔 부드럽게 만든 다음에 감싸서 복용하거나."

"흐응, 처음 봤는데."

마오마오는 솔직하게 감탄했다. 좋은 약은 입에 쓰다고 하지만, 사람들이 약을 사지 않으려 하는 데에는 맛이 없다는 이유도 있다. 마오마오는 꿀에 섞어서 복용시키는 방법도 시도해 보았지만 꿀은 본래 그 자체로도 고급품이다. 저 전병처럼, 혀에 닿지 않게끔 하면서 약을 먹이면 굳이 맛을 바꿀 필요는 없다.

"하지만 씹어 삼키는 게 힘들 수도 있지 않겠어?"

"응, 맞아. 어린애나 노인들에게는 권하지 않아. 목이 멜 수도 있고."

코쿠요는 그래서 물도 빠짐없이 준비해 뒀다는 듯 주전자를 흔들었다.

"하지만 서방에서는 상당히 일반적인 약 복용 방식이래. 인종적으로 침이 많이 분비되어서 그렇다는 이유를 들은 적이 있어."

"…잘 아네."

마오마오는 눈을 살짝 빛냈다. 코쿠요는 멍청해 보이지만, 의학 지식만은 확실하다.

"그러고 보니 코쿠요는 어디서 의술을 배웠어? 설마 독학은 아니었겠지?"

기본이 잘 잡혀 있다는 사실은, 아까 사젠을 가르치던 모습을 보면 알 수 있었다.

"하하하, 날 거둬들여 준 사람이 서방 나라 사람이었거든~ 금색 머리카락에, 머리랑 전신의 체모가 엄청 풍성한 사람이었어."

"샤오 사람?"

"으음~ 더 서쪽 사람일걸~?"

그런 이야기에 흥미를 안 가질 마오마오가 아니다.

"그쪽 말도 할 줄 알아?"

"쪼오끔~"

"그 키워 준 부모라는 사람은 지금 어디 있어?"

마오마오 입장에서는 가능하다면 만나서 이야기를 나눠 보고 싶었지만.

"아~ 죽었어~ 이것 때문에~"

코쿠요는 자신의 포창 흉터를 가리키며 말했다.

"그랬구나."

조금 안타까운 기분이 들었다. 의사가 병에 걸려 죽는 일은 그리 드물지 않다. 오히려 많다. 그 누구보다 병에 걸린 사람들과 빈번히 접촉해야 하는 입장이니 말이다.

"한창 얘기하는 중에 미안한데…."

혼자 소외되어 있던 사젠이 마오마오를 쿡쿡 찔렀다.

"저쪽에서 부르고 있어."

사젠이 가리키는 방향에는 녹청관 할멈과 라한의 모습이 있었다.

일행에게는 늘 그렇듯 밀담용으로 조용한 방이 준비되었다.

할멈의 재미있는 점은 자기 몫으로 돌아오는 보수가 좋으면 좋을수록 호화롭게 대접해 준다는 부분인데, 오늘의 과자는 중상中上 정도 수준이었다. 참고로 라한의 양부가 왔을 때는 이 빠진 찻잔에 미지근한 물밖에 내주지 않았다. 빗자루로 두들겨 패서 쫓아내지 않는 것만 해도 다행이라고 봐야 한다.

"오늘 쉬는 날이라고 듣고 혹시나 해서 찾아와 봤는데, 있어서 다행이군."

"설마, 제대로 조사해 보고 왔겠지."

이럴 때의 라한은 아주 용의주도하다.

"아무튼 서론은 됐으니까 단도직입적으로 얘기를 진행해 줘. 나도 바쁜 몸이야."

"아니, 아까 보니까 태평하게 수다나 떨고 있던데."

"왠지 너하고 얘기하다 보면 시간이 아까워지더라고."

"너라고 부르지 말고 오라버니라고 부르란 말이다."

이 응수도 이제 지긋지긋하다. 빨리 본론이나 말했으면 좋겠다.

"용건이라고 해 봤자 어차피 의관 보조 관녀에 관련된 문제겠지."

"얘기가 빨라서 다행이군."

라한은 신중한 인간이다. 야오와 옌옌에 대해서도 신원을 확실하게 조사하고, 성격 면에서도 문제가 없다는 사실을 충분히 지켜봤겠지만 그럼에도 불구하고 본론을 이야기할 때 끼워 줄 수는 없었던 모양이다.

"샤오 무녀의 용태를 진찰하는 문제 말인데, 거기에서 마음에 걸리는 부분이 하나 더 있어."

"뭐지?"

마오마오가 고개를 갸웃거렸다.

"만일, 무녀가 사실 무녀가 아니었을 경우의 이야기야. 무슨 말인지 알지?"

무슨 말인지 모르겠다.

"정보는 아끼지 말고 단도직입적으로."

마오마오는 찐빵을 집어 들고 반으로 쪼갰다. 하지만 속에는 달콤한 소가 들어 있었기에, 마오마오는 혀를 차며 반만 먹고 나머지 반은 라한의 접시에 올려놓았다.

마오마오는 단것을 그리 좋아하지 않는다. 유감이지만 할멈은 마오마오가 아니라 라한의 취향을 우선시했다.

"무녀의 조건에 대해 들었잖아. 초경이 오지 않은 어린 소녀에 한한다고."

"아, 하지만 실제로 평생 안 오는 여자도 있긴 해."

드문 일이긴 하지만 아주 이상한 일이라고 잘라 말할 수도 없다.

하지만.

"그 무녀라는 자가 만일 아이를 낳았다면?"

"……."

마오마오의 얼굴이 움찔 굳어졌다.

"전제가 뒤집히지?"

"…언제쯤?"

"그 무녀는 한때 몸이 안 좋다는 이유로 샤오의 도성을 떠나 다른 곳에서 요양한 적이 있었다고 해. 20년쯤 전에 몇 년 정도. 때마침 아이린 비가 견습 무녀로서 봉사하고 있었을 때지."

'견습 무녀….'

아이린은 무녀가 되기 위해 견습 무녀로 봉사한 적이 있다고 한다. 그렇다면 지금의 무녀가 없었을 경우 아이린이 무녀가 되었을 가능성도 있다.

문득 식중독 화가가 하얀 무녀를 봤다는 게 언제였던가, 하는 생각이 들었다. 하얀 여자가 그리 흔히 존재할 리도 없고, 무녀라는 높은 지위에 있는 사람을 여행자인 화가가 쉽게 볼 수도 없었을 것이다.

하지만 시골에서 요양할 때였다면 이해가 된다.

그리고 그 무녀가 요양하는 사이 아이를 낳았다면.

"하얀 무녀가 하얀 아이를 낳을 가능성이 있을까?"

"…자연히 태어나는 것보다는 확률이 높은 정도겠지."

아버지도 마찬가지로 백피증이라면 거의 확실하다고 봐야 한다. 그렇지 않다 해도 완전히 부정할 수는 없다.

만일 무녀가 아이를 낳았다면 문제가 되는 점은 하나밖에 없다.

"그 아이가 바이냥냥이라는 뜻이야?"

라한이 불길하게 히죽 웃었다.

"솔직히 잘 모르겠지만 그렇다면 납득이 가잖아. 바이냥냥은 지금 얌전히 유폐되어 있어. 하지만 누구에게서 명령을 받았는지, 전혀 입을 열질 않아. 아이린 비는 같은 특사인 아이라가 시킨 짓이라고 말하고 있지만."

바이냥냥에 대해 모든 사람들이 묘하게 신중한 태도를 취하는 이유가 이제야 이해가 되었다.

"아이린 님이 당시 그 아이를 봤다는 말이야?"

"그러니까 이렇게 우리한테 의뢰를 했는지도 모르지."

어떻게 된 일인지 바이냥냥이 타국에서 골치 아픈 짓을 저질렀으니, 샤오 입장에서 바이냥냥은 존재 자체가 골칫덩이일 것이다.

하지만 그것을 자신에게 유리하게 이용하려 하는 인간 역시 있을 수 있다.

"혹시나 해서 묻는데 아이린 님을 내쫓은 정적이란 게 혹시 그 무녀 아냐? 그렇다면 앞뒤가 맞는 부분도 생기는데."

아이린은 아이라 탓이라고 하지만, 실은 자기가 직접 바이냥냥을 조종하고 있었던 게 아닐까. 하얀 무녀에게 원한을 품고 함정에 빠뜨리기 위해, 바이냥냥을 이용해서 세간을 시끄럽게 만들었다면. 가까운 미래에 샤오가 리국에 의지할 일이 생겼을 때, 무녀가 나서서 개입할 수 없게 만들기 위해서 말이다.

무녀의 딸인지 아닌지를 조사하기만 해도 충분히 강력한 패가 될 수 있다.

'지나친 생각인가?'

마오마오는 고개를 가로저었다. 하지만 그렇다면 왜 이런 조사를 시키는 걸까?

"일단 나는 지금 아이린 비의 말과 행동이 옳다고 가정하고 행동하고 있어. 아이린 비는 무녀와 적대하고 있지 않아. 그냥 무녀가 숨기고 있는 일이 뭔지, 그걸 알아내고 싶은 모양이야. 뭐 간단히 말해 사실을 알아내고 그걸 빌미로 협박해서 자기편으로 끌어들이겠다는 계산이 있을지도 모르지. 원래 아이라가 바이냥냥을 자유롭게 풀어 놓았던 이유도 무녀를 함정에 빠뜨리기 위해서라고 주장하고 있으니까, 적의 적을 자기편으로 끌어들이려는 목적이라면 이해가 안 되진 않아."

"이야기를 들을수록 무시무시해지네."

하지만 정치란 본래 간단한 일이 아니어서 삼중 사중으로 복잡한 사정이 얽혀 있는 일도 드물지 않다. 정치적으로 패배한 아이린은 무슨 짓을 해서라도 앙갚음을 해 주고 싶은 걸까.

'하지만 작년에 왔을 때는 그런 기색이 없었는데?'

여자 특사 두 명이 나란히 같은 옷을 입고 있는 모습은 마치 쌍둥이 자매 같았다. 고작 1년쯤 되는 사이에 무슨 일이 일어났던 걸까.

"너, 아이린 님이 미인이라는 이유로 생각이 물렁해진 건 아니겠지?"

"무슨 소리야, 오라버니한테."

무시하자. 상대할 필요도 없다.

정치에 얽히면 언제 누가 적이 될지 모른다. 즉, 아이린은 이쪽에서 바이냥냥을 확보했다는 사실을 알고 후궁에 들어오기로 했다는 뜻일까. 추후 무녀를 자기편으로 끌어들인 다음에 샤오로 돌아갈 작정일까?

'골치 아파지네.'

의아한 점도 많다. 무녀를 자기편으로 삼는다 한들 타국 인간에게 바이냥냥의 비밀을 다 말해도 되는 걸까? 샤오 입장에서는 상당히 큰 문제일 텐데.

'무슨 복잡한 사정이 있는지 모르겠지만.'

마오마오처럼 정치에 어두운 인간으로서는 이해 안 되는 부분이 많다. 하지만 바이냥냥을 함부로 처형할 수 없다는 사실만은 확실했다. 지금은 그것만 이해해 두자.

"무슨 말인지 통 알아듣기 힘들다면, 이렇게 말하면 알까?"

라한은 마오마오의 생각을 바로 읽었다.

"만일 바이냥냥이 무녀의 자식이라는 사실이 밝혀질 경우, 바이냥냥을 보호하고 있는 한 이쪽에서는 무녀를 협박할 수 있는 패를 쥘 수 있지. 동시에 이쪽에 바이냥냥이 있는 한 아이린을 내쫓은 아이라를 견제할 수도 있어."

바이냥냥이 외교적 열쇠가 된다는 뜻이었다. 마오마오의 표정이 굳어졌다.

"아무리 그래도 이런 얘기까지 할 수는 없잖아."

누구에게냐고 하면, 야오와 옌옌을 말한다.

"그렇다고 나를 끌어들이진 말란 말이야."

안경을 박살내 주고 싶어진다.

"네가 합격 못 하면 어떻게 할지 정말 고민이었어. 푸른 귀인에게 부탁할 수밖에 없긴 하지만 입장상 이래저래 복잡해져서 말이야."

푸른翠 귀인이란 스이레이翠苓를 말한다. 표면상 존재하지 않는 것으로 되어 있는 인물을 이용하려면 우선 신원부터 만들어 줘야 한다. 적당한 관리의 딸이라고 날조하면 되는 일이겠지만 본래 신분이 문제다. 스이레이 또한 출생에 복잡한 사정이 있는 인물이니 말이다. 게다가 이전에는 의국에 소속된 적도 있었다. 한 번 죽었던 사람이 되살아난다면 사람들은 모두 기겁을 할 것이다.

마오마오도 이번 시험에서 어떤 신분 취급을 받을지 걱정이 되어, 미리 뤄먼의 양녀로 다뤄 달라고 말해 놓았다. 지금은 정식 의관이 된 뤄먼의 양딸이라면 아무 문제없다.

"그래서 이번에는 샤오에 가라는 말이야? 서도 여행조차 그렇게 힘들었는데."

왕복하는 데 시간이 도대체 얼마나 걸렸는지 모른다.

"아니, 그 점은 괜찮아."

마오마오가 반으로 쪼개 놓았던 찐빵을 집어 우물거리며 라한이 말했다.

"무녀가 도성으로 올 예정이니까."

"뭐?!"

마오마오는 노기를 머금은 목소리로 고함을 질렀다.

라한은 놀라서 찐빵이 목에 막히는 바람에 차만 꿀꺽꿀꺽 마셨다.

"무슨 소리야? 병에 걸려서 진료를 받아야 하는 사람한테 그렇게 긴 여행을 시켰다고?"

마오마오는 관자놀이가 당기는 것을 느끼며 내뱉었다.

입꼬리에 찻물을 묻힌 채 라한은 당당하게 손바닥을 내밀어 마오마오를 제지했다.

"그게 정치야. 샤오 입장에서 우리나라 리국은 꽤 큼직한 위치를 차지하지. 그러니 커다란 예식에 참여하는 건 당연한 일이야."

"커다란 예식?"

"몰랐어? 정실이 정해지고 그 아들이 동궁이 되었으니 교쿠요 황후의 가문은 정식으로 '이름'을 부여받게 돼. 국경 부근에서 강력한 세력을 갖고 있는 황후의 생가이니 샤오도 좋은 인상을 주고 싶지 않겠어?"

"아…."

동궁을 선보이는 자리에는 타국 사신도 온다고 들었다.

'지금까지의 동궁은 단명한 아기들뿐이었으니까.'

예식이 이루어지기도 전에 다 죽어 버렸다.

지금의 동궁도 아직 채 한 살이 되진 않았지만, 그 부분은 정치 문제가 어느 정도 엉켜 있는 듯했다.

"긴 여행이라고는 하지만 샤오에는 커다란 해로가 있어. 계절풍을 이용하면 육로보다 훨씬 빨리 도달할 거야."

"그래도…."

타국에서 무슨 문제가 발생할 경우 혹시 책임을 뒤집어쓰진 않을지 불안해진다. 타국의 중진을 맞이하는 데에는 그만큼의 폐해가 발생한다. 정적 입장에서는 오히려 노리는 바인지도 모른다.

하지만 잘만 되면 샤오와 강력한 연결 고리가 생긴다.

"하기 싫을지도 모르지만 해야만 하는 일이야. 그래서 이렇게 부탁하는 거다."

"……."

마오마오는 뚱한 표정을 지으며 다 식은 차를 마셨다.

이미 들어 버린 이상 모른 척할 수는 없다.

"참고로 이 생각을 하신 분은 진시 님이야."

'그 자식.'

마오마오는 혀끝에서 간신히 그 말을 씹어 삼켰다.

진시도 입장 때문에 수단을 가릴 수가 없었으리라. 하지만 피해를 입게 된 당사자의 기분도 생각해 줬으면 좋겠다.

"특별 수당은 나오겠지?"

"그런 교섭은 나한테 맡겨 둬."

안경을 번뜩 빛내며 라한이 자기 가슴을 두드렸다. 그 부분만큼은 가장 믿음직스러웠다.

약사의 혼잣말

9 화 ⋮ 황후

　비가 황후로 승격한다. 교쿠요 황후는 이미 정실이 되어 있었으나, 그것을 주위에 명확히 알리는 일이 매우 중요하다고 한다.

　전쟁은 힘의 차이가 압도적이면 압도적일수록 피해가 적어진다. 만일 같은 지위의 비가 똑같이 사내아이를 낳았다면 피바람이 몰아쳤으리라. 교쿠요 비가 정실이 된 것은 마찬가지로 상급 비였던 리화 비가 아이를 낳기 전이었다.

　리화 비의 혈통은 황후가 되기에 적합하다. 하지만 사내아이를 낳았을 때 정실이 되지 못했던 데에는 이유가 있다.

　'아이가 오래 살지 어떨지 알 수 없다는 점이 있고, 어떤 의미에서는 혈통도 문제가 되지.'

　황제는 근친혼을 피하고 싶어 하는 경향이 있다. 선대 황제 시절, 되풀이되던 근친혼 때문에 체질이 약해져서 형제들이 우르르 돌림병에 걸려 죽어 버린 일이 있다고 한다.

리화 비가 국모로서의 자격을 얻지 못한 일은, 비 본인의 자질과는 상관없는 이유 때문이라고 할 수 있었다.

그리고 또 한 가지가 있다면.

앞으로 타국과의 관계 때문에 교쿠요 황후의 출신 일족과 친밀하게 지낼 필요가 있다는 부분이었다.

아무튼 지금 현재 교쿠요 황후는 나라의 정점에 가까운, 그야말로 구름 위의 존재였다. 처음 만나는 사람은 위축될 수밖에 없으며 실제로 현재 위축된 상태였다.

"후후후후, 간식은 입에 좀 맞니?"

오랜만에 듣는 우아한 목소리의 주인은 덜 단 과자를 준비해 주었다. 음식을 대접해 준 사람은 유능한 시녀…인 척하면서 소문을 좋아하는 사람의 반짝거리는 눈빛이 엿보이는 잉화였다. 챙겨 주기 좋아하고 성격이 명랑한 이 시녀는 반년 가량 만나지 못했음에도 불구하고 전과 변함없이 대해 주었다. 안타깝게도 시녀장 홍냥이 눈을 번뜩이며 지켜보고 있었기 때문에 말을 걸지는 않았지만, 그 감시인도 금세 자리를 떠났다.

'하나 집어 먹어도 되나?'

그런 여유가 있는 마오마오와는 달리 옆에 앉아 있는 야오는 얼음처럼 뻣뻣하게 얼어붙어 있었다. 옌옌은 무표정하기 때문에 알아보기 힘들지만, 야오 쪽을 자꾸 흘끔흘끔 쳐다보는 걸 보니 걱정이 되는 모양이었다.

후궁에서 비들을 진료하는 일이 어느 정도 익숙해졌을 무렵, 마오마오를 비롯한 세 관녀들은 드디어 교쿠요 황후의 왕진에 따라갈 수 있게 되었다.

교쿠요 황후는 이때만을 기다렸으리라. 마오마오가 의관 보조 관녀가 되는 시험을 치도록 굳이 추천장까지 써 줬을 정도다. 그리고 마오마오가 찾아오는 시간은 그야말로 얼마 안 되는 오락의 시간이라고 생각한 게 틀림없었다. 실제로 지금 마치 다과회나 다름없는 자리를 꾸며 놓았다.

"저, 저어, 칸漢 의관님은요?"

야오가 잉화에게 물었다. 칸 의관이란 아버지를 말한다. 아버지의 정식 이름은 '칸뤄먼漢羅門'이다.

"아, 지금은 동궁 전하를 진료하고 계세요. 모처럼 와 주셨기에 링리 공주 전하와 시녀들도 모두 진찰을 받기로 했답니다. 달리 할 일도 없으니 저희는 차나 즐기자고, 교쿠요 님이…."

홍냥이 나간 이유는 그 모습을 감시하기 위해서인가 보다.

링리 공주는 꽤 많이 컸다. 아장아장 걷던 어린아이는 의관 일행이 궁에 도착한 순간 손님이 왔다는 사실을 알아차리고 냉큼 견학을 나왔다. 말괄량이 같은 성격은 교쿠요 황후를 꼭 닮았다. 안타깝게도 마오마오를 기억하지는 못하는 듯했지만 손님은 모두 자기 놀이 상대라는 인식이 있는지 뒤를 졸졸 따라왔다. 중간에 홍냥에게 붙잡혀 아쉬운 듯 나가던 모습을 보면 다시 돌아올 듯했다.

'핑계는 좋네.'

정면에 앉은 교쿠요 황후의 눈은 반짝반짝 빛나고 있었다. 재미있는 이야기를 듣고 싶어 견딜 수가 없다는 표정이었다.

'그럴듯한 얘깃거리도 마땅히 없고, 있어도 말해서는 안 되는 것들인데.'

아니, 괴짜 군사 이야기가 있기는 한데 그 인물 이야기는 하고 싶지 않으니 넘어가자.

잉화도 한 자리 차지하고 앉아 있었다.

"있잖아. 가끔은 재미있는 이야기라도 듣고 싶은데, 뭔가 없을까?"

'역시 무리한 요구가!'

그 한마디에 재미있는 이야기를 꺼낼 수 있을 것 같으면 마오마오도 말솜씨 없다는 소리를 듣진 않았으리라. 하지만 안타깝게도 세 치 혀를 손쉽게 놀릴 줄 아는 성격은 아니었다.

그러나 의외의 인물이 손을 들었다. 바로 옌옌이었다.

"마음에 드실지 어떨지는 잘 모르겠습니다만….."

"어머, 정말 있니?"

"옛날에 있었던 사건 이야기인데 괜찮으신가요?"

"어머나, 기대된다."

교쿠요 황후는 흥미진진한 표정이었다. 옌옌은 평소의 과묵

한 태도와는 전혀 다르게, 이야기를 술술 늘어놓기 시작했다.

○●○

옛날 어떤 곳에서 두 요리사의 요리 대결이 열렸습니다. 요리사들은 긍지를 갖고, 어떤 저택의 요리장 자리를 걸고 싸우게 되었습니다.

한 명은 옛날부터 그 지방에 살던 요리사였고, 또 한 명은 먼 지방에서 방랑하다 온 젊은 요리사였습니다.

주제는 저택 주인이 좋아하는 달걀 요리와 탕원*이었습니다. 주인은 버섯을 좋아했기 때문에 고급 버섯을 준비해 주었죠. 두 요리사 모두 실력에 자신이 있었습니다. 따라서 아무리 수수한 주제라 해도 최선을 다해 요리에 덤벼들었습니다만.

두 요리 모두 우열을 가리기 힘든 훌륭한 음식으로 등장할 줄 알았습니다. 그런데 한쪽 요리사, 젊은 요리사는 요리를 제대로 해내질 못했습니다. 특히 달걀 요리의 완성도가 너무나 엉망이어서, 도저히 저택 주인에게 내줄 수 있는 상태가 아니었습니다.

그래서 할 수 없이 탕원 한 가지만 내놓았으나, 그것을 먹은

※탕원 : 소를 넣은 찹쌀 경단.

주인은 격노하여 요리사를 베어 죽이겠다고 소리를 질렀습니다.

요리사는 도무지 영문을 알 수가 없었습니다. 재료도 이미 준비되어 있던 것밖에 쓰지 않았고, 다른 한 명의 요리사 역시 같은 재료를 사용했는데 말이지요.

요리는 왜 차이가 났을까요?

○ ● ○

'재미있는 이야기라기보다는….'

마오마오에게는 수수께끼처럼 들렸다. 옌옌을 보니 무슨 시험을 하는 듯한 분위기라는 사실은 알 수 있었다.

"요리사가 왜 요리에 실패했는지 아세요?"

옌옌은 마오마오 쪽을 흘끔 쳐다보았다. 이 흐름은 왠지 익숙했다.

"평범하게 요리를 하다가 실패한 게 아니란 말이야?"

잉화가 입을 열었다. 비취궁에서 지낼 때와 마찬가지로 가정적이고 편안한 분위기는 변함없었다.

"아직 젊은 요리사라고 했지?"

"네. 하지만 요리사로서의 실력은 일류였습니다. 그래서 일부러 먼 곳에서 불러왔던 거죠."

옌옌은 보충 설명을 했다. 주인인 야오는 조용히 앉아서, 차분한 표정으로 찻잔 표면이 흔들리는 모습을 바라보고 있었다.

'요리 실패. 지나치게 엉망인 요리가 만들어졌다.'

탕원을 먹고 명백히 맛이 없다고 판단했다면 설탕과 소금을 착각할 정도로 심각한 수준이었다는 뜻일까.

'미각 장애?'

그럴 리는 없었다. 생각할 수 있는 가능성은 애당초 뭔가 다른 맛이 났다는 점이다.

"질문 몇 개만 하겠습니다."

마오마오가 손을 들었다.

"뭔가요?"

"요리할 때 어떤 물을 사용했나요?"

"물이라니, 그냥 보통 물 아닐까? 설마 바닷물을 사용하진 않았을 텐데?"

잉화가 고개를 갸웃거렸다. 마오마오를 대신하여 옌옌이 고개를 가로저었다.

"바닷물은 아닙니다. 하지만 그곳은 담수가 귀한 곳이었기 때문에 식수 이외에는 소금 섞인 물이 나오는 일도 잦았습니다. 본래 센물이고, 암염이 생산되는 곳이기 때문에 섞이는 일이 드물지 않았던 거죠."

"그러니까 탕원을 삶을 때, 외부인이어서 물의 성질을 몰랐던 그 요리사는 소금물인 줄 모르고 사용했다는 말이군요."

마오마오의 대답에 옌옌은 천천히 고개를 끄덕였다. 잉화도 납득한 듯 손뼉을 쳤다. 가끔 요리도 하는 이 시녀는 무슨 일이 일어났는지 바로 이해한 모양이었다.

그 모습에 교쿠요 황후가 고개를 갸웃거렸다.

"있잖아, 소금물로 탕원을 삶으면 안 되는 거니?"

교쿠요 황후의 질문에 마오마오가 답했다.

"탕원은 속까지 잘 익으면 바로 건져 내야 합니다. 다 삶아진 탕원은 자연히 물 위로 떠오르거든요."

하지만 소금물이라면 이야기가 달라진다. 물에 소금이 들어가면 물의 무게가 바뀐다. 무거워진 물로 탕원을 삶으면 속까지 다 익기 전에 먼저 떠올라 버린다. 물과 소금물 중에서는 소금물이 더 무겁기 때문이다.

"그래서 탕원이 덜 익었다는 말이니?"

"네."

옌옌도 말없이 고개를 끄덕이는 걸 보니 정답인 모양이었다.

"그럼 달걀 요리는 어떻게 된 거야? 이것도 소금물 때문은 아니겠지?"

잉화가 또다시 고개를 갸웃거렸다.

"어떤 달걀 요리를 만들었고, 어떤 재료가 준비되었는지를 알면 이 또한 대답할 수 있습니다."

"그럼 무엇을 만들고 무엇을 재료로 삼았다고 생각하나요?"

옌옌의 말에 마오마오는 대답했다.

"달걀찜에 잎새버섯을 사용한 게 아닐까 싶네요."

잎새버섯은 지방에 따라 고급 식재료로 인식되기도 한다. 버섯이라는 말을 들은 순간 가장 먼저 떠올랐다.

"잎새버섯은 질기지 않고 식감이 좋기 때문에, 그 식감을 살리기 위해서 지나치게 가열하지 않고 찌는 방식을 택했겠지요. 생잎새버섯은 고기를 부드럽게 해 주는 작용을 하기 때문에 달걀 또한 굳지 않았을 겁니다."

"그랬구나!"

재미있는 이야기를 들었다며 잉화는 눈을 빛냈다.

"정답입니다."

옌옌이 눈썹을 움찔하며 말했다. 무표정한 얼굴이었지만 마오마오가 너무 쉽게 술술 대꾸하는 바람에 김이 샌 모양이었다.

아까부터 옌옌이 달변인 대신 야오가 조용했다. 야오는 왠지 모르게 쑥스러운 듯 고개만 숙이고 있었다.

"그럼 그 요리사는 어떻게 됐니?"

"안심하셔도 좋습니다. 다른 사람이 구해 줬거든요. 저택의 요리장이 될 수는 없었지만, 다른 집에서 일하게 되었습니다. 제대로 된 달걀찜을 먹고 싶다는 사람이 있었다고 합니다. 운 좋게도, 저택 주인과 면식이 있던 가문의 아가씨였습니다."

"그거 다행이네."

교쿠요 황후가 쾌활하게 웃었다.

"네. 때마침 그 젊은 요리사에게는 어린 여동생이 있었는데 그 덕분에 두 사람 다 길바닥을 헤매는 신세를 면할 수 있었죠."

옌옌이 입꼬리를 올렸다.

'평범하게 웃을 수 있네.'

그 부드러운 미소는 왠지 모르게 쑥스러운 표정을 짓고 있는 야오를 향하고 있는 듯했다.

'그랬구나.'

옌옌이 왜 이 화제를 꺼냈는지 알 것 같은 기분이 들었다.

하지만 입 다물고 그냥 모르는 척해 주는 게, 마오마오가 보여 줄 수 있는 최대한의 호의이리라.

교쿠요 황후에게는 단란한, 야오와 옌옌에게는 긴장되는 시간이 흘러갔다.

옌옌의 이야기가 끝난 후 별것 아닌 잡담을 몇 가지 나누다 보니 의관들이 돌아왔다. 깍깍거리는 높은 소리가 들리나 싶더니 홍냥이 동궁을 안고, 그 옆에 링리 공주가 보였다.

"무척 건강하십니다."

"그거 다행이네요."

아버지의 보고에 교쿠요 황후는 진심으로 안도한 기색을 보였다. 갓난아기는 벌써 이가 나고 있는지, 입을 벌리니 하얀 치아가 살짝 보였다.

"이유식에 대해 몇 가지 말씀드릴 점이 있습니다."

아버지는 홍냥과 황후 앞에서 설명했다. 인간은 체질에 따라 받아들일 수 있는 음식과 받아들이지 못하는 음식이 있다. 갓난아기에게는 꿀을 먹여서는 안 되며, 생선과 보리 등을 먹이면 몸에 발진이 생기는 경우도 있다.

"새로운 식재료를 먹일 때는 아주 소량으로, 한 번에 한 톨 정도씩 맛보게 해 주십시오."

한꺼번에 여러 종류의 식재료를 먹이면 몸에 무슨 이상이 생겼을 때 무엇이 원인인지 알 수 없기 때문이다.

'그건 황자니까 할 수 있는 일이겠지.'

서민, 특히 빈민가에 사는 가난뱅이들은 애당초 먹을 것이 없기 때문에 그런 것을 신경 쓸 여유도 없다.

야오와 옌옌은 아버지의 말을 열심히 듣고 있었다. 게다가 돌팔이 의관은 기록까지 했다.

"동궁을 이번 공개 자리에 데리고 나가도 문제가 없을까요?"

교쿠요 황후가 걱정스러운 표정으로 말했다.

동궁 공개는 타국 사자들도 찾아올 정도로 성대한 자리가 된다고 한다.

"솔직히 말씀드리면 익숙지 않은 장소에 장기간 머무는 일은 권해 드릴 수 없습니다. 낯선 환경은 갓난아기를 지치게 하니까요."

조용히 해야 하는 상황에서 울음을 터뜨릴 수도 있고, 기저귀도 때때로 갈아 줘야 한다. 배가 고플 때도 있을 것이다.

비취궁에서는 2년쯤 전 링리 공주를 데리고 원유회에 나간적이 있었는데 그때도 정말 힘들었다. 공주의 몸이 식지 않도록 요람 바구니에 달군 돌을 넣어서 온도를 높여, 감기에 걸리지 않도록 애를 썼었다.

이번에는 그보다 더 긴 시간을 밖에서 보내야 한다.

"가능한 한 시간을 줄여 보도록 저희들 또한 타진해 보겠습니다."

"잘 부탁해요."

황후의 태도가 신중한 이유는 충분히 이해가 갔다. 황제의 자식은 현재 링리 공주, 동궁, 그리고 리화 비의 아들까지 총 셋이다. 황위 계승권은 리화 비의 아들 역시 갖고 있다.

마오마오는 리화 비 본인이 못된 짓을 저지르리라고는 생각하지 않지만, 보통 권력은 당사자와는 상관없는 곳에서 그 사람을 조종하기 마련이다. 리화 비가 모르는 곳에서 동궁에게 위해를 가하려 하는 자들이 없다고 잘라 말하긴 힘들다.

과거에 친애하는 비를 위해 다른 비를 독살하려 한 궁녀가 있었다. 궁녀는 주인이 모르는 곳에서 행동을 일으켰다가 결국 실패했다.

리화 비를 국모로 만들려는 사람이 있다면 지금의 동궁은 방해물일 것이다. 당연히 없애 버리고 싶으리라.

다양한 의미에서 위험한 자리였다.

'위험하다고 하니….'

진시와는 최근에 얼굴을 마주친 일이 없는데, 어떻게 지내고 있을까.

'그 사람한테도 황위 계승권이 있는데….'

진시의 계승권은 동궁과 리화 비의 아들 다음이다. 원래 갓난아기를 동궁으로 삼으려면 조금 더 경과를 지켜봐야 하지만, 진시는 차기 황제 지위에 전혀 관심이 없는 인물이다. 그러기는커녕 동궁이 태어난 일을 매우 기뻐하며 자신을 빨리 신하로 격하시켜 주기를 바랐다.

그러나 그것을 결정하는 사람은 아니다.

'어떻게 되려나.'

마오마오는 동궁의 단풍잎 같은 손을 바라보며 생각했다.

"아아, 벌써 끝인가? 다음엔 언제 또 오니?"

아직 이야기를 마음껏 다 못 했다는 표정의 교쿠요 황후 옆에 서는 홍냥이 입을 꾹 다물고 서 있었다.

황후궁을 나서려 하는데 뒤에서 타닥타닥 요란한 발소리가 들려왔다.

"그러면 안 돼요."

홍냥이 타이르는 사람은 잉화였다. 지금은 의관들 앞이라 차분하게 타일렀지만, 나중에 그 정수리에 주먹이 날아들리라는 사실을 마오마오는 알고 있다.

"깜박 잊고 간 물건이 있는 것 같은데, 가지러 와 줄 수 없을까요?"

잉화는 그렇게 말하며 마오마오의 손목을 잡아끌었다. 잉화의 얼굴에는 히죽거리는 웃음이 떠올라 있었다.

다른 사람들의 모습이 보이지 않는 거리까지 오자 잉화는 마오마오의 손을 놓았다.

"제가 뭘 놓고 갔나요?"

"아이, 그건 당연히 핑계지. 있다고 하면 이것 아닐까?"

잉화는 천연덕스럽게 말하며 마오마오의 손바닥에 무언가를 올려놓았다. 손바닥 위로 넘어온 그것은 비취옥이 달린 비녀였다. 비취는 교쿠요 황후를 상징한다. 마오마오가 전에 비취궁 시녀였을 때는 목걸이를 받았다.

"교쿠요 님이 황후가 되셨을 때 기념으로, 이곳 시녀들에게 모두 하나씩 만들어 주셨어. 나도 받았고."

"저는 외부인인데요."

"네가 다시 시녀가 되어 줄 줄 알고 여분으로 만들어 놓았던 거야. 남아도는 건 아까우니까 주고 오라고 교쿠요 님이 말씀하셨어."

그렇게까지 말한다면 거절하는 것도 실례다. 하지만 마오마오는 비녀를 받는 데에도 다 의미가 있다는 사실을 알고 있었다.

"교쿠요 님은 네가 다시 와서 일해 주길 바라셔. 마음이 있다면 언제든 돌아오도록 해."

잉화가 말했다.

'어려운 얘기네.'

두 번 다시 없을 좋은 조건의 제안이니 거절하는 건 아까운 일이다. 교쿠요 황후 밑에서 일하면 분명 그럭저럭 즐거운 일상을 구가할 수 있으리라.

'그래도 내겐 안 어울리는 일이야.'

신분이 어쩌고저쩌고 하는 문제가 아니라, 마오마오의 성격상 아마 다소 갇힌 기분으로 지내야 될 것이다.

"아참, 맞아. 이것만 건네면 아마 의심받을 테니까 이것도 주라고 하셨어."

잉화는 무언가를 싼 종이 세 개를 건넸다. 유락 냄새가 희미하게 났다.

"다른 두 사람한테도 나눠 주도록 해. 마오마오는 짭짤한 걸 좋아하겠지만 말이야."

무난한 선물까지 준비해 둔 걸 보니 정말 철두철미하다. 마오마오는 과자 봉투를 받아 들고 사람들이 기다리는 현관으로 돌아갔다.

10화 : 암약

축축한 공기 때문에 기분이 불쾌했다. 머리카락이 목덜미에 달라붙었다. 진시는 의자에 앉아, 산더미처럼 쌓인 서류를 보고는 도망치고 싶어졌다.

덥고 비가 많이 오는 계절에 서류 작업을 하려니 기분이 우울해졌다. 진시는 목 뒤의 머리카락을 쓸어 넘기며 집무실 의자에 앉아 서류를 뒤적거렸다. 누가 땀에 젖은 손으로 건드리기라도 했는지 글자가 번져 있었다. 진시는 커다랗게 한숨을 내쉬고 책상 한구석에 놓여 있는 찻잔을 집어 들었다. 잔에는 찬물에 우린 차가 들어 있었다.

"……."

진시는 찻잔을 흔들었다. 모르는 사이 놓여 있던 잔이었다. 아까 측간에 다녀온 사이에 누가 놓고 간 모양이었다.

"이 차는 누가 가져다 놓았지?"

진시는 집무실에 있던 문관 사내에게 물었다. 가오슌은 황제 직속으로 돌아가, 이젠 없다. 바센의 부상이 다 나아 일에 복귀할 예정이기 때문이다. 그 중간을 이어 줄 징검다리로서 진시는 서류 정리가 특기인 자를 하나 빌려 왔다.

"네. 방금 전 잠시 자리를 비우셨을 때 관녀가 놓고 갔습니다."

진시도 인간이니 소변 정도는 당연히 봐야 한다. 하지만 아주 잠깐 눈을 뗀 사이를 노려, 심지어 '관녀'가 놓고 갔다니.

집무실 입구에는 항상 호위가 있는데, 진시와 함께 이동한 틈을 노린 듯했다.

진시의 집무실에는 기본적으로 '관녀'가 들어올 수 없게 되어 있다. 관녀들이 서로 누가 진시에게 차를 가져갈지를 놓고 주먹다짐을 하는 현장을 딱 맞닥뜨렸던 경험이 있기 때문이다. 그 외에도 주술이라며 다과에 머리카락이나 손톱을 집어넣거나, 진시가 우연히 혼자 있을 때 느닷없이 자기 옷을 벗어 던지고 덮치는 등 귀찮은 일이 너무 많았다.

징검다리 문관은 서류 정리가 특기이긴 하지만 진시의 사정에 대해서 자세히 알지는 못하는 모양이었다.

진시는 책상 서랍을 열어, 그 속에 들어 있는 천으로 싼 무언가를 꺼냈다. 천으로 꼼꼼하게 포장된 그것은 은수저였다. 진시는 천으로 수저를 감싸 들고 차를 휘저어 보았다.

반짝반짝 빛나던 은수저가 금세 탁해졌다.

알아보기 쉬운 독이라 다행이라고 진시는 생각했다.

문관이 새파래진 얼굴로 그 모습을 지켜보고 있었다. 일부러 문관이 보는 앞에서 행동한 이유는 진의를 살피기 위해서였다. 은수저가 탁하게 빛 바래는 일이 무슨 뜻인지는 알고 있는 모양이었다.

정말로 몰랐던 듯했다.

진시는 수저를 들고 가서 입구에 서 있던 호위에게 건넸다. 호위는 표정 하나 바꾸지 않은 채 수저를 천으로 감싸서 품에 넣었다. 이제 곧 교대가 오면 그 후에 다른 장소로 옮길 것이다.

"어떤 관녀가 왔었지?"

진시가 문관에게 물었다.

"그, 그건….."

문관은 횡설수설했다. '젊다', '키가 별로 크지 않다' 등 별로 도움이 안 되는 정보만 나왔다. 고지식한 문관이라 서류 정리에만 바빠 관녀를 제대로 보진 못했던 모양이다. 게다가 문관의 책상 위에도 차가 놓여 있었는데 양이 반 정도 줄어 있었다.

진시는 할 수 없다는 표정으로 은수저 하나를 더 꺼내 그 차를 저어 주었다. 이쪽 차에서는 별다른 반응이 나타나지 않았다.

"문제없다."

문관은 다소 안도한 표정을 지었으나, 금세 '아차' 싶은 표정으로 위축되고 말았다.

진시는 딱히 그런 것 가지고 이러쿵저러쿵 야단칠 생각은 없다. 그저 서류 정리나 원활하게 해 주면 그만이다. 일솜씨도 썩 나쁘지 않고, 게다가 진시를 이상한 눈으로 쳐다보지 않는 게 이 문관의 장점이다. 바센이 오기 전까지 일만 잘해 주면 된다.

"신경 쓰지 말고 일을 계속하도록."

진시는 독이 든 차를 책상 한구석에 치워 두고 서류 업무를 재개했다.

문관은 창백해진 표정을 지으면서도 자기 책상으로 돌아갔다.

진시는 문관에게 들키지 않도록 한숨을 크게 내쉬고는 서류 정리를 계속했다.

쉴 틈 없는 하루하루가 이어졌다. 환관인 척하기를 그만둔 뒤로 몇 달이 흘렀을까. 외부에 얼굴을 내밀 기회가 늘어난 탓에 일의 양이 어마어마하게 늘었다. 수면 시간을 줄여야 하는 날들도 계속되었다. 그래도 열흘에 한 번 정도는 숨을 돌릴 겸 거리에 나가곤 했으나 지금은 그조차 불가능했다.

진시는 일을 마치고 자기 방의 긴 의자에 앉아 있었다. 저녁 식사와 목욕까지 끝냈으니 이제 잠만 자면 되는 상황이었지만, 낮에 벌어졌던 일 때문에 바로 잠들 수가 없었다.

"진시 님, 과일 드시겠어요?"

눈치 빠른 시녀 스이렌이 배를 가져왔다.

"먹을래."

다소 어린애 같은 말투이긴 하지만 상대는 젖먹이 때부터 봐 온 유모다. 아무도 없을 때는 봐주곤 한다.

꼬치에 꽂은 배를 한 입 베어 물자 아삭, 하고 씹히는 식감과 싱싱함, 그리고 달콤함이 입 안에 가득 퍼지고 과즙이 목구멍을 적셨다. 술이나 한잔할까 했지만 오늘 밤은 이걸로 만족할 수 있을 것 같았다.

"피곤하신가 보네요. 요즘은 휴일에도 거리에 놀러 나가지도 않으시고, 일에만 전념하고 계셨으니까요."

"끝이 없으니 할 수 없잖아. 앞으로의 일을 생각하면 부관을 늘려야 할 것 같아."

"**시녀**도 그렇고요."

스이렌이 강조하듯 말했다. 벌써 초로의 영역에 접어든 유모는 매년 관절이 아프다고 투덜거렸다. 새 시녀를 늘리고 싶지만 진시에게는 진시만의 사정이 있기에 쉽게 충원할 수가 없었다.

"아아, 마오마오가 돌아와 주면 좋을 텐데 말이에요."

그것도 괜찮겠네, 하고 생각하던 진시는 고개를 가로저었다. 요청하고 싶은 마음은 굴뚝같지만 당분간은 어려우리라.

"당사자는 또 부려 먹히는 거라고 생각할걸."

"쓸모없는 아이는 옆에 둬 봤자 아무 소용도 없지 않나요?"

스이렌은 다정한 말투로 엄격하게 말했다. 진시에게는 무르지만 다른 시녀들에게는 호랑이처럼 엄격하기로 정평이 난 사람이다.

"그래도 이 노구에 업무량이 지나치게 많아 힘든 건 사실이랍니다."

스이렌은 보란 듯이 자기 어깨를 두드렸다.

"아아, 진시 님께서 빨리 비라도 한 명 들여 주신다면 저도 조금은 편해질 텐데 말이에요."

진시는 쓴웃음을 짓는 수밖에 없었다.

"어정쩡하게 비를 늘렸다가 일만 더 늘어나는 거 아냐?"

"아뇨, 시녀를 고용하기가 편해지지요. 비 자리를 노리고 눈을 시뻘겋게 뜨고 도련님에게 덤벼드는 것이 많다는 생각이 들지 않으시나요? 물론 비를 들인다고 그런 것이 완전히 사라지진 않겠지만, 그래도 수가 줄어들긴 할 거예요."

스이렌은 마치 해충 이야기라도 하는 듯 말했다.

비라는 말에 진시의 머릿속에 떠오르는 인물은 하나뿐이었다. 상대가 대단히 귀찮아하고 싫어할 거라는 사실은 알고 있다. 규중 영애라면 모를까, 충분히 혼자 살아갈 힘을 지닌 그자에게 진시의 비라는 자리는 그저 답답하기만 할 뿐이리라.

"도련님."

진시의 흐려진 표정을 읽어 낸 스이렌이 쓸쓸한 듯 말했다.

"저는 도련님 전에 주상을 모신 적이 있었습니다. 도련님만큼은 아니지만 주상 또한 여성들에게서 대단히 흠모를 받는 분이셨지요."

"그랬겠지."

"네, 그래서 첫 비전하셨던 아뒤 님도 매우 고생을 하셨답니다. 심한 괴롭힘을 당하셨다는 사실도 제가 알고요."

지금은 은거 생활을 하고 있는 그 남장미인의 모습이 떠올랐다. 표표하기만 한 지금의 모습에서는 도무지 상상하기 힘들었다.

"너무나 심했던 나머지 저도 도와드려야 할 때가 있었지만, 정신을 차리고 보니 모두가 아뒤 님을 따르고 있더군요."

"……."

역시 아뒤는 아뒤다.

"맨 처음, 주상께서 젖형제였던 아뒤 님께 구혼하셨을 때는 농담을 하신다고 생각했지요. 나이가 몇 살이 되어도 서로 술래잡기를 하는, 마치 남자들끼리의 친구 같은 관계였으니까요."

들어 본 적 있는 이야기다. 남자로 태어났다면 아뒤는 주상의 오른팔이 될 수 있었던 인물이다.

"교쿠요 황후 전하께는 송구스러운 말씀입니다만 주상께서는 몹시 한탄하셨지요. 진정 곁에 있어 주기를 원했던 분은 이제 옆에 나란히 설 수 있는 입장이 아니게 되었으니까요."

"무슨 말을 하고 싶은 거야?"

"아뇨, 그냥 할멈의 헛소리일 뿐이랍니다. 도련님께서는 후회 없는 길을 걸으셨으면 하는 마음으로요."

그렇게 말하며 스이렌은 배가 한 조각 남아 있던 그릇을 치웠다.

"후회 없는 길이라…."

어려운 말인걸, 하고 진시는 혼자 투덜거렸다.

약사의 혼잣말

11화 ∶ 축제 전

여름의 한복판, 도성은 축제 분위기로 가득했다. 이국에서 사람들이 오면 경제가 원활해진다. 결과적으로 자연스럽게 행사가 늘어나고 축제로 번져 간다.

마오마오도 축제는 그렇게 싫지 않다. 이러니저러니 해도 주위에 활기가 돌고, 특히 궁정 안에서는 그것이 현저하게 나타난다.

어떻게 나타나느냐.

"일이 과해."

퉁명스러운 표정의 의관이 새파란 얼굴을 한 문관에게 건넨 한마디였다. 문관의 눈 밑에는 시커먼 그늘이 생겨나 있었고, 눈빛은 멍하니 초점이 없었다.

"충분한 수면을 취해야 해. 안 그러면 말 그대로 죽어."

수면은 중요하다. 하루 이틀 정도는 안 자도 된다며 자신만만하게 굴다가 나이를 먹은 뒤 갑자기 픽 쓰러져 그대로 죽어 버리는 경우도 드물지 않다. 한때 진시도 상당히 위험한 수준으로 잠을 안 잔 시기가 있었다. 유곽에 올 때마다 마오마오가 일부러 진시를 재우려 할 정도였다.

도성에 가게를 내기 위해서는 관리들에게서 허가를 받아야 한다. 노점은 멋대로 여는 일도 적지 않으나 큼직한 가게를 제대로 갖추려면 세금 관계상 필요한 일이다. 들키면 벌금 정도가 아니라 감옥으로 끌려가는 일도 있다.

축제가 벌어지기 전에는 사람이 모인다. 이국 사람들이 찾아오니 교역품도 전보다 늘어나고, 그것을 노리고 도성에 눌러앉는 자들도 많아진다.

그 때문에 문관들은 서류 정리로 밤을 지새워야만 했다.

무관들 역시 바빴다. 덕분에 최근 들어 괴짜 군사가 찾아오는 횟수가 줄어들었으니 고마운 일이다. 아니, 식중독 소동을 일으킨 탓에 부하들이 포위망을 만들어 가둬 놓았다고 말하는 편이 옳을지도 모른다.

인구 유입이 늘어나면 치안도 나빠진다. 그 많은 사람들을 단속하는 것도 무관들이 할 일이다. 공교롭게도 문관에 비해 무관들은 훈련 시간을 일에 할애하면 된다는 이유, 그리고 체격이 근육질이라는 이유로 쓰러지는 사람은 없었다.

그러나 부상자는 늘어났다.

"으윽! 좀만 살살 해!"

야오가 무관의 팔에 약을 바르고 있었다. 베인 상처인지 3치[*] 정도 되는 붉은 줄이 생겨나 있었다.

'살갗 좀 찢어진 것 가지고.'

멋대로 노점을 열어서 수상한 약을 파는 상인이 있었나 보다. 그 노점을 단속하려 했더니 상인이 버럭 화를 내며 날붙이를 꺼냈다고 한다.

"죄송합니다."

야오는 크게 달라지지 않은 말투로 대꾸했으나 입술을 살짝 삐죽거리고 있었다. 화가 났다기보다는 울고 싶은 기분을 꾹 참는 듯 보였다.

옌옌이 그런 주인을 도우러 갔다. 차게 식힌 차를 "진통제입니다." 하고 내밀었지만 저건 분명 찬물에 우린 엽차였다.

의관이 관녀들에게 부상자를 맡기는 일은 아직 그리 많지 않지만, 이런 옌옌의 배려는 상당히 높은 평가를 받고 있다고 한다. 의국에 대한 불평도 줄어든 모양이었다.

그리고 마오마오는 무엇을 하고 있었느냐면.

재료를 벅벅 갈아 약을 만들고 있었다. 간단한 고약 정도라면 만들 수 있겠지, 라면서 의관이 맡긴 일이었다. 더 특이한 약을

※3치 : 약 9센티미터.

만들고 싶다는 욕망만 억누르면 나쁘지 않은 일이다. 마오마오는 접객에 어울리는 성격도 아니고, 용모도 다른 둘보다 뒤처지니 딱 좋은 자리일 터였다.

"마오마오, 고약 좀."

구운 과자 사건 이후로 옌옌은 상당히 허물없는 말투로 말을 걸게 되었다. 하지만 옌옌이 그런 태도를 보일 때마다 야오가 살짝 뺨을 부풀리곤 했다. 옌옌이 혹시 주인의 어린애 같은 반응을 바라고 일부러 그런 행동을 하는 게 아닌가 하는 생각이 들 때가 있다.

"고약 말씀이시죠?"

마오마오는 고약을 건네려다 말고 문득 부상자 쪽을 흘끔 쳐다보았다. 아까 고래고래 소리를 지르던 그 무관이었다. 별로 대단한 상처도 아닌데 엄살이 심하다.

"……."

마오마오는 품속에 들어 있던 고약을 슬그머니 꺼내, 원래 건네려던 약과 바꿔치기했다.

'마침 잘됐다.'

저렇게 팔팔하다면 새로운 고약의 실험대로 사용해도 문제는 없을 거라고 생각했는데.

"잠깐, 지금 뭐 하는 거지?"

뒤에서 누가 부르는 바람에 마오마오는 움찔 놀랐다. 돌아보니 노의관이 눈을 가늘게 뜬 채 서 있었다.

"지금 약을 바꿔치기하지 않았나?"

"무슨 말씀이신가요?"

마오마오는 시치미를 뚝 뗐으나 의관은 마오마오가 건네려던 약을 빼앗아 갔다. 그리고 실눈을 뜬 채 손가락 끝으로 고약을 문질러 확인해 보았다.

"이봐, 뭔가 다른 게 들어 있는 것 같은데? 이게 뭐지?"

"무슨 말씀이신지 모르겠는데요."

마오마오는 다시 한번 시치미를 떼려 했으나 정수리로 주먹이 내리꽂혔다.

"뤄먼이 너한테는 엄격하게 대하라고 했다."

아버지 지인이라면 어떻게 해 볼 방법이 없다. 이 의관은 지난번 연줄 채용을 의심했던 바로 그 사람이다. 의국에서 가장 엄격한 사람도 이 의관일 것이다.

"뭘 넣었지?"

"…개구리를 조금."

개구리 기름이 좋다는 이야기를 들었기에 시험해 봤다. 하지만 실제로 개구리에게서 기름을 짜 보니 통 나오질 않아, 겨우겨우 만들어서 가지고 온 게 바로 이 약이었다.

"이국에서는 개구리 기름도 약이 된다고 들었습니다."

"말해 두겠는데 난 그런 말 들은 적 없다."

그렇다, 사실 마오마오도 들은 적 없다. 하지만 혹시 무슨 효용이 있지 않을까 싶어 시험해 봤을 뿐이다. 신중하게 독이 없는 개구리를 골랐고, 발랐을 때 이변이 없는지 자신의 몸으로 조사해 보았다. 아무리 그래도 독성이 있는지 없는지 모르는 물건을 남에게 시험해 보려 덤빌 정도로 마오마오도 악독하진 않다.

"일단 압수."

"아앗!"

압수당하고 말았다. 쉬는 날 짬을 내서 논으로 나가 어렵게 찾아 온 개구리였는데.

"세상에, 개구리라니⋯."

야오가 새파란 얼굴로 지켜보고 있었다. 도저히 믿을 수 없다는 표정이었다.

"그런 걸 약에 넣다니 제정신이 아니야!"

마오마오는 한쪽 귀를 후비며 못 들은 척했다. 아무리 그래도 태도가 지나쳤는지, 옌옌이 팔꿈치로 쿡쿡 찔렀다.

"야오 씨하고는 인연이 없는 일이었겠지만 서민들에게는 평범한 식재료일 뿐이거든요."

야오는 또다시 도무지 믿을 수 없다는 표정을 지으며, 의견을 구하듯 옌옌을 돌아보았다.

"네, 별로 신기할 것 없긴 하네요. 가끔 생선이라고 속이고 뱀고기를 파는 일도 있고요."

'뱀'이라는 말에 야오의 얼굴이 창백해졌다.

"안심하세요. 뱀을 식탁에 올리지는 않을 테니까요."

"뱀, 먹을 만한데요."

잔가시가 많은 게 귀찮긴 하지만 바삭바삭하게 구워 버리면 아무 문제도 없다. 냄새가 싫다면 향초나 다른 고명을 얹어 먹으면 된다.

때마침 마오마오는 출출할 때 먹을 간식으로 말린 뱀고기를 가지고 온 참이었다. 짐 속에서 꺼내서 "먹을래요?" 하고 내밀었더니 야오는 벽에 바짝 붙은 채 힘없이 거부했다.

마오마오는 할 수 없이 뱀고기를 다시 짐 속에 집어넣었다.

"이 녀석들, 어서 일해!"

의관의 말에 관녀들은 수다를 그치고 다시 일로 돌아갔다.

관녀들은 식당에서 점심을 먹는다. 식사도 제공되고 양이 부족하면 더 달라고 할 수도 있지만, 다른 요리를 먹고 싶은 사람들은 음식이나 간식을 스스로 지참해 온다.

관리와 관녀의 식사 장소는 분리되어 있다. 평소에는 마오마오에게 쌀쌀맞게 굴던 야오도 이때만큼은 조금 거리를 좁힌다. 이유는 주위 분위기 때문이다.

후궁이든 유곽이든 여자는 여자에게만 보이는 모습이 있다.

남자 눈이 사라진 식당 한구석에서는 노골적인 이야기들이 오가고 있었다.

"있잖아, 아무래도 무관은 안 될 것 같아. 바쁘기만 하고 급료는 짜고, 먹기는 또 얼마나 먹어 대는지 몰라. 식비도 무시할 수가 없는데 밥 한 끼 제대로 사 주지도 않아."

"우와, 최악이네. 근데 그렇다고 문관이 또 괜찮은 것도 아니야. 지난번에 한 명 만난 적이 있는데 글쎄 반푼이지 뭐야. 곰팡이 핀 문서나 늘어놓고 앉아 있기만 할 뿐이지 출세랑은 손톱만큼도 연관이 없어 보이는 거야. 비녀만 준다고 다 되는 게 아니야. 유행에 뒤처지는 건 난 싫어."

"그래도 주기나 했으면 다행이지 않아? 어차피 전당포에 갖다 맡겼을 거 아냐?"

관녀들 중에는 양가 규수들이 많다. 하지만 모두 좋은 집안 출신에 성격까지 좋다고 할 수는 없다.

정말로 화초처럼 자란 귀한 집안 아가씨로서는 도무지 받아들일 수 없는 현실인가 보다. 마오마오가 식당 한구석에 자리 잡고 앉자 야오는 소리 없이 붙어서 뒤따라왔다.

이유는 마오마오가 있으면 그런 부류, 특히 신설 부서인 의관 보조 관녀를 적대시하는 관녀들은 가까이 다가오지 않기 때문이다.

'살짝 주의를 줬을 뿐인데.'

그런데 근처에 오지도 않게 되었다. 수정궁 때가 생각난다.

무슨 일이 있었느냐면, 순진해 보이는 의관 보조들에게 선제 공격을 날리기 위해 찾아온 관녀가 있었다. 몸종들까지 줄줄이 끌고 나타난 모습이 마치 초반의 야오를 연상케 하는 분위기였다. 다른 점은 일을 열심히 하려는 게 아니라, 남자 사냥을 하기 위해 궁정에 왔다는 분위기를 풍긴다는 데 있었다. 매번 다른 남자들을 잡아먹고 있답니다, 하는 표정이었고 그 성적인 문란함을 오히려 자랑으로 여기는 부류였다.

마오마오는 그 관녀의 입 주위에 발진이 생겼다는 사실을 발견했다.

"실례합니다만 복수의 상대가 있을 경우 걸리는 병이 뭔지 알고 계시나요?"

그리고 그렇게 물었다.

"병 걸린 남자하고는 안 사귀어!"

상대는 부정했으나 마오마오는 성병의 잠복 기간에 대해 알려 주었다. 그리고 상대가 병에 걸리지 않았어도 그 상대의 다른 상대가 병에 걸렸다면 병의 근원이 옮겨 올 가능성도 높다. 자기 혼자만 여러 사람을 상대한다는 보장은 없으니 말이다.

또한 성 감염증은 하나뿐만 아니라 여러 개가 한꺼번에 옮겨올 수도 있다는 사실을 설명해 주었다.

"최근 들어 몸이 나른하게 느껴지는 일은 없나요? 그리고 음부에 부종이나 멍울, 또는 출혈 같은 일이 생긴 적은요?"

마오마오가 문진을 했더니 상대는 얼굴이 새파랗게 질린 채 달아나 버렸다. 기녀들을 봐 줄 때와 똑같은 방식을 택했던 게 문제였는지도 모른다. 하지만 빨리 대처하지 않으면 코가 썩어 떨어져 나갈 위험이 있다.

마오마오는 진지했지만 야오는 얼굴이 새빨개져 있었다. 옌옌은 성 감염증에 대한 지식은 없었는지 열심히 기록을 남기고 있었다.

자, 본론으로 돌아와 오늘의 식사는 죽과 탕, 반찬 한 가지였다. 반찬은 여러 가지가 준비되어 있었고, 그중 원하는 것 한 가지를 선택할 수 있지만 늦게 오면 다 떨어지기 때문에 선택지가 사라진다.

식사 양은 적은 편이었지만, 보통이라면 아침저녁으로 두 끼만 주어져야 하는데 낮에 간식 시간 대신 밥이 나오는 셈이었다.

마오마오는 반찬으로 찜닭으로 만든 냉채를 집었다. 고기 요리는 인기가 많기 때문에 빨리 오지 않으면 금방 사라진다. 야오와 옌옌 역시 같은 음식을 집었다.

"딱히 널 따라하느라 그런 건 아니야."

'난 아무 말 안 했는데.'

보기에 따라서는 귀여운 반응이라고 할 수도 있다. 야오를 보는 각도를 바꾼 이후 마오마오는 이 관녀의 태도를 호의적으로 받아들이게 되었다. 오히려 빈틈없고 유능하며 속을 읽을 수 없는 상대보다 훨씬 다루기 편하다.

다른 반찬을 보니 생선 요리와 초절임이 있었다. 날생선 토막은 보기에 따라서는 뱀으로 보이기도 한다. 야오가 생선을 피한 건 그런 이유이리라.

그 모습을 보니, 심사가 사나운 마오마오로서는 조금 심술을 부리고 싶어졌다.

식당 한구석에 자리 잡고 앉은 세 사람은 평소 같았으면 그냥 조용히 식사만 했겠지만.

"그러고 보니 다른 나라에서 높은 분들이 온다는 얘기 말인데요."

최근의 화제는 온통 이것뿐이었다.

"사막에서는 뱀이나 도마뱀도 귀중한 영양원이어서 많이 먹는대요."

서방에 가 보고 알게 된 일인데 식문화가 다르다. 마오마오가 전에 서도로 끌려갔을 때 통감한 일이다. 이렇다 할 만한 관광은 하지 못했지만 노점에서는 색다른 음식을 많이 팔았다. 벌레와 뱀을 싫어하는 스이레이가 겁을 먹고 움츠러들던 모습이 그립게 느껴졌다.

"마오마오."

옌옌이 다소 비난 섞인 눈빛으로 쳐다보았다. 야오는 수저를 든 손이 우뚝 멈춰 있었다.

"…식욕이 없어졌어."

야오는 살며시 수저를 내려놓았다. 심술이 지나쳤던 모양이다.

"야오 님, 다 드셔야지요."

"간식은 들어갈 것 같아."

야오는 살짝 토라진 표정으로 옌옌에게 말했다. 옌옌은 곤란해하면서도 천으로 싼 것을 꺼냈다. 속에는 대나무로 된 물통이 들어 있었다. 한창 많이 먹을 나이의 야오는 식당에서 주는 식사만으로는 부족하여, 항상 간식을 지참하고 다녔다.

"식사를 다 하신 다음이라면 드셔도 됩니다."

옌옌이 야오를 흘끔 쳐다보았다. 야오는 얼굴을 찌푸리고 끙끙거리며 다시 죽에 손을 댔다.

'교묘하게 잘 다루네.'

그나저나 대나무 통 속의 내용물은 무엇일까. 옌옌은 잔을 꺼내 통의 내용물을 따랐다. 달콤한 냄새와 함께 반투명하고 탱글탱글한 무언가가 쏟아져 나왔다.

"이건…."

역시 부자다. 고급스러운 간식으로, 여름에 딱 맞는 음식이라 할 수 있었다. 자양강장 및 피부 미용 효과가 있으며 가끔 교쿠요 황후의 야식으로도 나오는 음식이다.

"야오 님이 가장 좋아하시는 것입니다."

옌옌은 입술에 살짝 손가락을 가져다 댔다. 이 간식의 정체가 무엇인지 마오마오가 알고 있으리라고 생각하고 하는 행동이었다.

'과보호인 줄 알았는데.'

하는 행동은 잔혹하다. 이 또한 훌륭하게 성장시키기 위한 계획의 일환일까.

"아~ 조금 미지근해지긴 했지만 맛있네."

야오는 탱글탱글한 간식을 맛있게 먹었다.

간식의 이름은 '설합雪蛤'.

그 재료가 개구리의 생식기라는 사실은, 야오를 위해서는 말하지 않는 편이 낫겠다.

약사의 혼잣말

12화 : 이국의 소녀

"무척 소란스러워졌구나."

아버지 뤄먼이 느긋한 말투로 말했다. 오늘은 하얀 의관복 차림이 아니다. 남자 옷을 입고는 있으나 그 둥글둥글한 체형과 온화한 생김새 때문에 마치 노파처럼 보였다. 아버지는 지팡이를 짚은 채 천천히 큰길을 걸어갔다.

"넘어지지 않게 조심해요."

마오마오는 주위를 둘러보며 아버지 옆에서 함께 걸었다. 아무것도 없는 길이라면 상관없지만 인파가 많은 길, 심지어 축제 분위기 때문에 평소보다 사람이 더 많은 상황이다. 한쪽 무릎뼈가 없는 노인은 무언가에 슬쩍 부딪히기만 해도 금세 휘청거리리라.

"괜찮단다."

"알았어요, 알았어. 얌전히 계세요."

평소였다면 더 난폭한 말투였겠지만 오늘은 옆에 사람이 있기 때문에 점잖은 태도를 취했다. 야오와 옌옌, 그리고 마오마오를 자주 야단치는 노의관까지 함께 있으니 어쩔 수가 없다. 무관이 한 명 더 있지만 이 사람은 호위다.

이렇게 궁정 밖으로 나온 이유는 약 재료를 사기 위해서였다. 지난번에는 야오 혼자만 갔으나 오늘은 셋이 다 따라 나왔다. 짐이 그렇게 많지 않고, 의국이 바빠 웬만하면 의관은 밖으로 내보내려 하지 않았기 때문이다.

지난번에는 의관이 없어서 정말 힘들었다.

그리고 또 한 가지, 약을 사러 가는 상대가 이국인이라는 점도 있다. 아버지가 약을 사러 나온 이유는 의관들 중에서 타국 언어를 가장 잘 아는 사람이기 때문이다. 그리고 또 한 명의 의관, 마오마오, 옌옌도 어느 정도는 알아듣는다. 야오는 그냥 핑계 김에 따라온 모양이다.

"마차를 타면 될 텐데."

"이렇게 사람이 많은데, 마차라도 타고 갔다가는 길에 너무 방해가 되지 않겠니."

아버지는 명랑하게 말했지만 다리가 불편한 어르신을 계속 걷게 하는 건 마음 아픈 일이다.

마오마오에게는 무척 신나는 말이었다. 아버지와 함께 있을 수 있는 데다 신기한 약까지 구경할 수 있으니 말이다. 그래서

잔뜩 들떠 있었지만,

"멋대로 행동하면 못쓴다."

화 잘 내는 늙은 의관이 마오마오를 주시하고 있었다. 처음부터 관찰당하고 있다는 느낌이 들긴 했지만 지난번에 개구리를 넣은 약을 발견한 이후 더욱 눈초리가 험악해졌다. 참고로 최근 들어 간신히 이름을 외웠다. 류劉 의관이라고 한다.

"미안합니다."

아버지도 부정하지 않고, 류 의관에게 고개를 숙였다.

마오마오도 다른 사람들이 있는 곳에서는 얌전히 있을 생각이다.

야오는 전과는 비교도 되지 않을 정도로 아버지에게 경의를 보이고 있었다. 옌옌은 늘 그렇듯 야오의 시중을 들고 있었으나, 최근 들어 마오마오는 옌옌이 꽤 괜찮은 성격이라는 것을 파악했다.

'야오는 화초처럼 곱게 자란 아가씨겠지.'

야오는 아무렇지 않은 척하고 있었으나 드문드문 가게 쪽을 쳐다보곤 했다. 인파에 익숙하지는 않지만, 그와 동시에 매우 들떠 있는 듯 보였다. 그 모습을 본 옌옌의 무표정한 얼굴 속에도 무어라 형언하기 힘든 감정이 슬며시 떠올랐다. 뭐랄까, 새끼 다람쥐를 발견하고 멀리서 애정 담긴 눈길로 바라보는 듯한 모습이었다.

야오가 약 구매에 따라온 건, 아마 한 번으로는 익숙해지기 힘들 거라는 인식 때문이었으리라.

'적재적소 배치라고 해야겠지?'

옌옌은 야오 돌보는 일을 야무지게 잘 해내고 있는 듯하지만.

'조금은 즐기고 있는 것 같기도 하고.'

라는 생각도 든다. 싫은데 억지로 하는 상황보다 낫지만.

야오가 눈을 반짝반짝 빛내며 세공된 사탕에 시선을 빼앗긴 사이 일행은 목적지에 도착했다. 상류 계급을 대상으로 하는 식당이었다. 전에 간 적 있는 가게도 그렇지만 부자들을 손님으로 받는 가게에는 보통 밀담용 내실이 준비되어 있다.

'개인실이 있는 게 편하긴 하지.'

약 중에서도 이국에서 들여온 품목은 제법 고가에 거래된다. 아무 준비 없이 구입하러 왔다가는 돌아가는 길에 강도를 당할 위험도 있다. 따라서 호위가 따라올 수밖에 없다.

낮이라 그런지 여성 손님이 많았다. 낮에는 가벼운 간식을 많이 파는 듯했고, 갓 쪄 낸 만두가 맛있어 보였다.

"안으로 들어오시지요."

급사의 안내에 따라 일행은 안쪽 방으로 향했다.

내실 안에는 밝은 머리색을 지닌 이국 사람이 있었다. 코 밑까지 덥수룩한 수염을 기른 사람이었다.

마오마오 일행도 아버지와 의관을 따라 방 안으로 들어가려 했으나 이국인이 손을 들어 막았다.

"······."

조금 떨어진 곳이었기에 이야기하는 소리가 잘 들리지 않았다. 그러나 아버지는 고개를 가로저으며 세 관녀들에게 말했다.

"들어와도 되는 건 세 사람까지라는구나."

"엇….."

세 사람이라 하면 관녀들 셋은 밖에서 대기하는 수밖에 없다. 의관 둘은 필수적으로 들어가야 하고, 만일의 사태를 대비하여 호위도 함께 가야 한다.

"아니, 그보다는 여자들을 데려오지 말라는 소리다. 상대가 다른 사람일 때 같이 올 걸 그랬구나."

류 의관의 말에 마오마오는 어깨를 축 늘어뜨렸다. 계속 복도에서 기다려야 한다는 말일까.

"너는 물건 사는 데 익숙할 테니, 밖에서 다른 걸 좀 사다 주면 안 되겠느냐?"

류 의관은 슬며시 마오마오에게 종이와 돈을 쥐여 주었다. 종이에는 남아서 의국을 지키고 있는 의관들이 좋아하는 과자가 적혀 있었다. 적혀 있는 양도 상당했고, 돈도 제법 큰 액수였다.

"돈이 남으면 좋아하는 걸 사도 좋고, 세공 사탕을 사도 된다. 두 시간쯤 지난 후에 돌아오너라."

"…알겠습니다."

이 의관, 늘 야단만 치는 줄 알았더니 사탕을 주는 일도 잊지 않는다. 야오가 노점을 기웃거리고 싶어 하는 모습도 빠뜨리지 않고 본 모양이었다.

"너, 돈 사용하는 방법 확실히 알고 있는 것 맞지?"

마오마오가 심부름값을 받은 게 마음에 들지 않았는지 야오가 시비를 걸었다.

'자기가 무슨 소리를 하는지 알고는 있는 건가?'

한마디로 이 아가씨는 돈 사용 방법을 몰랐다고 자기 입으로 폭로하는 거나 다름없다. 최근 들어 배운 건지, 다소 잘난 척하고 싶은 눈치였다.

'혹시 야오를 데려온 건 물건 사는 방법을 가르치기 위해서였나?'

그런 생각도 들었다.

야오 뒤에서 옌옌이 눈을 반짝반짝 빛내고 있었다. 얼굴에 '우리 아가씨 귀엽죠?'라고 쓰여 있다.

자신이 계속 갖고 있으면 또 불평을 할 테고, 그렇다고 야오에게 넘기는 건 어쩐지 불안했기에 마오마오는 할 수 없이 돈과 종이를 옌옌에게 주었다.

야오는 어딘가 불만스러워 보이긴 했지만 옌옌에게 지갑을 맡기는 일까지 반대하지는 않는 모양이었다.

"우선 찐빵부터 갈까요?"

돈을 받은 옌옌이 자연스럽게 주도권을 잡았다. 종이를 들여다보고 지정된 가게의 이름을 확인한 마오마오가 얼굴을 찡그렸다.

"왜 그러죠?"

"이 가게, 항상 낮에는 다 떨어져서 없는데."

마오마오는 가게 방향을 손가락으로 휙 가리켰다.

"야오 님, 그렇다고 합니다."

역시 옌옌은 분위기 파악을 할 줄 안다.

"응? 뭐?"

영문을 모르겠다는 얼굴로 서 있는 야오의 손을 마오마오가 잡아끌었다. 옌옌도 마찬가지였다. 결과적으로 셋이서 손을 잡는 모양새가 되었다.

"다 팔려서 못 사면 평가가 떨어질 거예요."

마오마오가 말하자 야오가 몸을 움찔했다.

"빨리 가죠."

셋은 찐빵 가게를 향해 전력 질주했다.

큰길을 어슬렁거리며 돌아다니겠다니, 정말 어리석은 생각이

었다. 마오마오와 야오, 옌옌은 버드나무 그늘에서 숨을 크게
헐떡거렸다.

"의관들은 급료를 참 두둑이 받는가 보네요….."

마오마오는 산더미 같은 과자 꾸러미들을 보며 중얼거렸다.
비아냥거림 가득한 말투였다.

"생과자 종류가 많은데 다 먹을 수 있을까요?"

여러 가게를 정신없이 뛰어다니며 사 모은 엄청난 양의 과자
가 눈앞에 있었다. 돈이 남으면 용돈으로 쓰라고 했는데, 남기
는 할까.

"……."

야오는 뛰는 데 익숙하지 않았기에 지쳐서 목소리도 나오지
않는 모양이었다. 옌옌이 신경을 써서, 노점에서 과일 음료를
사다 주었다.

사 온 과자들은 하나같이 유명 가게의 상품들이었다. 녹청관
에서 사들이는 과자도 많다. 일부러 마오마오에게 돈을 건넨
이유는 마오마오가 아는 가게가 많다는 사실을 류 의관도 알고
있기 때문이었으리라.

"이만큼 샀으면 충분할 것 같은데요."

옌옌이 눈을 가늘게 뜨며 종이를 들여다보았다. 마지막으로
한 곳의 이름이 남아 있었다.

"아, 여기구나."

마오마오는 어깨 힘이 쭉 빠졌다. 좀 떨어진 곳에 있는 가게라 사실 별로 걷고 싶지 않았기 때문이었다.

"다 떨어져서 못 사진 않을 거예요. 시간도 아직 한 시간이나 남았고."

슬그머니 야오를 쳐다보았다.

"나는 괜찮은데."

과일 음료를 다 마셔서 그런지 야오는 기운차 보였다.

마오마오와 옌옌은 서로 얼굴을 마주 보고 어떻게 할까 생각에 잠겼다.

"옌옌, 그 태도는 뭐야? 요즘 나 빼놓고 둘이서만 속닥거리는 일이 많아지지 않았어?"

"아뇨, 야오 님. 너무 무리하진 마세요."

"갈 거야! 간다고 했잖아!"

"알겠습니다."

무표정하긴 하지만 옌옌은 분명 '허세 부리는 우리 아가씨 너무 귀여워.'라고 생각하고 있을 게 뻔했다. 뒤에서 옌옌을 보니 작고 예쁜 엉덩이가 즐거운 듯 흔들리고 있었다.

"이 가게는 큰길에서 골목으로 조금 들어간 곳에…."

마오마오가 길 안내를 하며 걸어갔다. 양손에 들고 있는 과자 꾸러미가 애매하게 거치적거렸다. 야오가 허세를 부리며 제일 많은 짐을 들어 준 덕분에 그나마 나았지만 말이다.

'지기 싫어하는 성격은 괜찮은데.'

세상에는 자신이 갖고 태어난 지위만을 과시하며 잘난 척하는 사람들이 많다. 하지만 야오는 그런 성격이 아니다. 굳이 의관 보조 관녀 분야에 지원한 이유도 그런 성격과 관계가 있을지도 모른다.

목적지인 가게는 정확히 말하면 과자 가게가 아니라 특이한 식재료를 파는 가게로, 식자재 도매상이라고 보면 된다. 약 조합이 특기인 의관이라면 요리도 어느 정도는 할 수 있으니 말이다. 특이한 향신료나 조미료 등도 폭넓게 취급하는 가게다.

일단 뒷골목으로 들어오니 분위기가 상당히 바뀌었다. 가게와 가게 틈새를 빠져나가자 민가가 늘어났다. 나무 그늘에서 고양이가 하품을 하고, 앞치마를 두른 어린애가 강아지풀을 흔들며 고양이의 관심을 끌려 하고 있었다.

여자들은 수로에서 빨래를 하고, 묶여 있는 개 앞에는 오늘 저녁 반찬으로 보이는 닭이 바구니 속에 들어 있었다.

"이, 이런 곳에도 가게가 있어?"

야오가 불안한 눈빛으로 물었다.

마오마오는 대답 대신 작은 간판을 가리켰다. 종이 맨 마지막에 적혀 있는 이름과 일치하는 것을 보고 야오는 안심했다.

"더 잘 보이는 데다 가게를 내면 좋을 텐데."

"큰길에 가까워질수록 세금이 비싸지거든요."

유동 인구가 많고 입지 조건이 좋은 장소일수록 세금을 많이 뜯긴다.

"빨리 볼일을 끝내고 돌아가도록 하죠."

가게로 들어가려는데 문득 옌옌이 걸음을 멈췄다.

"왜 그러시죠?"

마오마오가 묻자 옌옌은 조심스레 수로 반대편을 가리켰다. 아이들 여럿이 모여 있고, 그 가운데에 한 명이 둘러싸여 있었다.

같이 어울려 놀고 있는 건가 했지만 어딘가 상태가 이상했다. 무슨 일인가 싶어 쳐다보고 있는데 옆에서 그림자 하나가 재빨리 달려 나갔다.

"뭐 하는 거야!"

작은 다리를 건너 그 속으로 돌진한 사람은 야오였다. 아이들이 깜짝 놀랐다.

"괴롭히는 거지!"

큰 소리를 지르는 바람에 아이들은 뿔뿔이 흩어져 버렸다.

'뭐라고 해야 하나.'

젊긴 젊네, 하고 생각하며 마오마오도 야오의 뒤를 쫓아갔다. 야오의 앞에는 아이 한 명이 남겨져 있었다. 가운데에 둘러싸여 있던 아이였다. 야오의 말이 맞다면 괴롭힘을 당하고 있던 아이라는 뜻이 된다.

"…어? 이 아이는?"

야오가 고개를 갸웃거렸다.

마오마오도 아이의 얼굴을 보고는 마치 흉내라도 내듯 고개를 갸웃했다.

"이국의 아이인가 보군요."

옌옌이 말했다.

걸치고 있는 의복은 이쪽 의상이긴 하지만, 얼굴 생김새가 달랐다. 나이는 채 열 살도 안 되어 보였다. 머리카락과 눈동자는 검지만 피부는 노란색이라기보다는 발그스레한 흰색에 가까웠다. 귀엽고 예쁜 생김새였다. 눈이 크고 속눈썹이 길었다.

'교쿠요 황후의 피부색과 비슷한데.'

그렇다면 혼혈일 가능성도 생각할 수 있겠지만, 옌옌이 '이국의 아이'라고 말한 이유는 금방 알 수 있었다. 얼굴에 문양이 그려져 있었기 때문이다. 그러나 죄인의 얼굴에 새기는 문신과는 달랐다. 무슨 주술인지, 붉은 덩굴 같은 문양이 눈 주위를 둘러싸고 있었다.

이 나라에서는 기본적으로 얼굴에 먹물을 들이지 않는다. 죄인의 증표이기 때문이다. 마오마오가 먹으로 주근깨를 그려 넣은 것은 상당한 예외였다.

"괜찮니?"

야오가 아이에게 물었다. 아이는 멍한 표정으로 고개만 갸웃거렸다.

"혹시 말이 안 통하나?"

야오가 난감한 표정을 지었다. 뭐라고 말이라도 해 주면 좋을 텐데, 아이는 아무 말도 하지 않았다.

"그 애, 말을 못 하는 것 같아."

아까 야오가 야단을 쳐서 도망갔던 아이들 중 하나가 문득 말을 걸었다.

"미아 같아서 어디서 왔느냐고 물었는데 아무 말도 안 하는 거야. 그래서 다 같이 모여서 물어봤는데 아예 목소리가 안 나오나 봐."

아이는 그 말만 남기고 뛰어갔다.

"어, 저기….."

자기가 뛰어들어 놓고서, 야오는 어쩔 바를 모르는 모양이었다.

'이쪽을 쳐다봐도 곤란하다고.'

말을 못 하는 이국의 미아. 언어가 통하는지 알 수 없다.

"어쩌지?"

'내가 묻고 싶다.'

인간이란 언어를 전달 수단으로 삼아 살아가는 생물이다. 만일 그것을 사용할 수 없다면 얼마나 불편할까.

마오마오 일행은 그 사실을 지금 실감하고 있었다.

"저기, 이름, 이름이 뭐야?"

야오가 어찌할 바를 몰라 하면서 아이에게 말을 걸었다. 그리고 허리를 굽힌 자세로 이국의 아이와 시선을 맞춰 주었지만, 소녀는 앳된 표정 그대로 고개만 갸우뚱할 뿐이었다. 아무 말도 하지 않는다. 야오의 말을 알아들으려 애쓰는 모습을 보니 귀까지 안 들리진 않는 모양이었다.

'무슨 말이라도 하면 어느 나라 아이인지는 알 수 있을지도 모르는데.'

한마디도 안 하니 말이다.

야오는 자기가 먼저 나서서 끼어든 책임이 있으니 어떻게든 소녀의 신원을 알아내려 노력하고 있었으나 그 얼굴에는 난감한 표정이 가득했다. 때때로 마오마오와 옌옌 쪽을 흘끔흘끔 쳐다보곤 했다.

'좀 도와주지.'

시종인 옌옌은 가만히 주인의 행동을 관찰만 하고 있었다.

마오마오는 지금껏 쭉 옌옌을 야오의 충실한 몸종이라고만 생각했는데, 함께 지내다 보니 점점 꼭 그렇지만도 않다는 사실을 알게 되었다. 야오를 소중히 아끼고 있고, 몸종으로서의 본분도 완벽하게 해내고는 있지만….

'살짝 뒤틀려 있단 말이지….'

라는 게 마오마오의 견해였다.

너무 귀여운 나머지 심술을 부리고 싶어지는, 뭐 그런 것과도 좀 다른 느낌이다.

아무튼 그래서 옌옌은 성이 찰 때까지 야오의 난처한 표정을 실컷 관찰하고 있었다는 이야기다.

아무리 그래도 이 이상 질질 끌면 심부름할 시간이 없을 거라는 생각에 마오마오가 나서려 하는데 옌옌이 앞으로 슥 나왔다.

"야오 님, 이쪽 말이 통하지 않는 듯하니 제가 대신 상대하겠습니다."

"옌옌, 부탁해."

야오는 안심한 표정이었다. 옌옌이 고마운 눈치였으나, 문제는 당사자인 옌옌이 엉덩이를 살짝 흔들면서 내내 그런 야오의 난감한 표정을 감상하고 있었다는 점이다.

'모르는 게 약이다.'

마오마오는 실눈으로 두 사람을 쳐다보았다.

옌옌은 이국의 언어로 이름을 물었다. 이국의 언어라고는 해도 다양한 종류가 있다. 마오마오가 띄엄띄엄 구사할 수 있는 건 샤오 말 정도다. 간단한 읽고 쓰기 정도라면 더 서쪽에 있는 나라의 언어도 할 수 있다. 하지만 그건 어디까지나 스스로의 해석일 뿐, 실제 발음까지는 자신이 없다.

옌옌도 마오마오와 비슷한 정도로밖에 배우지 않았다고 했다. 실제로 소녀에게 말을 거는 목소리도 아주 느렸다. 하지만 고개를 갸우뚱하고 있던 소녀가 갑자기 눈을 커다랗게 뜨고 팔짝팔짝 뛰었다. 겨우 통한 모양이었다.

"샤오 아이인가 보네요."

아이린은 금발에 파란 눈을 지녔으나, 샤오 사람이라고 모두가 밝은색의 머리카락과 눈동자를 지닌 건 아니다. 부모가 자식에게 물려주는 색은 짙은 색일수록 물려받기 쉽기 때문에 자연스럽게 검은색이나 갈색의 머리카락과 눈동자가 많아진다고 한다.

"통했어? 그럼 이름은?"

소녀는 아무 말도 하지 않았다. 그저 자신의 목을 두드리고는 손으로 가위표를 그릴 뿐이었다.

"혹시 목소리가 안 나오는 걸까요?"

마오마오는 샤오 말로 "목소리가 안 나와?" 하고 질문했다. 그러자 소녀는 손으로 커다랗게 동그라미를 그렸다.

"말을 못 한다면…."

마오마오는 땅바닥에 떨어져 있는 나뭇가지를 주워 글자를 썼다. 그리고 이국 소녀에게 가지를 건넸다.

「이름 쓸 수 있어?」

마오마오의 질문에 소녀는 고개를 가로젓더니 무슨 그림을 그렸다. 꽃인 듯한데, 무슨 꽃인지는 알 수가 없었다.

"…글씨도 못 쓰는 것 같아요."

"어쩌지?"

"그건 제가 하고 싶은 말인데요?"

야오의 말에 마오마오가 대꾸했다. 애당초 따져 보면 야오가 생각 없이 덤벼든 게 원인이다. 야오는 머쓱한 표정을 지었다.

소녀는 계속 땅바닥에 그림만 그리고 있었다.

"이게 뭘까요?"

손잡이 달린 그릇 같은 그림이었다.

"음식일까요?"

"이게 뭐 어쨌다는 거야?"

소녀는 그린 그림을 나뭇가지로 툭툭 쳤다.

"혹시 이걸 찾고 있는 건가?"

야오의 말에 옌옌이 소녀에게 더듬더듬 질문을 던지자 소녀는 커다란 동그라미를 그렸다. 그리고 손바닥을 보여 주었다. 손바닥 위에는 작은 사금이 한 톨 놓여 있었다.

"잠깐, 이건…."

작지만 금이다. 아무에게나 쉽게 보여 줄 물건이 아니라는 생각에 마오마오는 소녀의 손바닥을 잡고 도로 주먹을 쥐게 했다.

"돈은 있으니까 물건을 사고 싶다는 뜻으로 받아들여도 될까요?"

"그래도 될 것 같네요."

옌옌의 동의를 얻었다. 야오도 "응." 하고 긍정했다.

"하지만 이래서는 도저히 알아볼 수가 없겠는데요?"

마오마오는 그림을 보며,

"이런 그릇이 필요해?"

하고 물었다. 소녀는 고개를 크게 가로저었다.

하다못해 그림 실력이 좀 괜찮았으면 알아볼 수 있을지도 모르는데.

'쵸우만큼 잘 그렸다면⋯.'

아니, 지금은 그렇게 투덜거려 봤자 아무 소용도 없다. 그림도 연령을 고려하면 잘 그린 편이다.

"무슨 음식 같긴 한데, 달리 단서가 없을까요?"

통 알 수가 없다.

소녀는 수로 쪽을 보고 있었다. 아까 뿔뿔이 흩어졌던 아이들이 물가에 모여 놀고 있었다. 무슨 낚시라도 하고 있나, 하고 봤더니 가재를 잡았다. 진흙을 씻어 내고 요리하면 맛이 괜찮다.

하지만 소녀의 목적은 가재가 아니었는지 '저게 아니야'라고 말하기라도 하듯 고개를 가로저었다.

"할 수 없으니 일단 돌아갈까요? 의관님들이라면 더 유창하게 언어를 구사할 수 있을지도 모르잖아요."

"그러네."

야오도 두 손 들었는지 고분고분 수긍했다.

"애, 같이 가자."

야오가 소녀의 손을 잡았다. 소녀가 고개를 갸웃거리는 것을 보고 마오마오는 "말이 더 잘 통하는 사람들이 있는 곳으로 데려가 줄게." 하고 설명했다.

하지만 소녀는 고개를 저었다. 무슨 말을 하고 싶은 모양이지만, 목소리를 내질 못하니 알아들을 수가 없다. 계속 땅바닥에 그림만 그릴 뿐이었다.

"이거, 혹시 찐빵인가?"

"찐빵이라는 말을 듣고 보니 그런 것 같기도 하네요."

계속 타원형만 그려 대고 있으니 도통 판단이 안 된다. 마오마오 일행이 고개만 갸웃거리고 있으니 소녀도 '아직도 몰라?' 하는 표정으로 같이 고개를 갸웃거렸다.

"이건 과일일까요?"

"사과 아닐까?"

야오의 말대로 동그라미에 잎사귀가 달린 자루가 꽂혀 있었다. 다른 그림들도 보니 과일이나 과자로 보일 수도 있겠다 싶었다.

"혹시."

"간식 먹고 싶어?"

옌옌의 질문에 소녀는 크게 팔을 흔들었다. 드디어 정답인 모양이었다.

마오마오는 가지고 있던 꾸러미를 펼쳐, 아까 사 온 과자들을 보여 주었다. 하지만,

"아니야?"

야오와 옌옌도 들고 있던 꾸러미를 펼쳐 과자를 보여 주었으나 소녀는 계속 고개를 저었다.

"종류로 따지면 거의 다 갖춰져 있는데."

구운 과자, 찐 과자, 단것, 매운것, 정말 주문이 많다.

"마지막으로 남은 건 저 가게 품목뿐인데."

마오마오가 가게를 가리키며 말하자 소녀가 팔짝 뛰었다.

"응?"

일단 잘은 모르겠지만 과자를 파는 가게로 가겠다는 뜻을 전했다. 그러자 소녀는 더욱 신이 나서 팔짝팔짝 뛰어올랐다.

"데려가 달라는 말인가?"

아무래도 그런가 보다.

그 가게에 원하는 게 있다는 말일까.

마오마오 일행은 수로를 건너 가게로 향했다. 민가 안에 입간판 하나가 달랑 세워져 있었다. 문이 꽉 닫혀 있어, 왠지 모르게 습한 냄새가 났다.

간판은 있지만 이 소녀는 글을 읽지 못한다. 그래서 몰랐나

보다.

"이런 곳이 과자 가게라고?"

야오가 의심 가득한 눈으로 쳐다보았다.

"조금 특수한 가게이기 때문에, 정확히 말하면 과자 가게는 아닙니다."

딸랑거리는 소리와 함께 가게 문을 열자 먼저 온 손님이 있었다. 침침한 가게 안에 통통한 체형의 가게 주인과 손님이 함께 있었다. 손님은 여자로 보이는데 키가 매우 컸다. 피부는 살짝 가무스름했다. 이국인의 연령을 파악하기는 힘들지만, 30대 중반은 넘은 듯했다.

'이국 사람인가?'

"자즈굴!"

'자즈굴?'

여자는 제대로 알아듣기 힘든 단어를 내뱉었다.

무슨 일인가 싶어 고개를 갸웃거릴 틈도 없이, 이국 소녀가 뛰쳐나갔다.

"어휴! 도대체 어딜 갔었어!"

여자가 이국 언어로 말했다. '자즈굴'이란 소녀의 이름인 듯했다. 똑같은 샤오 이름이라 해도 '아이린'과는 다르게 '자즈굴'은 제대로 발음하기가 힘들다.

"그러니까, 저 사람이 보호자인가 보네? 어머니인가?"

"상황으로 볼 때 그런 것 같네요. 별로 닮진 않았지만요."

도대체 아까 그 난리는 뭐였단 말인가. 세 사람은 어깨에서 힘이 쭉 빠졌다.

자즈굴은 마오마오 일행을 가리키며 여자에게 무어라 말하고 있었다.

"혹시, 자즈굴을 여기까지, 데려다주셨습니까?"

말투가 어색하긴 하지만 충분히 알아들을 수 있는 말이었다.

"바로 저 앞 수로 근처에 있어서요. 과자를 먹고 싶어 하는 것 같아서…."

야오가 대답했다.

"그랬습니까?"

즉, 일행은 과자 가게에 있는데, 길을 잃는 바람에 과자 가게가 어디인지 몰랐다는 이야기였다. 이렇게 바로 코앞에 있었을 줄이야.

"죄송합니다. 이 아이가 꼭 가고 싶다고 말했습니다. 그래서."

여자가 설명했다. 가게 주인은 그사이 주문받은 물건을 찾으려는지, 부스럭부스럭 서랍을 뒤지고 있었다.

"아아, 이 가게는…."

옌옌이 가게의 인장이 들어간 포장 종이를 보고는 납득했다. 종이의 질은 조악했으나 무언가를 싸기에는 충분했다.

"왜 그래?"

"아뇨, 저택과도 거래가 있던 가게라는 사실을 지금 알았습니다."

저택이란 야오가 본래 살던 집을 가리키는 모양이다.

"자, 여기…. 지금 우리 집에 있는 건 이게 전분데, 괜찮겠소?"

"흐엑!"

가게 주인이 부스럭거리며 가지고 나온 물건을 보고 야오가 비명을 질렀다.

무엇을 갖고 나왔나 보니 바로 말라비틀어진 개구리 한 다발이었다. 개구리는 사지를 쫙 뻗은 상태로 건조되어 있었다.

혹시 수로에서 아이들이 가재 잡는 모습을 보고 소녀가 반응했던 건, 개구리를 잡고 있다고 착각했기 때문이었던 걸까. 그래서 실망했던 모양이다.

'종류가 다른 개구리이긴 하지만 말이지.'

고급 과자로 취급받는 개구리이기 때문에 길거리에 흔히 널려 있는 개구리와는 다르다.

'개구리….'

마오마오는 기억 속 한편에 잠들어 있었던, 개구리라고 해도 좋을지 어떨지 알 수 없는 그 크기가 **그럭저럭** 되는 물건을 떠올리고는 고개를 흔들었다. 가끔 생각날 정도로 강렬한 기억이었다.

"어, 어디에 쓰는 걸까?"

'아마 그 시원한 여름용 간식에….'

일부 지방에만 존재하는 암캐구리의 생식기 주위 지방은 탱글탱글하고 맛이 좋다. 야오도 틀림없이 그 사실을 아주 잘 알고 있을 텐데 말이다.

'모르는 편이 낫지.'

실로 그러하다.

"있잖아, 이국 사람들이 뱀이나 개구리를 먹는다는 얘기는 사실인가 봐."

야오가 옌옌에게 소곤소곤 말을 걸었다. 옌옌은 "그러게 말이에요." 하고 대답했다. 정말 뻔뻔한 성격이다.

하지만 지금 이국의 손님들이 사들이는 물건을 보고 마오마오는 난처해졌다.

"저어…."

말린 개구리는 그렇다 치고, 건조 무화과와 얼음설탕에 절인 석류까지 몽땅 털리고 있었다.

"저희에게 무화과를 조금만 남겨 주시면 안 될까요?"

사 와야 하는 간식 목록에 적혀 있던 품목이었다.

"미안합니다. 어느 정도나 필요합니까?"

마오마오가 양을 말하자 상대방은 흔쾌히 승낙했다.

"무화과라면 지금 계절에는 생과도 많으니까 언제든지 준비해 줄 수 있어. 석류는 아직 좀 멀었지만."

"감사합니다."

가게 주인의 말에 여자는 정중히 감사 인사를 했다. 자즈굴도 따라서 고개를 숙였다.

마오마오는 여자가 산 품목들을 보고 눈을 가늘게 떴다.

'좀 물어보고 싶긴 한데.'

상대방의 사정에 너무 깊이 파고드는 꼴이 될 테고, 무엇보다 서로 말이 제대로 통할지도 알 수 없는 노릇이니 섣불리 말을 꺼낼 수는 없었다.

여자는 산 물건들을 천에 싼 뒤 마오마오 일행 앞으로 다가와 섰다.

"이것은, 대단한 물건은 아닙니다만."

여자는 하얀 천을 내밀었다. 한 사람에 한 장씩이었다.

"자즈굴이 신세를 졌습니다."

이국 손님들은 그 말을 남긴 뒤 가게를 나갔다. 마오마오는 천을 만져 보고 당황했다.

"저기요!"

"물건 다 준비됐는데."

마오마오는 뒤쫓아 가려 했지만 가게 주인이 불러 세웠다. 사려던 물건을 받아 들고 가게 밖으로 나가 보니 이국에서 온 2인조는 이미 사라지고 없었다.

"왜 그래?"

236

"이것 말인데요."

마오마오는 방금 받은 하얀 천을 팔랑팔랑 흔들어 보였다. 얼핏 아무 무늬도 없어 보였으나 귀퉁이에는 가느다란 풀과 나무 모양의 자수가 세밀하게 놓여 있었다.

"서늘한 감촉으로 볼 때 비단이에요."

"응, 비단인데 그게 왜?"

천연덕스럽게 대꾸하는 아가씨를 보고 마오마오는 양손을 벌리고 "이런, 이런." 하고 고개를 절레절레 저었다.

"야오 님, 고작 미아를 찾아다 준 답례로 비단으로 된 제품을 건네는 일은 너무 대가가 지나칩니다. 일반적으로는요."

"그, 그러게! 나도 그렇게 생각했어!"

그래, 야오는 귀엽다. 옌옌은 야오에게 보이지 않는 곳에서 엄지를 슥 치켜들었다.

가게에서 물건을 대량 구매할 때도 느꼈지만 저들은 고급품을 남에게 쉽게 줘 버릴 수 있는 신분의 인간들이었다.

'상당한 부자인가 보네.'

이럴 줄 알았으면 조금 더 아양을 떨어 둘 걸 그랬다는 생각에 마오마오는 한숨을 내쉬었다.

그런 가운데 시간을 알리는 종소리가 울려 퍼졌다.

"시, 시간!"

진작 돌아갈 시간이 되어 있었다는 사실을 깨달은 세 사람은 또다시 전력 질주를 할 수밖에 없었다.

1 3 화 : 왕제 직속 시녀

심부름을 하느라 밖을 돌아다닌 후 며칠 동안 마오마오는 또다시 평소와 다름없이 일을 하며 지내고 있었다. 하루하루 더위에 시달리면서 열심히 붕대 세탁과 소독에 매진하던 의관 조수 관녀들에게 통지가 왔다.

"제게 말인가요?"

옌옌이 고개를 갸웃했다. 통지는 옌옌에게만 와 있었다.

"대체 뭘까?"

야오가 의아한 표정을 지으며 통지를 들여다보았다. 마오마오까지 합쳐 세 사람 중에서는 가장 체격도 좋고 발육도 빠른 편이지만 호기심 많은 그 모습은 제 나이 그대로였다.

"무슨 사령이 내려왔나 봐요."

내용을 본 세 사람은 얼굴을 찌푸렸다. 그리고 통지를 가져온 의관을 쳐다보았다.

"그렇게 되었으니 옌옌은 한동안 이쪽 일을 우선해 줘야겠어."

의관의 말에 가장 얼굴을 요란하게 찌푸린 사람은 다름 아닌 옌옌 본인이었다.

"죄송하지만 전 야오 님과 떨어지는 건 좀."

"명령을 거부할 수 있는 상대라고 생각하나?"

의관의 말투는 점잖았지만 내용은 강요나 다름없었다. 통지에 무슨 말이 적혀 있었느냐면.

"그러니까 즉, 왕제 전하 직속 시녀가 되라는 말이구나. 기간 한정으로."

야오가 문서를 대충 훑어보았다. 한마디로 진시의 시중을 들라는 소리다.

"한 가지 질문 드려도 될까요? 왜 저인가요? 성적으로 따지자면 야오 님이 저보다 뛰어나지 않나요?"

'아니, 그건 댁이 시험을 대충 봐서 그런 거고.'

한마디 하고 싶지만 꾹 참았다. 마오마오에게도 인정이라는 게 있어서다.

"게다가 집안을 생각해 볼 때도 저는 부적절하다고 여겨집니다."

야오는 몰라도 옌옌은 서민이다. 황족의 시녀라면 그래도 어느 정도 좋은 집안 출신들 가운데 선출되는 게 기본이다.

하지만 마오마오는 왜 옌옌이 뽑혔는지 알 것 같은 기분이었다.

"오히려 좋은 집안 출신들은 거르고 있지."

어느 정도 사정을 아는 듯한 표정으로 의관이 말했다.

"어정쩡하게 집안 좋은 처녀를 선발했다간 왕제 전하의 비후보라고 넘겨짚는 자들도 적지 않으니까."

진시는 마오마오보다 한 살 많은 스무 살이다. 겉모습만 봐서는 나이가 더 들어 보이지만, 어쨌거나 슬슬 측실 하나쯤은 들여도 이상하지 않다. 오히려 없는 편이 이상하다.

"그리고 또 왕제 전하의 얼굴 문제도 있어, 어설픈 자를 들이면 곤란해진다는 말씀도 있다."

예상대로였다. 옌옌이라면 조금 비뚤어진 애정이긴 해도 머릿속에 온통 아가씨밖에 없으니 진시에게 혼이 쏙 빠질 일은 없을 터였다. 오히려 본인은 '이동하기 싫어~' 하고 얼굴에 쓰여 있다. 불경하기 짝이 없는 일이다.

"마오마오도 후보에 들어 있긴 했는데….'"

의관이 밖을 흘끔 쳐다보았다. 창에는 외알 안경의 괴짜가 착 달라붙어 있었다. 요새 안 보인다 했더니 금세 부활한 모양이다. 다들 이젠 익숙해졌다.

"어떤 분이 그 자리에 어울리지 않는다고 말씀하셨기에 제외했지."

열심히 안을 들여다보고 있는 괴짜를, 뒤에서 부하로 보이는 2인조가 다가와 손을 잡고 질질 끌고 데려갔다. 두 번 다시 안 와 줬으면 좋겠지만 얼마 지나지 않아 금방 또 찾아올 게 뻔하다.

"갑작스럽지만 내일부터 좀 가 줘야겠다."

"……."

옌옌의 얼굴은 무표정했지만 절대로 그곳은 싫다는 기운이 폴폴 새어 나오고 있었다. 그리고 야오에게 도움을 청하듯 시선을 보냈으나 정작 야오로 말할 것 같으면 "집안 문제 때문이라면 어쩔 수 없지."라며 납득하고 있었다. 그런 부분에서는 참 담백한 성격이다. 옌옌이 유능하다는 사실을 잘 알고 있기 때문인지도 모른다.

"옌옌이라면 어디에 내놔도 부끄럽지 않아. 힘내."

야오는 반짝반짝 빛나는 미소를 지으며 말했다. 평소 옌옌에게 당하기만 했던 야오의 앙갚음인가 했더니, 그런 분위기는 전혀 없고 완벽하게 축복해 주고 있다. 옌옌의 의도를 전혀 파악하지 못했다. 순진무구하다.

옌옌의 얼굴이 일그러졌다. 여기서 주인이 한마디 해 줬다면 좋았을 텐데, 온 마음을 다해 배웅해 주고 있으니 아무 말도 할 수가 없다.

"그럼 부탁한다."

의관이 어깨를 툭 치자 옌옌은 고개만 푹 숙였다.

"한 명이 줄어드니 아무래도 일이 바빠질 수밖에 없네."

야오가 서랍에 약을 정리하며 말했다. 그렇잖아도 예전보다 마오마오에게 말을 거는 횟수가 많아졌는데, 옌옌이 자리를 비운 후로 더 늘어났다.

"그러게 말이에요. 옌옌은 일을 잘했으니까 더 그러네요."

마오마오는 약이 무엇인지 확인하면서 나눠 나갔다. 가끔 드문 약이 섞여 있는 경우도 있지만 오늘 들어온 약들은 대부분 평소 사용하는 종류의 추가분이었다.

"괜찮을 거라고 믿고 싶지만, 설마 왕제 전하께 무례를 범하진 않겠지?"

"문제없을 거예요."

"그래. 옌옌이니까 괜찮을 거야."

'아니, 아마 실례를 범한다 해도 모가지가 날아가진 않을 테니까.'

옌옌의 능력보다는 진시의 됨됨이를 보았기 때문에 내릴 수 있는 판단이었다. 진시는 이러니저러니 해도 사람에게 벌을 내리는 일을 그리 달가워하지 않는 성품이다. 물론 어쩔 수 없는 경우에는 처분을 내리긴 하지만, 옌옌이 그렇게까지 심각한 실수를 범하리라는 생각은 들지 않는다.

'모반이라도 일으키지 않는 한 말이지.'

어쨌거나 마오마오는 늘 그렇듯 일에 전념하기로 했다.

○ ● ○

집무실에는 평소보다 사람이 많았다. 진시는 한 손에 처리할 서류를 든 채 방금 소개받은 문관, 무관, 관녀를 바라보았다.

본래 진시 정도 되는 신분의 경우 새로 배속된 자들과 일일이 대면을 하진 않는다. 하지만 일부러 확인을 하는 건 진시 나름대로 생각이 있어서였다.

"앞으로 바빠지게 될 텐데, 열심히 일해 주길 바란다."

진시는 생긋 웃었다. 딱히 일부러 붙임성 있게 굴려 한 것도 아니고, 부하를 배려해서 그런 것도 아니다.

눈앞에 있는 인물들은 하나같이 표정을 바꾸지 않고 가만히 있었다.

웃으며 말을 거는 일은 상대에게 좋은 인상을 주는 행위이지만 진시의 경우에는 반대로 재앙을 부르는 일이 많다.

환관 신분으로 후궁에 들어간 첫날 웃으면서 다른 환관에게 인사를 했더니, 가오슌이 잠시 눈을 뗀 사이 덤불숲으로 끌려 들어가고 말았다. 중요한 물건이 없어도 성욕이 완전히 사라지진 않아, 진시를 남색 상대로 삼으려 했던 모양이었다. 도대체

244

어떻게 거사를 치르려 했는지는 알 수 없지만 아무튼 정조의 위기이긴 했다.

"지금 생각해 보면 좋은 추억…일 리가 있나."

진시는 무심코 혼자 투덜거렸다. 그 자리에서는 우선 상대를 두들겨 패고 도망쳤다. 사실 환관들끼리 그런 관계를 맺는 일은 그리 드물지 않고, 표면상으로는 **의형제**라 불리고 있다고 한다.

생각하기도 싫다. 안타깝지만 진시에게 그런 취향은 없다.

"왜 그러십니까, 진시 님?"

간신히 다친 곳이 다 나아 돌아온 바센이 고개를 갸웃거리며 물었다. 전신이 거의 박살이 난 수준이었는데도 이 녀석은 매일같이 단련을 게을리 하지 않는다. 가오슌도 아버지지만 자기 아들의 튼튼함에는 어이가 없는 눈치였다.

"아니, 아무것도 아니야."

이번 인선은 그리 나쁘지 않아 보였다. 무슨 일이 있어도 젊은 시녀를 들여야만 한다는 말을 듣고 다소 불안해지긴 했지만 지금 보니 큰 문제는 없을 듯했다. 방으로 돌아간 후 스이렌의 잔소리는 면할 수 있겠다.

하지만 지난번 독살 기도 사건도 있었기에 긴장을 늦출 수는 없다. 항상 눈을 번쩍번쩍 빛내고 있어야 한다. 진시 개인적으로는 원래 알던 자를 들이고 싶었지만, 이번에 들어온 새 시녀는 그 원래 알던 자의 동료라고 한다. 즉, 의관 보조 관녀라는 말이다.

처음 만드는 부서에 들일 인간이었기에 시험도 상당히 어렵게 냈다. 그리고 그중에서 또 의관 보조 일이 적성에 맞지 않는 자들을 하나하나 다 떨어뜨렸다고 들었으니, 지금 이자의 실력은 확실할 듯했다.

추후 동궁을 사람들 앞에 공개할 자리를 대비하여 각자에게 할 일이 배정되었다. 진시 또한 아직 할 일이 남아 있었기에 신참들은 빨리 해산시키기로 했다.

모든 이가 나가자 진시는 크게 한숨을 내쉬었다. 방 안에 있는 사람은 바센 하나뿐이니 이 정도는 봐줄 터였다.

"진시 님, 마실 것을 준비할까요?"

"아니, 됐어. 그보다 너 정말 몸은 괜찮은 거야?"

"…면목이 없습니다. 아침 단련 때 아직 2리*밖에 달리지 못하고 있습니다. 금방 돌아올 겁니다."

충분하다. 도대체 이 녀석의 몸은 어떻게 생겨 먹은 걸까, 하고 진시는 생각했다.

그런 진시의 생각을 아는지 모르는지 바센은 쉬었던 만큼을

※2리 : 약 800미터.

메꾸기 위해 일을 열심히 하고 있었다. 적성에 안 맞는 서류 업무에도 최선을 다하려 애쓰는 건 바람직한 일이다.

"진시 님, 별궁에 샤오의 무녀께서 들어오신 안건은 어떻게 처리할까요?"

바센이 서류 한 장을 손에 들고 물었다.

정치란 실로 번거로운 일이다. 구두로 전달하면 빠를 일도 하나하나 다 문서로 만들어 돌려야 한다. 샤오의 무녀가 별궁에 들어온 건 며칠 전의 일이었다. 이제 와서 서류로 질문을 받는다 해도 난감하기만 할 뿐이다. 진시도 한 번 인사를 가기 했지만 그게 끝이었다. 다른 누군가가 대응하고 있을 거라고만 생각했는데 이제 와서 자신에게 책임이 돌아오리라고는 생각지도 못했다.

"내가 처리해야 하나…."

산더미처럼 쌓인 서류를 보니 한숨만 나왔다. 후궁 관련 일도 아직까지 자신에게 오고 있고, 시 일족이 빠진 구멍을 메우는 일도 왠지 전부 자신이 도맡아 하고 있는 기분이다.

"다들 나를 싫어하는 건가?"

"아뇨, 오히려 사랑받고 계신다고 생각합니다."

"그런 소리 진지한 얼굴로 하지 마."

"그런가요? 모두들 진시 님을 만나고 싶어서 찾아오는 줄 알았습니다."

바센에게는 아무런 악의도 없으니 더 곤란할 노릇이다.

집무실에 관녀가 출입 금지된 이유는, 일부러 서류를 누락시켜서 일을 질질 끌려는 자들이 많았기 때문이다. 가끔 문관 중에서도 그런 자가 있기 때문에 한 번 서류를 누락시킨 자는 출입 금지를 시키는 수밖에 없다. 출입 금지라고는 해도 상대방의 기분이 상하지 않도록 조심스럽게 통보하곤 하지만, 상대는 아무래도 묘한 방향으로 억측하게 된다.

덕분에 일부에서는 실수하면 무시무시한 처분이 내려지는 장소라는 인식이 생긴 모양이다.

그래도 서류는 줄지 않았다.

"샤오 무녀의 처우에 관한 안건 말인데, 아직 의관들과는 대면 안 했지?"

"네. 가게 될 경우 칸 의관과 의관 보조 관녀들을 보낼 예정입니다."

상대는 이국의 중진이며 무녀라는 직함도 갖고 있는 인물이다. 의료 목적이라고는 해도 아무 남자나 접촉하게 할 수는 없다. 따라서 전직 환관인 칸 의관, 즉 칸뤄먼, 마오마오의 양부이자 라칸의 숙부를 보낸다. 직접 접촉해도 되는 사람은 관녀들뿐이며 뤄먼은 그들이 얻은 정보를 바탕으로 병을 찾아내는, 상당히 번거로운 방식을 취한다.

귀찮긴 하지만 상대의 요망이니 어쩔 수가 없다. 마침 거기서 한 명을 이리로 빼내 왔기 때문에 지금은 두 명이 남아 있겠지만, 마오마오가 있으니 뤄먼과의 연동 진료는 아주 매끄럽게 잘 이루어지리라.

"그럼 쌍방의 사정을 모두 들어 두도록 해. 가능한 한 무녀 쪽의 사정에 맞춰서 방문하도록 의국에 전해 줘."

"알겠습니다."

바센은 바로 그 내용을 문서로 만들어서 집무실 밖에 대기하고 있던 전령에게 들려 보냈다.

"또 뭐 없어?"

중요한 이야기는 빨리 끝내 놓고 싶다. 보내도 보내도 계속 돌아오는 시시껄렁한 안건 따위는 나중으로 미뤄도 된다.

"특별한 건 없습니다만… 앗, 있다고 하면 있군요."

"뭐지?"

바센이 떨떠름한 표정을 지었다.

"…벌써부터 이동 신청서가 올라왔습니다."

"……."

진시는 달필로 적혀 있는 이동 신청서를 받아 들었다. 아까 얼굴을 마주했던 셋 중 하나라는 뜻일까.

"의관 보조로 돌려보내 달라고, 옌옌이라는 관녀가 요청했습니다."

"의관 보조 관녀."

역시 초록은 동색이라고, 특수한 직종에 종사하는 사람들 중에는 특이한 자가 많은 모양이다.

젊은 시녀는 웬만하면 곁에 두고 싶지 않기 때문에, 다른 시녀들이 일을 배워 별문제가 없는 상황이 되면 수를 줄여도 상관없다고 진시는 생각하고 있었다. 그러니 조금만 참아 주면 충분히 요망을 들어줄 수 있긴 하지만.

"그 옌옌이라는 관녀는 어떤 추천을 받았지?"

일단 확인은 해 두기로 했다.

"일 내용에 흠 잡을 데가 없고, 상대를 돋보이게 해 주는 것이 특기라고 합니다. 또 시녀로서의 기술도 열 살 때부터 교육을 받았기 때문에 문제가 없다는군요. 일 배우는 속도도 빠르지만, 스스로 발전하려 하지 않는 점이 장점이자 단점이라고 합니다."

"확실히 나쁘진 않군."

"그리고…. 능력과는 큰 상관이 없는 이야기입니다만…."

바센은 다소 말하기 꺼림칙하다는 표정으로 시선을 서류에서 돌렸다.

"뭔데, 말해 봐."

"…네. 비고 사항에 남자를 꺼린다고 쓰여 있습니다. 싫어한다는 건 아니지만."

바센은 조금 망설이다 말을 이었다.

"약간의 여색 기질이 있다는 모양입니다."

여색. 즉 여자이면서 여자를 좋아하는 자를 말한다.

"채용!"

진시는 이동 신청서를 집어 던졌다.

"지, 진시 님!"

"아주 좋은 인재잖아. 절대 놓치지 마."

진시는 히죽히죽 웃으며 바센에게 말하고는 하던 일을 재개
했다.

    궁정 부근, 아둬가 사는 별궁 근처에는 또 하나의 커다란 별궁이 있다. 주로 이국 손님을 접대하는 장소다. 이번에 샤오에서 온 무녀 일행은 당분간 이 별궁에서 임시로 거처하게 되었다고 한다.

    마오마오와 야오, 그리고 뤼몐은 호위 몇 명과 함께 무녀를 진찰하러 와 있었다. 호위들의 얼굴은 마오마오에게도 낯이 익었다. 예전에 후궁에서 얼굴을 마주친 적이 있었던 환관들이었다. 상대방이 무녀이기 때문에 이 별궁은 거의 반쯤 금남의 구역이 되어 있었다. 그래서 호위로도 환관들을 모아 온 모양이었다.

    "좀 희한한 곳이네."

    야오가 말했다.

    궁정에 가깝다고는 하나 마오마오와 야오가 사는 기숙사와는 반대 방향이다. 천천히 훑어볼 기회도 별로 없었다. 마오마오는 아둬를 찾아올 때 몇 번 본 적 있었지만, 잘 보니 확실히 특이한 구조이긴 했다.

이국풍이라고 표현하면 좋을까. 분위기로 보자면 샤오보다는 그보다 더 서쪽에 있는 구조물이 떠오른다. 마오마오는 직접 본 적 없지만 옛날에 빌려서 읽은 책의 삽화와 매우 비슷했다. 목재, 그리고 드문드문 기와를 사용했고 창 위쪽은 반원형이었다. 유리를 곳곳에 사용한 게 매우 사치스러워 보였다. 정원에는 장미로 만들어진 둥그런 문이 있었다. 꽃이 만발한 계절에는 몹시도 아름다운 풍경이리라.

시종들의 복장도 다소 특이했지만 모두 리국 사람인지 검은 머리에 검은 눈동자였다.

'이국의 요인이 지내는 장소에 이국인을 고용할 수는 없을 테니까.'

밀정이 있을 경우 아주 심각한 사태가 된다. 바로 저기서 진흙투성이가 된 채 정원 손질을 하고 있는 아줌마도 신원이 확실하게 보장된 사람이리라.

건물 안으로 들어가니 그야말로 이국인다운 풍모를 지닌 여성이 맞이하러 나왔다. 키가 크고 머리가 밝은 갈색이었다. 눈동자는 암녹색과 연두색의 중간, 감람*을 닮은 색이었다.

"오래 기다리셨습니다."

이 사람 역시 말투가 독특했다.

"안으로 들어오십시오."

일행은 안내받은 대로 안으로 들어갔다.

건물 내장은 외장 이상으로 정교한 구조였다. 발밑으로는 돌바닥이 깔려 있고, 돌기둥 곳곳에 조각이 새겨져 있었다. 수입품으로 보이는 실내 장식품들이 대칭으로 배치되어 있다. 바닥에 떨어뜨렸다가는 서민이 평생을 벌어도 다 갚을 수 없겠지, 하고 생각하며 마오마오는 그것들을 곁눈질했다.

계속 안으로 안으로 들어가는 사이 점점 어두워졌다. 창에 장막이 드리워져, 밖의 빛을 차단하고 있었다.

'백피증인가?'

하얀 머리, 하얀 피부에 붉은 눈. 개중에는 눈동자가 파랗거나 머리카락에 금색이 섞여 있는 자도 있는 모양이지만 어쨌거나 햇빛에 약한 건 똑같다. 아버지에게서 들은 이야기에 의하면 백피증 환자들은 본래 인간에게 있어야 할 색의 원천이 없고, 따라서 햇빛의 자극을 보통 사람보다 더 심하게 느낀다고 한다.

창으로 들어오는 빛은 차단되어 있었지만 발밑으로는 다른 불빛이 놓여 있었다. 대낮부터 촛불이 켜져 있고, 그것이 회랑

※감람 : 올리브.

을 비추듯 일정한 간격으로 놓여 있었다.

"이쪽입니다. 죄송합니다만, 남성은 이곳에서 기다려 주십시오."

"알겠습니다."

아버지 뤄먼과 호위들은 입구 앞에서 멈춰 섰다.

마오마오 일행은 방 안으로 들어갔다. 안은 어두컴컴하고 향 냄새로 가득했다. 주황색 불빛이 흔들리고, 천개가 달린 침대 안쪽에서 그림자가 얼핏 보였다.

"모시고 왔습니다."

침대 옆에 시녀로 보이는 여성이 있었다. 피부가 가무스름했다. 어디서 본 듯한 얼굴에 마오마오가 고개를 갸웃거리고 있는데 야오가 먼저 반응했다.

"앗."

얼빠진 목소리가 울려 퍼졌다.

마오마오는 야오의 옆구리를 콕 찔렀다. 그러면서 왜 저 얼굴이 낯익은지 그 이유를 깨달았다. 얼마 전 '자즈굴'이라는 이국 소녀를 찾아다 줬던 그 이국 여자였다. 미아를 데려다준 보답으로 받은, 자수가 놓여 있는 천으로 미루어 볼 때 부자일 거라고 예상은 했지만 설마 무녀의 시녀일 줄은 상상도 못 했다.

'무녀님도 개구리를 먹는구나.'

당연히 살생을 해서는 안 된다느니 하면서 고기나 생선은 안

먹을 줄 알았다. 무녀가 병에 걸렸다는 이야기를 들었을 때 마오마오는 혹시 육류를 섭취하지 않아 영양실조에 걸린 게 아닌가 생각했는데, 그것도 아닌 모양이었다.

가무스름한 피부의 여자도 생각이 났는지 깜짝 놀란 표정을 짓긴 했지만 한순간일 뿐이었고, 금세 본래의 성실한 표정으로 돌아갔다. 그렇다, 자신들은 일하러 왔으니 공사 구분은 확실히 해야 한다.

"안녕하십니까?"

시녀보다 더욱 어색한 발음이었다. 장막을 들추고 얼굴을 내보인 사람은 그야말로 백피증 그 자체인 미녀였다. 마흔쯤 되었다고 들었는데 상상했던 모습보다 젊어 보였다. 누워 있어서 알아보기 힘들었지만 키가 큰 편은 아닌 듯했다. 굳이 따지자면 몸집이 통통한 편이었으나, 팔다리가 길어 비만 같지는 않았다.

'더 젊고 말랐다면….'

미녀만 그리는 그 화가가 그렸던 이국 여자와 똑같이 생겼으리라. 그리고….

'닮았다면 닮았네.'

닮았다는 건 바이냥냥을 말한다.

마오마오에게는 라한이 내린 밀명이 있다.

'이 무녀가 진짜 무녀 자격을 갖고 있는지, 아니면….'

이미 무녀로서의 자격을 잃고 바이냥냥이라는 자식을 낳았는지.

그것을 확인하기 위해 이곳에 와 있다.

'경산부인지 아닌지를 확인하려면….'

가장 손쉽고 빠른 방법은 사타구니를 들여다보는 일이지만 아무래도 그건 불가능하다. 불경한 짓에도 정도가 있다.

'그럴 수 없다면 한 가지 더 있지.'

임신을 하면 배가 열 달 동안 급격히 커진다. 거의 터질 듯 둥 그렇게 부풀었다가 출산과 동시에 쪼그라든다. 그때 생기는 튼살을 임신선이라고 한다. 왜 생기느냐 하면 배가 부푸는 속도를 피부의 성장이 따라잡지 못해서 살갗이 찢어지기 때문이다.

'교쿠요 황후에게도, 리화 비에게도 없긴 한데.'

평범하게 출산하면 생길 가능성이 높다. 물론 없을 가능성도 있지만 확인해야 하는 한 가지 요소는 될 수 있다.

'배 정도는 보여 줄 것 같기도 하고.'

마오마오는 천천히 고개를 숙이고 침대로 다가갔다. 이미 야오와 이야기를 해서 역할을 분담해 놓은 상태였다. 야오는 기록 담당이고, 촉진은 마오마오가 맡는다. 야오는 촉진도 하고 싶어 했지만, 다른 의관이 판단할 때 맥 짚는 기술은 마오마오가 훨씬 정확했기 때문에 단념했다.

자신이 뒤처진다는 사실을 알면 분하게 여기면서도 인정은 한다.

옌옌이 여러 가지 의미에서 귀여워하는 이유도 충분히 이해가 된다. 야오는 지나치게 올곧아서 뒤틀린 존재에게는 때로 귀찮고, 때로 눈부신 존재다.

옌옌이 진시의 시녀로 뽑혀 간 이유를 납득했던 때와 마찬가지로, 마오마오를 상대할 때에도 실력이 확실하다는 사실이 밝혀지면 야오는 그 평가를 순순히 받아들인다.

마오마오는 사전에 진료 대상의 몸 상태가 얼마나 나쁘고 어떤 치료법을 행해 왔는지에 대해 적혀 있는 문서를 확인했다. 그리고 아버지와 의논해서 몇 가지 병을 예측해 놓은 상태였다.

"우선 맥부터 짚어 보아도 될까요?"

마오마오는 상대가 알아듣기 쉽도록 또박또박 천천히 물었다.

"네."

뻗어 온 손을 만져 보았다. 부드러운 감촉이 느껴졌다. 피부가 희기 때문에, 혈관이 위치를 파악하기 쉽게끔 파랗게 떠올라 보였다.

마오마오는 세 손가락으로 손목을 짚었다. 두근두근 뛰는 게 느껴졌다. 일정 시간 동안 맥이 몇 번 뛰는지를 세어 보았다. 마오마오가 야오에게 손가락으로 횟수를 알려 주자, 야오는 휴대용 필기도구를 가볍게 놀려 그것을 기록했다.

"조금 긴장하셨나요? 맥이 약간 빠른 듯합니다."

모르는 단어가 있었는지 무녀가 고개를 갸웃거렸다. 옆에 있던 여자가 이국 언어로 통역해 주자 무녀는 미소를 지으며 대답했다.

"네, 조금."

딱히 이상 수치는 아니니 문제는 없으리라.

"얼굴을 만져 보아도 괜찮을까요? 눈과 혀를 확인하고자 합니다."

"하십시오."

마오마오는 양손으로 무녀의 뺨을 만져 보았다. 팔자 주름은 있지만 그 이외에는 매우 포동포동하고 매끈한 피부였다.

아래 눈꺼풀을 끌어내려 눈알을 들여다보았다. 그리고 입을 벌리고 혀를 내밀게 했다.

'어떤 의미에서는 행운이었네.'

마오마오는 지난번에 자즈굴이라는 소녀를 만났던 일에 대해 그렇게 생각했다.

'석류, 그리고 설합.'

그때 이국 여성이 산 물건들 중에는 약의 재료가 되는 식재료가 많았다. 하지만 자신이 받았던 문서에는 아무것도 적혀 있지 않았다. 즉, 일상적으로 약을 복용하고 있다는 뜻이다.

마오마오는 침대 옆에 서 있는 시녀를 흘끔 쳐다보았다. 아까 깜짝 놀란 표정을 지었던 그 시녀는 시치미를 뚝 떼고 아무렇지

260

않은 척하고 있었다.

'약으로 처방한 게 아닌가? 그냥 우연이었나?'

약을 남용하면 오히려 몸을 해치는 경우도 있다.

"죄송합니다만, 평소 무엇을 즐겨 드시는지 자세히 적어 주실 수 없을까요?"

"알겠습니다."

시녀가 대답했다.

그리고 막힘없이 척척 적어 내려가긴 했는데, 문제는 그게 이 국의 언어라는 점이었다. 알아볼 수 없는 단어가 여기저기 보이니 나중에 해석을 하면서 생각해 봐야 한다. 어쨌거나 최종적으로 진단을 내리는 사람은 아버지니까 그쪽에 기대하는 수밖에 없다.

"그럼 상의를 벗어 주시겠습니까?"

"…네."

무녀는 천천히 상의를 풀어 헤쳤다. 잠옷은 검진하기 힘들다는 사실을 알고 있었는지, 앞섶을 여미는 옷을 입고 있었다. 두 유방이 드러나고 배꼽도 보였다.

"…만져도 될까요?"

"네."

마오마오는 직접 만져서 소리의 차이를 확인하며, 배를 보았다.

'임신선은 없네.'

배가 통통한 걸 보니 애당초 임신선이 생기기 어려운 체질이었는지도 모르고, 그냥 아이를 낳은 적이 정말로 없었는지도 모른다. 전제 조건이 틀렸을 가능성도 있다.

왜 그런 생각이 들었을까.

'살집이 붙은 데 비해 가슴은 작아.'

초경이 오지 않았을 경우 성별이 반음양일 가능성도 있다. 남자이기도 하고, 여자이기도 하고, 둘 다 아니기도 하다. 유방이 작으니 그럴 가능성도 있지만, 원래 가슴 작은 여자였을 수도 있다.

경산부인지 아닌지 도무지 알아낼 수가 없었다. 병에 대한 진단 역시 월경을 하는지 안 하는지에 따라 크게 달라진다.

전제 조건이 뚜렷하지 않으니 실로 난감할 노릇이었다.

마오마오는 눈썹을 꿈틀꿈틀 올렸다 내렸다 하며 열심히 훑어보았다.

보고는 있지만 알 수가 없다. 알 수가 없지만 왠지 답답한 느낌이었다.

'뭐 놓친 거라도 있나?'

위화감은 느껴졌지만, 결국 무엇인지 알아차리지 못하고 진단이 끝나고 말았다.

'아예 아래까지 보여 달라고 했으면….'

아니, 그건 그만두자. 초진에 상반신을 내보인 것만으로도 충분하다. 후궁 비들 중에도 타인에게 맨살을 내놓는 건 싫다며 거부하는 자들이 있었다.

"이제 옷을 입으셔도 좋습니다."

한 번에 모든 것을 다 끝낼 수 있을 만큼 세상일은 간단하지 않다. 이 이상 계속 몰아붙여도 소용이 없어 보였으므로, 마오마오는 진단 내용을 아버지에게 보고하는 일을 우선시하기로 했다.

"지금 들은 내용과 조사한 내용을 근거로, 의관과 의논을 하고 오겠습니다."

"알겠습니다."

시녀가 무녀에게 웃옷을 걸쳐 주었다.

마오마오 일행은 퇴실했다.

"기, 긴장했네."

돌아가는 마차에 타자마자 야오가 중얼거렸다. 그리고 저도 모르게 목소리가 흘러나왔다는 사실을 뒤늦게 깨닫고는 금세 아무 일 없었다는 얼굴을 했지만 때는 이미 늦었다. 옆에 옌옌이 있었다면 '넋 나간 아가씨, 정말 너무 귀여워'라는 표정을 지었으리라. 대신 마오마오가 물끄러미 관찰하고 있다.

첫 왕진이 끝났으나 마오마오로서는 온통 애매한 일들뿐이었다. 그 자리에서 바로 아버지에게 상황을 물을 수도 없어, 결국 별궁을 나온 다음에 의논을 하기로 했다.

'번거롭다니까.'

머나먼 이국에서 굳이 배를 타고 찾아올 정도인 걸 보니 이쪽의 의술에 큰 기대를 걸고 있는 줄 알았는데, 그렇다고 제대로 된 의사에게 직접 진료를 받는 것도 아니고 말이다.

"그래서, 어땠니?"

아버지가 물었다. 하지만 마오마오는 왠지 이 온화하고 상냥하며, 어마어마한 호인이 사실 이미 정답을 알고 있다는 생각이 들었다. 그래서 그 생각을 전제로 보고했다.

"무녀님은 정말 병에 걸리신 게 맞나요?"

그것이 마오마오의 솔직한 감상이었다.

"그게 무슨 말이야? 일부러 샤오에서 찾아왔잖아."

야오가 냉큼 끼어들었다.

"네, 일부러 배를 타고 긴 여행을 해서 여기까지 오셨죠. 틀림없이 무슨 병이 있긴 할 테지만, 그렇다고 이국의 의사를 의지하고 고치러 올 정도까지는 아니라고 여겨집니다."

일단은 야오 앞이기 때문에 아버지 상대로도 마오마오는 정중한 말투를 구사하려 애썼다.

"그럼 어떤 병인 것 같니?"

아버지의 질문에 마오마오는 야오가 적은 기록을 보며 대답했다.

"증세는 권태감과 불면, 체력 저하, 그리고 비만도 들어가는 것 같습니다. 그리고 가장 걱정되는 건···."

부러진 뼈가 통 낫질 않는다고 한다. 부위는 왼손 새끼손가락이라고 하니 일상생활에 큰 지장은 없지만, 그래도 불편하긴 할 것이다.

"아마 여자의 기운이 사라짐에 따라 발생하는 장애로 여겨집니다. 딱히 드문 일은 아니고, 사람이 나이를 먹다 보면 생기는 병입니다."

주로 월경이 멈추는 병이다. 여자의 기운이 줄어들면 심신 모두 불안정해진다. 그중 한 가지 증세가 바로 뼈가 약해지는 일이다.

마흔이라는 연령을 생각하면 다소 이르긴 하지만 폐경도 놀랍지는 않다. 만일 본래 월경이 없는 체질이었다면 병에 걸리기는 더욱 쉬울 것이다.

"그랬구나. 그럼 마오마오 네가 옳게 봤다고 가정하고 질문하마. 나라에 따라 의료에도 차이가 있지. 샤오에서는 정말로 병을 고칠 수 없다고 판단하고 리국에 의존했는지도 모르는데, 무슨 근거라도 있는 거니?"

"네."

마오마오는 무녀가 무슨 음식을 먹었는지를 적은 종이를 꺼냈다.

"약 중에 여자의 기운을 키워 주는 작용을 하는 종류는 없었습니다. 하지만 평상시 식생활을 보면 그럴 필요가 없을 정도로, 온통 약을 대신하는 음식들만 먹고 있었습니다."

"그건 혹시, 그때 가게에서 잔뜩 사들였던…."

야오도 알아차린 모양이다. 며칠 전, 무녀의 시녀가 식재료를 대량으로 구매해 간 적이 있었다. 그중에는 부인병의 약으로 쓸 수 있는 종류가 상당량 포함되어 있었다.

무녀는 자신의 병에 어떻게 대처해야 좋을지 잘 알고 있었다. 그런데도 일부러 리국까지 찾아온 데에는 혹시 정사와 크게 관련된 사정이 있는 게 아닐까.

"너희 둘의 생각이 같다고 받아들여도 되겠니?"

아버지는 야오에게도 물었다.

"저는 마오마오만큼 의학 지식이 많진 않지만, 얼마 전 무녀님의 시녀분이 약을 대량으로 사 가시는 모습을 본 적이 있어서 이의는 없습니다."

야오가 다소 분한 표정을 짓는 이유는 자신의 실력 부족을 입 밖으로 내어 인정해야만 하는 상황이기 때문이었으리라. 그래도 인정할 만큼 정직한 성격이라는 사실은 귀엽게 느껴진다. 마오마오도 점점 제2의 옌옌이 되어 가고 있는 기분이었다.

'약이라는 사실을 알고는 있구나.'

그렇다면 설합을 먹으면서도 약이라는 자각을 갖고 있는 걸까, 하고 마오마오는 문득 궁금해졌다. 조만간 물어봐야겠다.

아버지는 난처한 표정을 지었다. 평소에도 늘 난처한 얼굴이기 때문에, 지금의 난처한 표정은 '살짝 난처한걸' 하는 정도의 난처한 표정이었다.

"한 가지 말해 두마."

"네."

"네."

마오마오와 야오는 대답했다.

"우리는 사람의 목숨에 관련된 일을 하고 있지."

당연한 말이다.

"무녀에게 하게 될 의료 처치 때문에 생명에 위험이 생겨서는 안 돼."

"네, 맞는 말씀이신데요?"

야오가 의아한 표정으로 물었다.

"아무리 실수라도 아까 그 이야기가 무녀 측의 귀에 들어가게 해서는 안 된다. 우리는 무녀의 병을 보고 적절한 처치를 내리면 그만이야."

설령 상대가 이미 하고 있는 요법이라 해도 말이다.

'납득이 안 간다는 표정이네.'

그도 그럴 터. 야오 입장에서는 왜 상대가 이미 하고 있는 처치 요법을 굳이 똑같이 해야만 하는지 알 수가 없을 테니 말이다. 그런 짓을 저지르면 스스로가 무능하다고 자백하게 되는 꼴이라고 말하고 싶을 것이다.

'바보인 척하는 것도 중요하거든.'

아버지는 아까 '생명에 위험이 생겨서는 안 된다'고 말했다.

여기서 말하는 '생명'이란 무녀가 아니라 마오마오 일행의 것을 의미한다.

정치적으로 수상한 냄새가 풍기는 가운데 진실을 함부로 말했다가는 목숨이 위험할 수 있다. 세상 물정 모르는 귀한 집 아가씨는 이해하기 힘든 이야기다.

'옌옌이 있었다면 잘 구워삶아 줬을 텐데.'

지금은 출장 중이니 어쩔 수 없다.

"야오 씨, 이제 곧 도착이에요."

마오마오는 화제를 돌리기 위해 마차 밖을 내다보았다. 별궁에서 궁정으로 돌아와, 다시 궁정에서 의국으로 돌아오는 긴 여정이다 보니 생각보다 꽤 고생이다.

"의국으로 돌아가면 약을 찾아볼까요? 이 나라에만 있는 약이 있을지도 모르잖아요. 그걸로 조금이라도 기운을 회복하면 좋지 않겠어요?"

"…알겠어."

기본적으로는 머리가 좋은 사람이기 때문에 야오도 여기서 소란을 피워 봤자 아무 의미가 없다는 사실 정도는 알고 있다.

야오는 순순히 입을 다물었다.

의국에 도착한 마오마오는 재빨리 아까의 자료를 정리해서 아버지에게 보고했다.

그리고 마오마오와 야오는 아버지의 허락을 얻어 약제실에 들어가, 처방할 약을 찾기 시작했다. 무녀의 체질 때문에 약효가 듣지 않는 약이나 이미 사용하고 있는 약이 있겠지만, 아무튼 이것저것 늘어놓아 보았다.

마오마오는 기억하고 있는 것들을 하나하나 다 꺼내고, 야오는 책을 보며 하나씩 꺼내 나갔다. 허락을 받긴 했지만 이들이 약제실을 점령하고 있다 보니, 의관이 궁금해졌는지 들여다보러 왔다.

"도대체 무슨 일이야? 이렇게 잔뜩 다 펼쳐 놓고, 무슨 약을…. 으악!"

질색하는 듯한 목소리가 들려왔다. 누군가 해서 돌아보니 아버지와 오래전부터 알고 지낸 의관이었다. 리슈 전前 비의 부정을 확인하러 갔을 때 동행한 의관 중 하나이기도 했다. 얼굴을 아는 사이라 그런지, 가끔 신경을 써서 일부러 찾아와 주곤 했다.

"왜 그러세요? 이상한 조합이라도 있나요?"

마오마오가 의아한 표정으로 물었다.

"아아, 아니. 또 거기 끌려가는 것 아닌가 싶어서 잠깐 철렁했을 뿐이야."

"거기요?"

"저기."

의관은 궁정 북쪽을 가리켰다.

"후궁 말이다."

"왜죠? 하긴 부인병에 잘 듣는 약을 긁어모으고 있는 건 사실이지만, 후궁과는 다른 일 때문인데요."

마오마오는 의아한 기분으로 자신이 늘어놓은 약들을 내려다보았다.

"부인병이라…. 그럼 이해가 되는구나. 궁정에서는 거의 환자들이 남자다 보니 부인병 약은 처방할 일이 없어서, 그만 당황하고 말았지."

무슨 안 좋은 기억이라도 있었던 걸까. 듣고 보니 전에는 환관이 아닌 의관들도 후궁에 출입이 가능했다는 사실이 떠올랐다.

"그리고 보니 예전에 후궁 의관 일을 하신 적이 있다고 들었는데, 그때 무슨 일이 있었나요?"

"별건 아니고, 그냥 안 좋은 기억이 있어서 그렇지. 이거랑, 이거랑, 그리고…."

의관은 마오마오 일행이 꺼낸 약들을 짚어 나갔다.

"그 외 여러 종류를 섞으면, 특제 환관 위조약이 되거든."

""환관 위조약?""

마오마오와 야오의 목소리가 겹쳐 울려 퍼졌다.

"그렇게 대단한 건 아니고, 후궁에 환관이 아닌 남자가 들어갈 필요가 있을 경우 문제가 생기면 곤란해지잖아. 그래서 환관 정도까지는 아니라 해도 남자로서의 욕구를 억누를 때 쓰는 약이지."

"아."

마오마오는 이해했다. 진시는 몰라도 가오슌이 후궁을 드나들 일이 생길 경우 아무 문제도 없었던 것 같은데, 아마 이런 약을 복용했던 모양이다.

"일단 맛은 없어 보이네요."

"굉장히 맛없지."

경험자가 말했다.

"심지어 계속 먹다 보면 이상한 부작용도 생겨."

"역시 있군요, 부작용이."

"있고말고. 무슨 약이든 지나치게 많이 복용하는 건 좋지 않아. 그래서 난 별로 안 좋아해."

의관이 그렇게 소리를 지르며 싫어했던 이유를 알 수 있었다. 어떤 부작용이 있었는지 묻고 싶었으나, 의관은 잽싸게 약제실을 나가 버렸다.

"이런 건 옌옌의 특기 분야인데."

"잘 알 것 같네요."

"방금 부작용이 있다는 이야기도 들었으니까 일단 편지로 한 번 물어볼까?"

"그렇군요. 옌옌도 기뻐하겠네요."

아가씨 부족으로 슬슬 금단 현상을 일으키고 있을지도 모른다.

하지만 그 덕분인지 야오와 비교적 매끄럽게 대화를 할 수 있게 되어 다행이다. 마오마오는 약의 조합을 어떻게 할까 고민하며 그런 생각을 했다.

15화 ⦂ 마마(妈妈)

무녀 왕진을 몇 차례 끝내고 돌아오는 길, 마차 안에서 내다 본 거리 분위기는 새해처럼 북적거렸다.

"걸어가는 편이 빠르겠는데요."

야오가 말했다. 마오마오는 아버지의 다리가 불편하다는 사실을 알고 있기 때문에 아무 말도 하지 않았다.

아버지는 난처한 미소를 짓고 있었다.

"미안하구나. 내 다리로는 그러기엔 너무 멀어서."

야오는 아차, 하는 표정을 지었으나 이미 때는 늦었다. 아버지였으니까 망정이지, 다른 높은 사람이었다면 기분이 상했으리라.

무슨 의미가 있는지 없는지 알 수 없는 왕진이었으나 그래도 몇 가지 도움이 되는 점도 있었던 모양이다. 안타깝게도 도움이 된 건 마오마오 일행이 준비한 약이 아니라, 수분을 더 많이 섭취하라는 생활 지도였다.

물이 귀중하다는 샤오에서는 물을 빈번히 마시는 습관이 없고, 무녀라는 입장이라면 소변을 보러 자주 갈 수도 없을 테니 물을 마시는 횟수가 극단적으로 적었다고 한다. 물 마시는 횟수를 늘렸더니 두통이 줄었다며 무녀는 기뻐했다.

그리고 산책을 할 수 있어 정말 좋다고, 무녀는 더듬더듬 보고했다. 백피증인 탓에 그간에는 밤에만 밖을 걸을 수 있었으나 샤오에 비하면 리국은 햇볕이 약하고 비가 자주 오는 편이다. 날씨가 나쁠 때는 우산을 쓰고 밖에 나간다고 한다.

'마음껏 즐기고 있네.'

실은 관광을 하러 리국에 온 게 아닌가 싶을 정도다.

물론 온종일 한가한 건 아니고 때때로 방문자가 있다고 한다. 높으신 분들이라면 그나마 이해가 되지만 이국의 무녀가 신기하다며 '한번 얘기를 들어 보고 싶다'는 이유로 찾아오는 사람도 있다.

바이냥냥이 인기가 많았던 사례와 마찬가지로, 이국의 백피증 무녀 역시 그 특이한 색채가 사람을 쉬이 매료시키는 모양이다.

"오늘 방문자는 점술을 원했다죠."

문득 떠올린 마오마오가 그렇게 말했다.

"무녀라는 입장을 생각하면 그것도 원래 하는 일 중 하나이긴 하겠지만 그래도 불경한 일이지. 아무리 그래도 타국의 중진인데 말이야."

아버지의 말에 모두가 수긍했다.

게다가 한마디 더 보태자면 표면적으로는 요양을 하러 와 있는 사람이다. 배려를 해 줘야 할 입장이지만 난감하게도 대부분의 사람들에게 그런 생각은 없다.

"점은 잘 맞는다고 하지만 거기에 너무 의존하는 것도 문제죠. 확실한 근거도 없는 점술로 장래를 정하면 안 된다고 생각합니다."

마오마오는 그 점이 마음에 걸렸다. 점에는 아무런 근거도 없다. 있다면 그 무녀가 독심술을 할 수 있기 때문이리라.

"마오마오는 있는지 없는지를 확실히 하고 싶어 하는 성격이니 말이지."

"점술 싫어해?"

야오가 끼어들었다.

"찜찜하지 않으세요?"

마오마오라고 무슨 일이든 흑백을 다 가릴 수 있다고 생각하진 않는다. 하지만 마오마오는 세상에서 일어나는 신비한 일에는 자신의 지식이나 정보가 부족할 뿐, 반드시 무슨 근거가 있을 거라고 생각한다.

"거북이 등껍질을 불에 구워서 그 결과를 보고 천도를 결정하는 건 이상하잖아요."

"아니, 의외로 이치에 맞는 경우도 있단다."

아버지가 반론했다.

"해당 지방의 동물을 이용함으로써 그 당시의 영양 상태를 알 수 있지. 즉, 토지가 비옥한 정도를 알아볼 수 있다는 뜻이 야. 하지만 점이라는 핑계로 신령이나 신선을 전면에 내세움으로써 사람들에게 신뢰를 줄 수 있기 때문에 거창하게 하는 거지. 그게 바로 정치의 시작일지도 모르고."

'그렇구나.'

아버지 말은 이해가 된다. 야오도 흥미로운 표정으로 듣고 있었다.

"하지만 참 난감하게도 과거에는 의미가 있었던 일이, 어쩌다 그렇게 되었는지 아무 이유도 알려지지 않은 채 형식만 남는 경우도 있어. 이런 게 가장 골치가 아프지."

아버지는 슬픈 표정을 지었다.

"옛날에 흉년이 들면 그 해에 태어난 갓난아이를 인신 공양 제물로 삼는 마을에 간 적이 있었단다. 하지만 어떤 시기, 희생 제물을 바쳤는데도 계속 흉년이 드는 바람에 새로운 산 제물을 계속해서 바치게 되었어. 제물로 바칠 만한 마을 사람이 점점 사라져 가고 있을 때 마침 여행 도중의 내가 지나가게 되었던 거야."

'앗, 상상이 된다.'

수난 체질인 아버지라면 대충 여기까지 듣고 뒷이야기를 예상할 수 있었다.

"동아줄에 묶여서 구덩이에 떨어지게 되었을 때는 정말로 죽는 줄 알았어. 나중에 온 일행이 알아채 주지 못했다면 난 지금쯤 땅속에 묻혀 있을 거야."

"……."

야오는 말문이 막힌 모양이었다. 아버지는 태평한 말투로 상당히 심각한 옛날이야기를 하고 있었다. 아버지는 총명한 사람이지만 자신의 불행담에는 다소 마비된 구석이 있다. 환관이 된 것 자체가 애당초 본의가 아닌 일이다.

"산 제물을 바친다니 정말이지 어처구니없는 바보짓이라고 생각할 수도 있겠지만, 옛날에는 정말로 그렇게 해서 효과를 본 적도 있었거든. 그 마을에서는 연작*을 당연하게 하고 있었는데, 계속 비료는 주지만 아무래도 부족한 영양분이 있었지. 그게 인체에 포함된 성분이었다는 얘기야."

물론 그 논리로 따지자면 인신 공양은 결국 연작에 의해 일어나는 장애를 제외하면 큰 도움이 안 된다는 말이다. 아버지가 들른 마을은 당시 벌레가 옮기는 병충해에 의한 흉년을 겪고 있

※연작 : 같은 땅에 해마다 같은 작물을 심어 키우는 일.

었기 때문에 산 제물을 바쳐 봤자 아무 의미도 없었다.

"의미를 몰라도 경험 때문에 계속 이어 가는 경우도 있지. 산 제물이 생긴 이유도, 사람 시체를 매장했더니 그 부근에서는 우연히 작물이 잘 자랐다거나 그런 유래 때문일 수도 있어. 하지만 때로 거기에 신령이나 신선이 덧붙여져서 신성화되곤 하지. 신이라는 말은 매우 편리하거든."

샤오의 무녀 또한 그런 과정을 거쳐 신성화되었는지도 모른다.

이야기를 나누는 사이 의국에 도착했다. 이야기를 더 듣고 싶었지만 어쩔 수 없다. 마오마오는 다리가 불편한 아버지를 부축하며 마차에서 내렸다. 이제부터 또다시 보고서를 써야 한다.

하지만 어째서인지 의국이 소란스러웠다.

무슨 말인가 하니.

"겨우 돌아왔군."

난감한 표정의 의관 하나가 다가왔다.

"무슨 일이기에 그래?"

"무슨 일이고 나발이고, 여기 두 사람이 없는 틈에 찾아올 줄은 몰랐지 뭐야. 없다고 했더니 돌아올 때까지 기다리겠다면서 버티고 있어서 정말 곤란해."

그 말투를 보아하니 누가 와 있는지 대충 알 수 있었다.

마오마오와 아버지는 서로 얼굴을 마주 보았다.

"할 수 없구먼."

아버지가 먼저 의국으로 들어갔다. 안에 있던 사람은 생각했던 대로 외알 안경의 괴짜였다. 괴짜 군사는 도대체 어디서 가지고 들어왔는지 모를 긴 의자에 누워 있었다.

"숙부님! 왜 이렇게 늦었어!"

괴짜가 활짝 웃었다.

"라칸, 이 녀석아. 멋대로 다른 곳의 비품을 가지고 들어오면 되겠니? 자, 과자 쌌던 종이는 쓰레기통에 버려야지. 또 과일 음료만 계속 마시다가 이가 썩어도 나는 모른다. 이젠 병 주둥이에 직접 입을 대고 마시진 않겠지?"

허리를 굽히고 과자 싼 종이를 주워 모으는 모습이, 뭐랄까.

"하, 할멈 같아."

귀한 집 아가씨인 야오의 감상은 당연히 그렇겠지만, 다른 사람들도 모두 비슷한 인상을 받았으리라.

아버지가 열심히 주위 청소를 하는 모습을 보고 괴짜의 부하나 견습 의관들도 다급히 함께 쓰레기를 줍기 시작했다. 사실은 마오마오도 함께 정리하고 싶었지만 가까이 다가갔다가는 괴짜가 또 시끄럽게 굴 것 같기도 했고, 또 단순히 그냥 도와주기 싫은 마음도 있어서 그냥 기둥 뒤에 숨어 상황을 관찰했다.

"숙부님! 마오마오는? 마오마오도 이 근처에 있지?"

코를 킁킁거리는 모습이 마치 개 같았다.

"너무 싫어…."

마오마오는 저도 모르게 중얼거렸다.

"마오마오. 네 표정 진짜 굉장한데, 그러지 마. 나까지 당황스러워진단 말이야."

야오의 말을 듣고 마오마오는 뒤틀려 있던 입과 미간에 잡혀 있던 주름을 손가락으로 꾹꾹 눌러 펴서 제자리로 되돌려 놓았다. 그래도 뺨은 아직 움찔움찔 떨렸다.

"마오마오! 마오마오 내놔!"

"도대체 왜 이러니? 자꾸 소란을 피우면 저녁밥에 당근을 잔뜩 넣겠다고 말하지 않았니? 오늘 저녁은 당근죽으로 해야겠다."

아까의 '할멈 같은' 행동에 더해 이 대사라니. 배꼽을 쥐고 뒤로 넘어가는 자들이 여럿 생겨났다. 나머지는 어떻게 해야 좋을지 알 수가 없어 곤혹스러워하고 있었다.

"죽이라면 난 달걀죽이 좋아, 숙부님. 아니, 그보다 마오마오는? 오늘은 제대로 된 용건이 있어서 왔단 말이야!"

"그 커다란 의자를 가지고 들어와 드러누워서 과자나 와작와작 까먹고 있는 시점에서 제대로 된 용건이 있긴 한지 궁금해지는구나."

아버지는 그렇게 말하며 의무실 서랍을 열었다. 그리고 그 속에서 칫솔을 꺼내 괴짜 군사에게 건넸다. 가서 이를 닦고 오라는 뜻이리라.

"우선 내가 먼저 이야기를 들으마. 너는 마오마오 일만 되면 물불을 안 가리니 말이다. 내가 납득할 수 있는 이야기라고 판단이 되면 불러다 줄 테니까."

괴짜 군사는 칫솔을 깨물며 고개를 끄덕였다.

아버지에게 맡겨 두면 문제없을 것이다. 마오마오는 복도에 놓여 있던 더러운 붕대가 든 바구니를 안아 들면서, 빨래를 하는 동안 이야기가 다 끝났으면 좋겠다고 생각했다.

붕대 세탁이 끝나고 빨래를 널기 시작한 마오마오가 불려 간 것은 그로부터 한 시간쯤 지났을 때였다. 아버지가 지친 얼굴로 마오마오 곁으로 다가왔다.

"결국 무슨 용건이었나요?"

마오마오가 아닌 야오가 물었다.

"아니, 그게. 뜻밖의 요청이더라."

"어떤 요청이요?"

"동궁 전하를 선보이는 자리가 이제 곧 열릴 예정인데, 그때 식사회의 자기 음식 독 시식을 네게 부탁하고 싶다는 모양이야."

'거기 갈 생각은 있고?'

라한의 말에 따르면 괴짜 군사는 원유회나 회합 같은 자리를 툭하면 빼먹는다고 한다. 예전에 마오마오가 독 시식을 하러 나갔던 원유회 때도 결석했을 정도다.

"왜 또…."

자신이 원망을 잔뜩 샀다는 사실은 충분히 잘 알고 있다. 하지만 설마 여기서 지명을 당할 줄은 생각지도 못했다. 마오마오에게 독 시식을 시키면서 '독을 먹인다니 말도 안 돼!' 하는 생각은 요만큼도 안 드는 걸까.

"자기 시녀가 되라는 말이라면 몰라도 독 시식 담당이라면 거절하기 힘들 것 같은데, 어떻게 하겠니? 주위에서는 지난번 식중독 사건도 있어서 그런지 독 시식 담당을 붙이는 데 큰 이의를 제기하지는 않는 모양이던데."

"그렇게 물으셔도…."

아버지의 '거절하기 힘들다'는 말은 즉, '거절하지 못한다'는 말과 똑같다. 이러니저러니 해도 결국 마음 약한 사람이다. 참고로 별 상관은 없는 일이지만 아까 그 응수 때문에 아버지의 별명은 이제 '마마妈妈*'가 되어 버리고 말았다. 정말로 관심 없지만.

"질문해도 될까요?"

야오가 조심스레 손을 들었다. 아버지는 고개를 끄덕였다.

※마마 : 엄마.

"마오마오와 저는 식사회에서 무녀님 곁에 있어 드려야 하는 것 아닌가요?"

"그래, 그렇지. 그런데 둘 중 하나는 자기 독 시식 담당으로 보내 달라는 요청이어서."

마오마오가 될지, 야오가 될지 아직 정해지지 않았다고 하나 어쨌든 무녀의 독 시식 담당으로서 쌍방 국가에서 한 명씩 내보낼 예정이다. 타국의 요인이기 때문에 주위에는 시종이니 호위니 하는 사람들이 잔뜩 있어, 그나마 동석이라도 할 수 있게 된 게 다행이라고 봐야 한다.

"그럼 마오마오, 네가 가도록 해. 내가 있으면 문제없을 테니까."

야오가 딱 잘라 말했다.

"자, 잠깐만요. 제게도 선택의 권리가 있지 않나요?"

야오에게 독 시식을 시켰다가는 나중에 옌옌이 무섭다. 마오마오는 당연히 자신이 할 생각이었다.

"기왕 지명을 받았으니 가는 편이 좋겠어. 무엇보다 네가 괜히 무녀님 옆에 붙어 있다가 칸 태위님이 그 주위를 어슬렁거리게 되면 어떡해?"

아무 말도 할 수가 없었다.

아버지도 말이 없었다.

이 나라에서는 방약무인한 그 태도를 당연하게 받아들이고 있지만, 이국의 무녀님 앞에서 그런 짓을 하는 건 곤란하다. 거세한 남자조차 직접적인 접촉을 거부하는 분이신데 말이다.

"마오마오….."

아버지가 마오마오의 어깨를 두드렸다.

"무녀님은 내게 맡겨."

야오도 어깨를 두드렸다.

"자, 잠깐만 기다려 주세요."

마오마오는 양손을 휘저으며 두 사람을 쳐다보았다.

"마오마오, 미안하지만 거절할 수가 없단다. 무녀님을 생각하면 네가 라칸 옆에 붙어 있어 줘야 해. 국제 문제로 발전할 거야."

"아, 아니. 아버지, 조금만 더 버텨 봐."

"어려운 얘기다."

아버지는 단호하게 말하며 다시 한번 마오마오의 어깨를 툭툭 두드렸다.

16화 ⁝ 식사회

　시간이란 평등하게 흘러가지 않는다. 즐거울 때는 짧고, 고통스러운 시간은 끝나지 않을 것처럼 길다.

　그리고 식사회가 열리기까지의 시간은 그야말로 쏜살같이 지나갔다고 해도 과언이 아닐 정도로 빨랐다. 싫은 일이 닥치기 전의 시간 또한 짧다고 느껴지기 마련이다.

　마오마오는 간청하여, 식사회 당일까지는 최대한 괴짜가 있는 곳에 가지 않을 수 있게 되었다. 야오는 마오마오와 다르게 자기 혼자에게만 일이 맡겨졌다는 사실 때문에 몹시 의욕을 내뿜으며 며칠 전부터 무녀의 별궁에 들어가 숙식을 하고 있었다. 식사회에 함께 참석해야 하기 때문에 무녀가 평소 어떤 음식을 먹는지 확인하고, 실제로 함께 식사도 하기 위해서였다.

　식사 내용은 이미 자세히 확인했지만, 혹시 놓치는 부분이 있으면 안 된다면서 무녀가 직접 부탁했다.

마오마오도 이국풍의 요리를 맛볼 수 있는 기회라서 기대하고 있었는데, 아무튼 이것도 저것도 다 그 괴짜 잘못이다.

야오는 독 시식을 해 본 적이 없었으므로 별궁에 묵으러 가기 전 마오마오가 열심히 가르쳐 주었다. 향학열 높은 야오는 수첩에 열심히 받아 적으며 공부했으니 빠뜨리는 점은 없을 터였다.

식사회 당일에는 평소보다 한 시간은 일찍 출근해야 한다.

'가기 싫다~'

이 생각도 벌써 몇 번째일까.

느적느적 옷을 갈아입고 거의 직전까지 버티다가 천천히 방에서 나왔더니 웬 퀭한 얼굴이 마오마오를 맞이했다.

"마오마오."

"저런, 오랜만이네요."

복도에서 딱 마주친 사람은 옌옌이었다. 진시 직속 시녀가 되어 출장을 나간 후로 기숙사에는 돌아오지 않고 다른 곳에서 숙식하고 있다고 들었는데.

'야오 부족 증세로군.'

명백히 지친 얼굴이었다. 눈도 살짝 초점이 나가 있었고, 입술은 까칠까칠해 보였다. 비틀비틀 돌아다니는 모습은 마치 유령 같았다.

"마오마오… 아가씨는?"

"저기, 그… 야오 씨는…."

지금 여기 없다는 사실을 전하자 옌옌은 마치 하늘에서 별이 떨어져 머리에 직격한 듯한 표정을 지었다. 그리고 여전히 휘청거리면서 벽에 기댔다가, 그대로 질질 미끄러져 내려 바닥에 털썩 주저앉고 말았다. 소금을 뒤집어쓴 민달팽이 같았다.

"괜찮으세요?"

누가 봐도 괜찮지 않은 몰골이었으나 일단은 물어보는 게 예의이리라.

"아, 아가씨…."

'정말 엄청나게 좋아하는구나.'

마오마오는 손가락으로 콕콕 찔러 보면서 어떻게 할지 생각했다. 일하러 가기는 싫지만, 개인 사정 때문에 지각하는 건 자존심 상하는 일이었으므로 계속 옌옌을 상대하고 있을 수는 없었다.

"무슨 일이세요? 일은요? 오늘 하루 종일 옆에 붙어 있어야 하는 것 아닌가요?"

"으흑, 흑. 이럴 때가 아니면 빠져나올 수가 없다고요…. 달의 귀인을 모시는 시녀장은 감시가 너무 엄격해서…."

"아하."

마오마오는 납득했다. 달의 귀인이란 진시를 말한다. 진시에게는 왕제로서의 어엿한 이름이 따로 있지만, 그 이름을 입 밖에 내어 불러도 되는 사람은 주상뿐이다. 따라서 모든 이들이 다른 호칭으로 부르고 있다.

그리고 진시의 시녀장이라 하면 떠오르는 사람은 스이렌이라는 초로의 시녀다. 스이렌은 그야말로 만만치 않은 사람이라서 역시 옌옌도 스이렌의 눈길에서는 쉽게 도망칠 수 없었던 모양이다.

"빨리 돌아가지 않으면 또 야단맞지 않겠어요?"

"…그렇겠죠. 괜찮아요, 가까이에서 향기를 맡고 싶었을 뿐이에요. 머리를 빗어서 묶어 올려 드리고 싶었을 뿐이에요. 아무리 찰랑찰랑하다 해도 사내놈 머리를 묶고 싶진 않아요…."

'진시를 사내놈 취급하는구나.'

아가씨에게만 한결같은 그 마음을 충분히 알 수 있었다.

진시의 머리를 묶어 주는 일까지 맡겼다는 걸 보니 제법 스이렌의 마음에는 든 모양이다. 참고로 마오마오는 진시의 시녀 노릇에 익숙해졌을 무렵 머리 묶는 일을 지시받은 적이 있었으나 한 번도 해 본 적 없다며 매번 거부했다.

옌옌은 천천히 자리에서 일어났다. 그리고 비틀비틀 걸어 돌아가려다, 무언가를 떠올린 듯 마오마오를 돌아보았다.

"그러고 보니 편지의 답장을 아직 보내지 않았었죠. 방금 말한 이유로 편지를 보낼 수도 없어서, 많이 늦어졌네요."

편지라도 주고받았다가는 밀정으로 착각당할 가능성이 있

다. 지금 이렇게 찾아온 일조차 충분히 수상하지만, 의심을 받게 되면 마오마오가 변명해 줘야 한다.

"일부러 가져다주셔서 정말 감사합니다."

마오마오는 편지를 받았다. 옌옌은 부인과 질병이나 미용에 좋은 약에 대해 잘 알고 있다고 해서 편지로 물어봤었다.

편지를 펼쳐 보니 상당히 세밀하게 적혀 있었다. 대부분은 마오마오도 알고 있던 내용이었으나 몇 가지에는 '이런 효용이 있었나?' 하고 감탄이 나올 정도였다.

"······?!"

마오마오는 편지 속의 어느 한 줄을 들여다보았다.

"저, 저기, 이거."

비틀비틀 돌아가려 하는 옌옌을 붙잡고 물어보았다.

"설합 말인데요, 이게 정말이에요?"

"···네."

"저기, 이런 약이라는 사실을 알면서 야오 씨한테 계속 먹이고 있었다고요?"

아니, 키우고 있다는 말을 듣긴 했지만.

"야오 님을 아름답게 성장시키기 위해서예요."

옌옌의 눈이 한순간 날카롭게 번쩍 빛났으나, 금세 공허한 눈빛으로 돌아갔다.

마오마오는 야오를 동정하면서도 자기 일을 하러 가기로 했다.

식사회가 열리기까지 어떤 일이 벌어지는지 마오마오는 잘 모른다. 제사 비슷한 일이 이루어진다고 들었지만, 단계가 너무 여러 가지라 솔직히 다 기억하지 못했다. 무엇보다 관계자 밖에 들어가지 못하는 장소에서 이루어지는 일이므로 그때까지 대기해야 한다. 대기 신세인데 한 시간이나 일찍 출근해야 하는 이유를 도무지 납득할 수가 없었다.

마오마오는 의국의 약서랍이나 들여다보며 기다려야겠다고 생각했지만 의관 한 명이 마오마오를 불러냈다. 무슨 일인가 했더니 심부름을 시키려는 모양이었다.

"이걸 비전하들께 가져다줬으면 좋겠는데."

원유회나 식사회 등의 행사는 후궁의 꽃들이 밖으로 나올 수 있는, 얼마 안 되는 기회다. 따라서 심부름을 시킨다 해도 남자를 보낼 수는 없는 노릇이다. 야오도 옌옌도 없으니 마오마오가 가는 수밖에 없다.

물건을 확인해 보니 선향이 들어 있었다. 이게 왜 의국에 있느냐 하면, 향은 의료용으로도 사용되기 때문이다. 연기로 벌레를 쫓는 효과가 있고 그 향기는 마음을 진정시켜 준다.

"벌레 쫓는 약 대신 갖다 달라더라. 일반적인 벌레 약은 연기가 너무 매워서 별로라면서."

보통 벌레 약이라 하면 선향처럼 고급스러운 물건이 아니라,

벌레 쫓는 효과가 있는 나뭇가지를 잔뜩 모아다 태우는 경우가 대부분이다. 연기만으로도 효과는 어느 정도 발휘할 수 있지만 확실히 맵긴 하다.

"어느 비전하의 생떼인가요?"

"왜, 그 이국에서 왔다는 신입 비 말이야."

마오마오는 의외라고 생각했다.

'아직 쓸 만한 보고를 안 했는데.'

무녀의 비밀에 대해서 말이다.

'그 무녀가 출산을 한 적이 있는가, 없는가.'

결국 알아내지 못한 채 돌아오고 말았다.

"샤오 출신이라는 이유로 신입이지만 식사회 자리에도 억지로 끼워 넣어 줬나 봐. 다른 비전하들께도 전달하도록, 그리고 전달하는 순서는 헷갈리지 않도록 하고."

의관은 출석할 비들의 이름 일람과 비들이 있는 건물의 위치를 꼼꼼히 가르쳐 주었다. 교쿠요 황후는 물론이고 상급 비인 리화 비, 그리고 중급 비는 아이린과 그 외에 두 명이 더 출석할 예정이었다.

순서를 착각하면 너무나 무서운 결과가 벌어질 것이다.

'그나저나….'

정말로 샤오의 권력 관계는 잘 모르겠다고 생각하면서 마오마오는 심부름을 갔다.

'아이린이 망명을 왔고, 아이라라는 여자가 그 정적이고, 게다가 아이린은 무녀를 자기편으로 끌어들이기 위해 그 약점을 잡으려 하고 있지.'

마오마오의 머리로 정리해 보면 상관관계는 대충 이렇다.

궁금하다면 궁금하긴 하지만 괜히 고개를 들이밀었다가는 휘말려서 모가지가 날아갈 가능성도 있다. 그저 입 다물고 시키는 대로 하고, 너무 위험해 보이면 재빨리 발을 빼는 편이 낫다.

대기실은 비들마다 각각 하나씩 주어져 있었고, 교쿠요 황후만은 다른 장소에서 대기하고 있다. 순서로 따지자면 리화 비부터 먼저 찾아가는 게 타당하겠지만, 얼굴을 보이면 얘기가 길어질 것 같다.

마오마오는 리화 비의 대기실 앞에서 낯익은 얼굴의 시녀가 나타나기를 기다렸다. 마땅찮은 시녀들은 전부 내보냈으니 그나마 다행이지만, 남은 시녀들 또한 마오마오를 볼 때마다 묘하게 겁먹은 표정을 짓는데 제발 그러지 좀 말아 줬으면 좋겠다.

마오마오는 재빨리 향을 하나하나 배부해 나갔다.

아이린의 방 앞으로 다가갔을 때, 마오마오는 문득 코를 움찔거렸다.

'뭘까, 이게.'

바깥까지 풍기는 향 냄새였다. 마오마오는 일단 방의 문을 두드렸다.

"들어오십시오."

특유의 발음이 들려왔기에 문을 열었다. 안에는 아이린 혼자 뿐이었고, 시녀는 아무도 없었다.

아이린은 가슴 부근에 무언가를 꾹 누르고 있었다. 아이린에게 다가가니 묘한 냄새가 더욱 짙어졌다.

"벌레 쫓는 약을 가져왔습니다."

"감사합니다. 거기 놓아 주겠습니까? 마침 시녀가 자리를 비웠습니다."

화장실이라도 간 걸까. 이 비에게 붙어 있는 시녀는 역할의 반 정도가 감시라고 할 수 있지만, 이 대기실에는 아주 작은 창이 하나 나 있고 입구도 한 군데뿐이며 밖에는 경비가 있다. 자리를 비워도 문제없을 거라고 판단한 모양이었다.

"그럼 저는 이만⋯."

돌아가려 하는데 아이린이 마오마오의 소맷자락을 붙잡았다.

"무, 무슨 일이시죠?"

"무녀님이 계신 곳에도 다녀왔습니까? 무녀님의 용태는 어떻습니까?"

'여기서 어떻게 대답해야 하나.'

마오마오는 잠시 망설였다가 그냥 있는 그대로 대답하기로 했다.

"여독은 없으신 듯했습니다. 병에 대해서는 현재 저희 쪽에서 꼼꼼히 봐 드리고 있으니 안심하십시오."

지나치게 무난한 대답인 바람에 마오마오는 스스로 말해 놓고도 웃음이 날 것 같았다. 겉으로는 걱정하는 듯한 말이지만, 이 비는 무녀의 약점을 잡으려 하고 있다.

'배우네.'

마오마오도 의뢰를 받지 않았다면 정말로 걱정하는 줄 알았으리라.

'안색도 나빠 보이는데.'

"몸이 안 좋으신 것 아닌가요?"

마오마오는 직업병 때문에 저도 모르게 묻고 말았다.

아이린의 눈이 동그래졌다.

"어머, 그렇게 보였습니까? 아마 식사회 전에 긴장해서 그렇게 보였는지도 모르겠습니다."

"별문제가 없으시다면 다행이지만요."

굳이 깊이 캐물을 필요는 없다.

"…네. 괜찮습니다."

아이린은 독백하듯 중얼거리고는 아득한 눈빛을 지었다. 하지만 그것은 한순간이었을 뿐이고 아이린은 금세 마오마오를 바라보았다.

"고마워요. 당신은 관녀들 중에서도 특히 유능하다고 들어서, 기대하고 있습니다."

중압감을 주고 있다. 가까워졌기에 냄새가 더욱 독해졌다.

'진짜 뭘까, 이 냄새.'

흠, 하고 생각에 잠기며 마오마오는 아이린의 방을 나왔다.

'뭘까? 이 답답함은.'

아까 그 냄새도 문제지만 그 외에도 답답함이 잔뜩 쌓여 있었다. 샤오 문제로 이래저래 마음에 걸리는 일이 많은 탓이었다. 아마도 답을 알아낼 수 있는 계기는 여러 개 모여 있겠지만 거기서 답을 끌어낼 단계까지는 오지 못했다. 또는 정답에 도달할 단서가 부족해서 그런 듯하기도 했다.

'아마 아버지였다면 진작 답을 이끌어 냈을 텐데.'

마오마오는 자신의 미숙함에 가벼운 한숨을 내쉬며 다시 의국으로 돌아갔다.

식사회라고는 해도 태평하게 식사나 즐길 수 없는 게 높으신 분들의 고충이다.

방 중앙에는 크고 긴 탁자가 놓여 있고 그 좌우로 의자들이 늘어서 있으며, 그 너머에는 커다란 탁자가 이어져 있다. 안쪽에는 주상과 황후, 진시, 그리고 손님인 무녀가 앉아 있다. 무녀는 햇볕을 피하기 위해 머리에 얇은 천을 폭 뒤집어쓰고 있었다.

식사회에는 다른 나라 중진들도 와 있었으나 대부분은 속국이기 때문에 대우 역시 그 수준으로 받는다.

그 외 대부분의 신하들 자리는 긴 탁자에 좌우 대칭으로 배치되어 있었다. 예전 원유회 때와 배치는 똑같았으나, 다른 점이 있다면 실내에서 의자에 앉을 수 있다는 점 정도다.

마오마오는 '빨리 끝났으면 좋겠다….' 하는 표정을 지으며 벽 근처에 서 있었다. 주위를 둘러보니 독 시식이라는 거창한 담당을 거느린 사람들은 주상과 손님, 그리고 황후 등의 중요 인물들뿐이었다.

'이 자식한테는 필요 없잖아.'

퉤, 하고 침을 뱉고 싶은 기분을 느끼며 마오마오는 괴짜의 등을 노려보았다. 중키에 보통 체격, 살짝 굽은 등. 외알 안경을 낀 여우 눈을 제외하면 딱히 눈에 띄는 특징이 없는 시시껄렁한 사내다. 이 나라의 군사라는 놈이 말이다.

애당초 군사라는 직함도 결국 유명무실한 이름이다. 본래는 태위인가 하는 명칭이라고 하는데, 마오마오는 그게 어떤 직위인지 모른다. 그저 앉아 있는 자리를 보아하니 상당히 높은 직위이리라.

'독 시식 담당까지 붙이느니 차라리 결석을 하지.'

괴짜 군사의 주위 사람들도 비슷한 표정을 짓고 있었다. 이 구제 불능 아저씨는 심심하면 주위에 시비를 걸기 시작하니 골치가 아프다. 원유회니 뭐니 하는 행사에는 안 나온다 해도 아무도 뭐라고 안 할 테고 어차피 있어 봤자 거치적거리기만 한다.

괴짜는 벌써부터 심심해졌는지 옆에 앉아 있던 무관으로 보이는 남자에게 말을 걸기 시작했다.

마오마오는 실눈으로 그쪽을 쳐다보며, 손에 들고 있던 천을 슬그머니 잡아당겼다. 천 끝에는 끈이 달려 있고, 그 너머는 괴짜의 발목에 묶여 있다. 잡아당길 때마다 괴짜가 움찔거렸다. 그러고는 뒤를 돌아보며 왠지 만족스러운 표정을 짓고는 등을 반듯하게 편다.

그야말로 발'목'에 오랏줄을 채워 놓은 상태다.

잡아당길 때마다 매번 이쪽을 돌아보는 건 아주 불쾌했지만 어쩔 수가 없다. 수전노 라한이 독 시식 담당 일에 더해 감시 일까지 추가했다. 물론 시키는 대로 다 할 생각은 없지만 아버지에게도 부탁을 받았다는 점, 그리고 이번에 교역품으로 들어온 진기한 약을 주겠다는 조건 때문에 받아들였다. 그런 연유로 마오마오는 고양이 목에 방울, 아니 괴짜 발목에 끈을 달아놓게 되었다.

주위에서는 기묘하다는 눈으로 쳐다보는 것 같지만 본래 이 괴짜는 툭하면 기묘하다는 시선을 받는 존재이므로 아무도 뭐라고 하지 않기 때문에 마오마오도 신경 안 쓰기로 했다.

식사회라고는 해도 느닷없이 식사부터 시작하는 건 아니고, 몇 가지 사전 행사가 있다. 야외에서 열리는 원유회와는 달리

화려한 검무 등의 행사는 없지만 편안한 음악을 들을 수 있다는 건 좋았다. 다소 이국정서가 느껴지는 음악인 걸 보니 샤오의 음악을 상상해서 연주하는 모양이었다.

"이건 무녀를 주제 삼아 만든 곡이라는군."

우연히 근처에 다가왔던 라한이 슬며시 알려 주었다.

"아이린 비전하가 직접 만든 곡이야. 전문가가 살짝 손을 보긴 했지만 제법 괜찮은 솜씨지?"

"아이린 비전하가?"

마오마오는 아이린을 쳐다보았다. 다른 중급 비들에게 둘러싸여 있는 이국 여인은 눈을 가늘게 뜬 채 음악을 듣고 있었다.

"이런저런 일들이 있었겠지만 비전하는 무녀에게 고마워하고 있는 것 같아. 견습 무녀 시절에 저 무녀에게서 확실하게 교육을 받았다더라고. 샤오의 결혼 연령은 이 나라보다 훨씬 낮으니까."

어느 정도 들은 바가 있다. 사막 민족은 열 살이 채 되기도 전에 시집을 간다고 한다.

"배움이 없는 채 시집가게 된 여자는 도망도 못 치지."

"맞아."

리국에서도 벌어지는 일이다. 남편이 아무리 몹쓸 놈이라 해도 도망칠 수가 없다. 도망쳐 봤자 어디 가서 일도 못 하고, 결국 속아서 기루로 팔려 가게 된다.

무지는 죄라고 마오마오는 생각한다. 하지만 동시에 지식은 모든 사람들에게 평등하게 주어지지 않는다는 사실도 알고 있다. 마오마오는 아버지에게 가르침을 받았다. 그렇지 않았다면 녹청관 기녀가 되었으리라.

아이린 또한 무녀에게서 배움을 얻었다. 아이린은 거기서 당연하게 얻었던 것들에 대해 감사하는 마음이 있는 걸까.

'그런데도 약점을 잡으려 한다니 세상 말세다.'

마오마오는 문득 한숨을 내쉬었다.

군사가 음악에 관심이 없는지 품에서 바둑 책을 꺼내 읽기 시작했으므로 마오마오는 또다시 끈을 당겼다. 정말로 주상이 이 남자의 목을 베어 버리지 않는 이유를 알 수가 없다.

높은 사람 같아 보이는 누군가가 잘난 척하는 이야기를 하고, 이야기가 끝나자 식사가 시작되었다. 진시의 뒤에는 옌옌이 있었다. 사실은 할멈인 스이렌이 옆에 붙어 있고 싶겠지만, 시중드는 시녀들 중에는 나이가 젊은 자들이 많다. 활기찬 할멈이라도 이럴 때는 분위기를 파악하고 옌옌을 보냈으리라.

'왠지 순조롭게 출세하고 있는 느낌인데.'

도무지 남의 일이라고는 생각할 수가 없다. 하지만 옌옌은 시선을 흘끔흘끔 옆으로 돌리곤 했다. 진시에게 옌옌이 붙어 있듯 샤오의 무녀 옆에도 야오가 붙어 있기 때문이었다. 야오는 긴장했는지 살짝 안색이 나빴다.

오늘 아침, 마치 시체처럼 퀭했던 옌옌의 얼굴은 지금은 살짝 생기가 돌았다. 하지만 아직도 아가씨 부족 증세에서 완전히 회복되지는 못한 듯, 행사가 빨리 끝났으면 좋겠다는 얼굴로 주위를 둘러보고 있었다. 야오의 안색이 나쁜 것도 신경이 쓰이는 모양이었다.

특별히 의관 보조 관녀들을 키워 내려 했으나, 결국 셋 다 독 시식 담당이 되어 버렸다는 사실이 또한 재미있는 부분이라고 마오마오는 생각했다. 원래 독 시식은 대신할 사람이 잔뜩 있을 만큼 지위 낮은 자들이 맡는 일인데 말이다. 야오는 귀한 집 아가씨인 모양인데 부모가 말리지 않았던 걸까, 하고 생각하니 조금 불안한 기분이었다.

'일단 독 시식 방법을 가르쳐 주긴 했는데.'

독 시식이란 어차피 누가 한다 해도 실패할 때는 실패한다. 새로운 독일 수도 있고, 효과가 늦게 발현되는 독일 수도 있으니 말이다.

'인간은 결국 죽을 때가 되면 죽어.'

그런 법이다. 하지만 마오마오는 기왕 죽을 거라면 새로운 독을 먹고 죽고 싶었다. 가능하면 어떤 독성이 있는지 확인하면서 숨을 거두고 싶은데, 그건 사치일까.

그런 기막힌 생각을 하고 있자니 식사가 날라져 왔다.

하던 대로 독 시식을 하고 빨리 돌아가고 싶다.

마오마오는 독 시식용 작은 접시를 받아 들고, 음식을 먹는 모습을 괴짜 군사에게 끈적한 시선으로 관찰당하며 그렇게 생각했다.

식사회는 식사가 시작되고 얼마 후 금방 끝났다. 이 이후로는 연회가 열린다고 하는데, 식사회와 연회의 차이를 알지 못하는 마오마오는 한숨만 쉴 수밖에 없었다.

연회는 다른 장소에서 소규모로 열린다고 한다. 야오와 옌옌은 이어서 계속 일을 해야 한다지만 마오마오는 이걸로 일이 끝난다. 그래서 마오마오가 방을 나가, 고양이 목의 방울 아닌 군사 발목의 끈을 내팽개치려던 그 순간….

콰당, 하는 소리가 들렸다. 무슨 일인가 싶어 뒤를 돌아보니 관녀가 쓰러져 있었다. 누군가 했더니 야오였다.

"아가씨!"

옌옌이 뛰어가, 무슨 일이냐며 야오를 일으켰다.

마오마오는 끈을 집어 던지고 두 사람에게 다가갔다. 야오는 고개를 숙이고 있고, 바닥에는 토사물이 흩뿌려져 있었다.

가까이 있던 관녀들이 소란을 피웠다. 높으신 분들이 계신 곳에서 구토를 하다니 무례하다는 듯, 큰 소리로 고함을 질러 대고 있었으나 문제는 그게 아니었다.

"아가씨, 아가씨!"

마오마오는 야오를 흔들고 있는 옌옌의 뺨을 두들겼다.

"입 안에 잔류물이 없는지 확인해 줘! 목에 걸리면 질식할 거야!"

"…네."

옌옌은 몹시 동요했으나 마오마오의 말에 따라 야오의 입 속에 손가락을 집어넣었다. 야오는 숨은 쉬고 있는 듯했지만 덜덜 떨며 배를 꼭 끌어안고 있었고, 동공도 확장되어 있었다.

'야오가 쓰러졌다면.'

무녀는 어떻게 되었을까. 마오마오가 그쪽을 보니 이미 무녀 주위에는 사람들이 몰려들어 있었다. 야오와 함께 독 시식을 하던 여자도 새파란 얼굴로 비틀거리는 채 입을 꾹 누르며 자리를 옮겼고, 무녀도 또한 자리를 떠났다.

'무녀에게 독을 먹였다.'

마오마오는 덜덜 떠는 야오에게 웃옷을 입혔다. 옌옌은 "아가씨, 아가씨." 하고 얼굴이 새파래진 채 당황하기만 했다.

"물, 소금물을, 그리고…."

무슨 독인지 모를 경우에는 일단 배 속에 든 것을 다 끄집어 내야 한다. 억지로 토하게 만들기 위해, 마오마오는 야오에게서 옌옌을 떼어 냈다. 야오의 입 속에 손가락을 쑤셔 넣고 있는데 다리가 불편한 노인이 다가왔다.

"마오마오, 옌옌. 자리 바꾸자."

다가온 사람은 아버지였다. 손에는 물병과 나무통을 들고 있었다. 그리고 함께 가져온 웃옷을 야오의 허리에 덮어 주었다. 복통과 구토를 일으켰다면 설사 증상도 나타날 가능성이 높다. 혹시 실례를 했다 해도 눈에 띄지 않도록 배려해 준 행동이었다.

"너는 무녀님을 우선해야지. 이쪽은 내게 맡기렴."

그러고 나서 아버지는 마오마오가 던졌던 끈을 주워 잡아당겼다. 멍하니 넋 나간 얼굴로 서 있던 괴짜 군사가 움찔 반응했다.

"숯을 좀 가져다줄 수 있겠니? 가능하면 막자사발에 빻아서 가루를 낸 게 좋겠구나. 그리고 방을 준비해 주렴. 이 아이와 무녀님 일행을 돌볼 방 말이다. 할 수 있겠지, 라칸?"

"응, 숙부님. 바로 준비할게."

대답은 괴짜가 했지만 정작 반응한 건 주위에 있던 부하들이었다. 아버지가 직접 명령을 내리는 것보다 괴짜가 한마디 할 때 훨씬 빠르게 움직일 테니 말이다.

"아버지, 야오를 부탁해."

마오마오는 그 말만 남기고 무녀 일행이 있는 쪽으로 향했다.

17화 : 용의자

무녀 일행은 급히 준비된 방으로 들어갔다.

무녀와 다른 한 명의 독 시식 담당은 계속해서 구토를 하고 있었다. 소금물을 먹여, 끊임없이 위 속에 든 것을 토해 내게 만들어야 한다. 한편으로 가루를 낸 숯과 설사약도 먹였다. 맛은 없지만 위 속을 텅 비우기 위해서는 꼭 필요한 일이었다.

아버지가 직접 볼 수 없는 이상 무녀의 용태에 대해서는 마오마오가 책임질 수밖에 없다. 위 속 내용물은 전부 꺼내고, 장 내용물은 전부 배설을 시켜야 한다. 설사약이 듣지 않는다면 항문으로 액체 상태의 약을 집어넣어 강제로 배설시켜야 할 상황이었으나 무녀도 독 시식 담당도 그건 싫을 터였다. 다행히 설사약의 효과가 금세 나타나, 모두 안심했다.

이 둘은 야오에 비하면 증상이 가벼운지 중독 증상을 일으키고도 의식이 또렷했다.

야오로 말할 것 같으면 상당히 심각한 상태여서, 옌옌은 현재의 주인인 진시 따위는 완전히 내팽개친 채 야오만 간호하고 있었다. 진시도 인정 있는 사람이기에 강제로 떼어 내서 끌고 가려 하진 않았다.

식사회 다음 날 무녀의 용태가 어느 정도 안정되었을 무렵, 진시가 마오마오를 찾아왔다. 평소보다 간소한 차림새였으나 반짝반짝 빛나는 분위기는 여전했다. 옆에는 복귀한 바센도 함께 있었다.

마오마오는 어제부터 같은 옷을 입고 있었고 목욕도 못 했으나, 지금은 그 사실을 결례라고 생각할 여유도 없다.

"무녀의 용태는 좀 어떻지?"

"많이 가라앉았습니다. 야오, 독 시식을 한 그 아이만큼 심각한 증세는 아니라서요."

견습 의관이 마오마오 옆에 붙어서 야오의 증세에 대해 자세히 보고해 주었다. 마오마오 또한 그 견습 의관에게 무녀의 용태를 자세히 전달했다. 무슨 일이라도 생겼다가는 국제 문제가 된다. 이 이상 더 악화시킬 수는 없다.

진시가 이렇게 직접 찾아온 이유도 그것이리라.

"야오라고 했던가? 옌옌의 주인이라던데."

"옌옌을 상당히 마음에 들어 하시는 것 같지만, 이젠 슬슬 돌려보내 주시지요. 야오가 그리워서 거의 말라 죽어 가고 있던데요."

　그런 가운데 야오가 저 모양이 되었으니 옌옌은 지금 제정신이 아닐 것이다. 마오마오는 어느 정도 마음이 가라앉은 덕분에, 살짝 농담을 섞어 그렇게 말해 보았다. 불경하다고 할 수도 있겠지만 농담으로라도 말해 둬야만 할 일이었다.

　"동료가 그런 상황에 처했는데, 너는 걱정이 안 되는 건가?"

　"걱정을 아예 하지 않을 정도로 냉혈한은 아닙니다. 하지만 제가 지금 해야 할 일은 무녀님을 돌봐 드리는 일이며, 야오 곁에는 제 양부가 붙어 있습니다."

　아버지가 봐 주고 있는 이상 마오마오는 어떻게든 해결해 줄 거라고 믿었다. 옌옌도 의술에 대해서는 다소 알고 있으므로 정신만 차리면 간호는 할 수 있다. 마오마오가 일을 내던지고 쫓아가 볼 필요는 없다.

　무엇보다 여기서 무녀가 큰일이라도 나면 국제적 문제로 발전한다. 그런 사태만큼은 피해야 했다.

　"…그런데 무녀님께 독을 먹인 범인은 찾아내셨나요?"

　무녀 쪽 관계자 외에는 아무도 중독 증상을 보이지 않았다고 한다.

　무녀가 살아난다 해도 목숨을 위협받았다는 사실은 변하지 않는다. 그렇다면 빨리 범인을 찾아내서 처벌을 내리지 않으면 분쟁의 원인이 된다.

진시는 무어라 형언하기 힘든 표정을 짓더니, 바센 쪽을 흘끔 쳐다보았다. 바센은 애매한 얼굴로 품에서 천으로 싼 꾸러미 하나를 꺼냈다. 그 속에서는 작은 병 하나가 나왔다. 뚜껑을 여니 가루가 들어 있었다.

"이건⋯."

마오마오가 코를 킁킁거렸다. 어디서 맡아 본 적 있는 냄새였다. 그것도 극히 최근에.

"?!"

냄새의 정체를 깨닫고 마오마오가 무심코 손을 뻗으려던 순간 바센이 다시 병을 천으로 감쌌다.

"뭐 아는 게 있는 모양이군."

"⋯이건 말향抹香이군요."

"그래."

말향은 식물로 만든 향의 일종이다. 그 재료로 붓순나무라는 식물이 있는데 이는 독성이 강하며 구토, 복통, 설사 등의 증상을 일으킨다.

"칸 의관에게서 독이 있다고 들었는데."

"네, 이번의 증상과 똑같습니다."

섭취 후 수 시간 동안 중독 증상을 일으킨다.

"이 향 말인데⋯."

진시는 침착한 표정으로 마오마오를 바라보았다.

"아이린 비가 가지고 있었다."

'역시….'

마오마오는 식사회 전에 벌레 쫓는 약을 들고 아이린을 찾아갔었다. 그때 맡은 냄새와 똑같았다.

야오, 무녀, 그리고 또 한 명의 독 시식 담당. 그중에서도 야오의 상태는 아직 좋지 않았다. 야오의 증세는 잠시 소강 상태에 접어들었으나 다시 악화되었다. 사흘이 지난 현재로서는 많이 가라앉은 듯 보이지만 예단은 금물이다.

마오마오는 야오를 대신하여 무녀의 별궁에서 숙식하며 무녀 일행을 간호하고 있었다. 뭐, 그렇다고는 해도 증상이 가볍기 때문에 단순히 만일의 사태를 대비하여 옆에 붙어 있어 주는 것에 불과하다.

그보다 문제가 되는 건 독살을 기도했다고 여겨지는 인물이었다.

'대체 왜 아이린이.'

무녀와 같은 샤오 출신 여성이 왜 무녀에게 독을 먹였을까. 무녀를 자기편으로 끌어들이려던 게 아니었던가. 아니면 처음부터 그런 목적을 갖고 후궁에 들어왔을까.

무녀에게 은혜를 입은 게 아니었나.

'일단 용의자 취급을 받고 있긴 한데.'

증거는 있다. 아이린의 품속에서 말향이 나왔다고 한다. 아이린의 시녀가 옷을 갈아입을 때 발견하고 보고했다는 모양이다.

독성이 있는 말향을 식사회 전에 대량으로 가지고 들어왔다는 점, 그리고 식사회 자리에서는 동향인 무녀와 자리가 가까웠다는 점은 밝혀졌다. 무엇보다 식사회가 열리는 곳에서 단 한순간도 빠짐없이 아이린을 감시하지는 못했다는 사실은 마오마오도 잘 알고 있다. 선향을 배부하고 다닐 때 아이린 옆에는 시녀가 한 명도 없었다. 식사가 시작되기 전, 틈을 봐서 음식 그릇에 넣었다고 생각할 수 있다.

불가능한 일은 아니다.

증인과 상황 때문에, 아이린은 현재 사정 청취를 받고 있다.

'범인을 최대한 빨리 잡아야만 해.'

국제 문제로 발전하기 전에.

'하지만 상대가 같은 나라 사람이라면….'

리국 입장에서는 반가운 일이다. 무녀의 독살 미수 사건은 샤오 내부의 정쟁 때문이라고 책임 전가를 할 수 있다. 범인이 아이린이라면 그보다 더 바람직한 일이 없다.

'그렇게 되면 라한은 어떻게 할까?'

마오마오는 머릿속에 숫자 생각밖에 없는, 키 작고 얼굴 밝히는 남자를 떠올렸다. 원래는 라한이 식량 수출 아니면 망명, 둘 중 하나를 선택해야 하는 상황에서 아이린을 후궁으로 들이면서 시작된 일이다. 그 계산 빠른 남자가 실수로라도 자기가 공범자 취급당하게 되는 사태를 일으키진 않겠지만, 뒷맛 찜찜한 일이다.

'뭐가 또 있을지도 몰라.'

무엇보다 마오마오는 마음속에 걸리는 점이 너무 많아서 영 석연치가 않았다.

"이제 무녀님께는 아무런 문제도 없습니다."

닷새째 되던 날 아침, 무녀의 시녀가 마오마오에게 말했다.

"무녀님의 안색이 아직 안 좋아 보이시는데요?"

"기분의 문제입니다. 상대가 상대인 만큼, 기분이 좋으실 리가 없습니다."

'그건 그렇겠지.'

머나먼 타국에 와서 목숨을 위협받았나 했더니, 범인이 동향 사람이라니.

"그렇겠군요. 원래 알고 지내던 사이였나요?"

"…네. 원래 차기 무녀 후보로서 수련하던 분들입니다."

'들었던 대로네.'

"그 아이는 사촌 자매인 아이라와 함께 12세 때까지 함께 살 았습니다."

도대체 어쩌다 이렇게 되었을까, 하는 표정으로 시녀는 한숨을 내쉬었다.

궁금한 점은 더 있지만 이 이상 더 캐물을 수 있는 입장도 아니다.

마오마오는 그렇게 생각하며 "알겠습니다." 하고 대답했다.

무녀의 별궁을 나오자 마차가 마중 나와 있었다. 마오마오가 타고 보니 마차 안에는 아버지가 앉아 있었다.

"야오는 괜찮아?"

"지금은. 옌옌이 옆에 있고, 상태가 나빠지면 바로 소식을 전달하겠다고 했단다."

소강 상태에서 다시 악화되었다가, 또 지금은 좀 진정되었다고 한다. 아직은 방심할 수 없지만 아버지가 이렇게 자신을 데리러 온 데에는 분명 무슨 이유가 있을 터였다. 실제로 그랬는지 아버지는 창밖을 내다보며 말했다.

"의국에는 안 갈 거야. 그보다 더 안쪽으로 들어갈 예정이니까."

의국보다 더 안쪽이라 하면, 높으신 분들이 모이는 궁정 구획이라는 뜻이다. 그리로 가야 하는 이유에 마오마오는 짚이는 데가 있었다.

"…식사회 때문에?"

마오마오는 무녀와 무녀의 시녀, 아버지는 야오. 각자가 독을 먹은 인물을 간병하고 있다. 아이린이 용의자 취급을 받고 있으니 마오마오와 아버지가 참고인 자격으로 불려 가는 일은 그리 놀랍지 않다.

마차는 의국을 지나쳐 목적지로 향했다. 진시가 있는 궁이었다.

"들어오시지요."

스이렌이 정중한 태도로 맞이해 주었다. 백발이 드문드문 보이는 초로의 시녀는 마오마오를 보자마자 희미하게 히죽 웃었다. 상종하기 힘든 할머님이라고 생각하며 마오마오는 고개를 숙여 마주 인사했다.

안내받은 방에는 진시와 바센, 그리고 라한이 있었다. 이번 일 때문에 몹시 당황스러운지 몸집 작은 안경남은 입술을 뒤틀고 있었다.

"용건은 들었겠지?"

진시가 물었다. 또 무리한 것인지 안색이 살짝 안 좋았다. 돌아갈 때 억지로라도 재워야겠다.

"아이린 비전하 일 말인가요?"

"이야기가 빠르겠군. 우선 뤄먼 공에게서 이야기를 듣고 싶은데."

서론 없이 바로 본 용건이 진행되었다.

"제가 이야기할 수 있는 부분은 의관 보조 관녀인 야오 문제

뿐입니다."

'거짓말이네.'

마오마오는 생각했다. 아니, 거짓말은 아니겠지만 사실도 아니다. 아버지는 신중한 성격이다. 정확히 말하면 '확실하게 근거가 있는 부분은'이라고 해야 할 것이다. 억측만으로 매사를 이야기해서는 안 된다는 지론을 지닌 사람이다.

"야오의 증상은 매우 심각하며 복통에 구토, 설사 증세를 보이고 있습니다. 잠시 소강 상태를 보였으나 다시 용태가 악화되었고, 지금은 다소 진정된 상태입니다."

마오마오도 들었던 대로였다. 증상이 말향 독과 똑같다. 하지만 증세가 무겁고, 또 상태가 악화된 일은 살짝 고개를 갸웃거리게 되는 부분이었다.

말향 재료인 붓순나무에는 독이 있다. 때로는 사람을 죽음에 이르게 할 수도 있는 맹독이지만, 특히 독성이 강한 부분은 열매다. 향을 만들 때는 그 잎이나 나무껍질을 가루로 내어 사용한다. 그렇게 심각한 증상을 일으킬 정도로 많은 양을 먹었다면.

'아무리 그래도 알아차렸을 텐데.'

마오마오는 야오에게 독 시식 방법을 가르쳐 주었다. 냄새를 맡아서 알아보는 방법도 알려 주었다. 하지만 독 시식을 하기 전 안색이 나빴기에, 혹시 코가 막힌 건 아닌가 걱정했었다.

그러나 아버지의 다음 한마디에 마오마오의 의심은 결정적인 근거를 얻었다.

"사용된 독은 버섯 독으로 여겨집니다. 붓순나무 독이 아닙니다."

전제를 뒤집는 발언에 주위는 모두 아연실색했다. 이 자리에 아버지를 부른 이유는 근거를 모아, 아이린의 용의를 확고하게 하기 위해서였을 텐데 말이다.

"그렇구나…."

마오마오는 납득했다. 버섯 독이라면 붓순나무보다 훨씬 강력한 종류가 많다. 무엇보다 증상도 비슷하다. 버섯 독의 냄새와 맛은 아무리 야오라도 알아보기 힘들었을 것이다.

모두 어안이 벙벙해진 가운데 라한이 몸을 내밀었다.

"그럼 아이린 비전하는 억울한 누명을 썼다고 생각해도 되는 건가요, 작은할아버님?"

반가운 말투였다. 그도 그럴 터였다. 자신이 끌어들인 인물이 문제를 일으켰을 경우, 라한 본인 역시 책임을 져야 하니 말이다. 이 인간에게 그것은 계산 밖의 사태임이 분명하다.

"나는 말향 독이 아니라고 말했을 뿐이야."

아버지의 번거로운 소리에 주위 사람들은 모두 짜증이 난 표정을 지었다.

"제가 말씀드려도 될까요?"

마오마오는 이야기를 빠르게 진행시키기 위해 직접 발언하기로 했다.

아버지의 발언에 휘말리지 않도록 최대한 객관적으로 사실들을 나열하면서 말이다.

"무녀와 또 한 명의 독 시식 담당은 복통과 구토라는 같은 증상을 보이고 있습니다. 야오에 비하면 상당히 가벼운 증상이고, 사흘쯤 지나니 몸 상태도 많이 좋아졌습니다. 버섯 독이라고 가정했을 때 의아한 점이 있다면 무녀 측에서 복용한 양이 지나치게 적다는 점, 그리고 독이 빨리 돌았다는 인상이 든다는 점입니다."

독버섯 중에서도 증상으로 볼 때 독우산광대버섯이 연상된다. 그 독은 강력하면서도 효과가 늦게 나타난다. 독의 증상이 나타날 때쯤 되면 독이 이미 몸에 다 흡수된 후라는 무시무시한 특징이 있고, 다 나았나 싶으면 또 다음 증상이 나타난다고 한다. 아버지의 처치가 잘못되었다고 생각하진 않지만 야오가 버섯 독 때문에 그런 상태에 빠졌다고 가정하면 붓순나무 독보다 훨씬 심각하다고 생각해야 한다.

마오마오도 증상이 독버섯 같다고 생각하긴 했지만, 그렇게 생각하면서도 가능성은 제외시켰다. 이유는 독의 증상이 나타나는 것은 6시간 이상 지난 후이기 때문이다. 독 시식 일을 하면서 그렇게 독의 효과가 늦게 나타난 경우는 매우 드물었다.

'아버지도 그 정도는 알고 있겠지.'

그런데도 이런 발언을 하는 데에는 이유가 있을 것이다. 독을 빨리 돌게 하는 약이 따로 있었던 걸까, 아니면 독우산광대버섯이 아닌 다른 독버섯을 말하는 걸까. 또는….

'독 시식하기 전에 그것을 먹었던 걸까….'

…….

마오마오는 저도 모르게 탁자를 쾅 내리쳤다.

왜 지금까지 알아차리지 못했을까. 아까 무녀가 있던 별궁에서 나눴던 대화가 떠올랐다.

"진시 님."

"뭐지?"

"샤오의 무녀에게 아이린 비전하가 용의자라는 사실을 전달하셨나요?"

"아니, 확실히 알아낼 때까지는 말할 생각이 없었다. 쓸데없이 불안을 부채질하고 싶진 않았으니까."

그렇다. 틀림없이 그럴 터였다. 하지만 별궁의 시녀는 이렇게 말했다.

'기분의 문제입니다. 상대가 상대인 만큼, 기분이 좋으실 리가 없습니다.'

'…네. 원래 차기 무녀 후보로서 수련하던 분들이십니다.'

마오마오는 이 대화를 나눌 때, 용의자가 누구인지 무녀도 이미 이야기를 다 들었다고 생각했다. 마오마오는 정보를 들은 상태이기 때문에 상대도 당연히 알고 있을 거라고만 생각했다.

'무녀의 시녀가 어떻게 그걸 알고 있었지?'

야오의 증상은 심각하고 무녀와 다른 독 시식 담당은 가벼운 이유. 독이 드는 시간의 오차. 이 모든 것들이 다 하나로 설명된다.

"아버지…. 추론인데 말해도 돼?"

마오마오는 아버지를 진지하게 바라보며 물었다. 아버지는 난처한 표정을 지었다.

"입 밖에 낸 일에 책임질 수 있겠니?"

말로 표현해 버린 이상, 말하지 않았던 때로는 돌아갈 수 없다.

"하지만 꼭 말해야만 할 때도 있잖아."

아버지는 말이 없었다. 마오마오는 그것을 승낙으로 받아들였다.

"뭔가 있나 보군."

"네. 어디까지나 한 가지 추론이지만요."

이런 식으로 말하는 건 도망칠 길을 만들어 두고 싶어서인지도 모른다. 하지만 마오마오도 딱 잘라 단언할 만큼 확고한 자신은 없었다.

"독살 기도를 한 범인은 아이린 비전하가 아니라고 생각합니다."

"근거는?"

진시는 마오마오의 말을 바로 곧이듣지 않고 설명을 요구했다. 라한과 바센도 마오마오를 바라보았다.

"독이 아버지… 아니, 칸 의관님이 말씀하시는 독버섯이라고 가정할 경우 아이린 비전하가 독을 탔다고 생각하기는 어렵기 때문입니다."

독이 효력을 드러내기 시작하는 시간을 따져 볼 때, 독우산 광대버섯 종류라면 식사회 전에 독을 먹여 놓았어야 한다. 아이린은 후궁에서 나온 후 쭉 감시를 당하고 있었다. 시녀가 눈을 뗀 적은 있었지만, 방 밖으로 나갈 수도 없었고 주위에 자기편도 없다. 식사회 전에 독을 타는 건 불가능하다.

"그럼 식사회 전에 다른 누군가가 독을 먹였다고?"

"네. 독을 먹인 건 별궁에서였을 겁니다."

며칠 전부터 야오는 별궁에서 무녀 일행과 같은 식사를 해 왔다. 이미 별궁에 있을 때 독을 먹었다고 생각하는 것이 타당하며, 그럴 경우 독을 넣은 인물은.

"무녀의 시중을 드는 자들 중 한 명이었다고 생각합니다. 다시 말해 자작극입니다."

"""?!"""

모든 이가 놀란 가운데 아버지만은 표정이 변하지 않았다.

아버지 또한 같은 생각을 했으리라. 하지만 억측을 쉽게 입 밖에 내지 않는 사람, 그것이 아버지다.

자작극이라면 야오 외의 다른 두 명의 증상이 가벼운 이유도 설명할 수 있다. 독을 섭취한 사람은 야오 한 명뿐이고, 다른 두 명은 연기를 하고 있거나 또는 증상이 가벼운 다른 독을 복용했기 때문이다. 그렇다면 누가 용의자인지 몰라야 할 사람이 그것을 알고 있는 이유 역시 설명이 된다.

이 사건이 자작극이며, 그 죄를 아이린에게 뒤집어씌우기 위해서 이루어진 일이라면. 오래전부터 알고 있던 사이였다면 무녀는 아이린이 독버섯과 비슷한 독성이 있는 말향을 애용해 왔다는 사실도 알고 있었으리라.

억측을 입 밖에 내서는 안 된다는 아버지의 가르침의 의미는 잘 알고 있다. 하지만 마오마오도 울컥 화가 치밀 때가 있다.

'야오를 끌어들인 이유는!'

야오가 심각한 증세를 보이면 그만큼 사람들이 받을 독살의 충격도 클 것이다. 야오는 그 때문에 이용당했다. 자존심이 조금 강한 성격이긴 해도 야오는 사실 정직하고 향학열 높은 소녀다.

옌옌만큼은 아니지만 마오마오도 야오 때문에 화가 나 있었다.

뒤늦게 손이 저릿하게 마비되는 느낌을 받은 마오마오는 자신이 냉정함을 잃은 채 이야기를 하고 있는 게 아닌가 생각하고 정신을 차렸다. 주위를 둘러보니 아버지는 여전히 아무 말이 없고, 다른 사람들은 모두 멍한 표정이었다.

"질문이 한 가지 있다."

제일 먼저 입을 연 사람은 바센이었다. 이럴 때는 반응이 빠르다.

"왜 무녀가 아이린 비전하를 함정에 빠뜨리려 하는 거지?"

"그건 저도 짚이는 데가 있습니다."

마오마오 대신 라한이 손을 들었다.

"아이린 비전하는 무녀가 아이를 낳았을지도 모른다, 심지어 그 아이가 바이냥냥일 수도 있다는 이야기를 제게 한 적이 있습니다. 따라서 저는 마오마오에게 그 무녀가 경산부인지 아닌지 확인하도록 부탁했지요."

무녀로서의 자격이 없으면 무녀 지위는 바로 박탈당한다. 어쩌면 처벌을 받을지도 모른다.

"무녀가 바이냥냥의 모친이라니… 이것 참, 어마어마한 사건이군."

이렇게 되면 아이린 비가 망명한 이유는 정적의 존재뿐만이 아니라, 무녀의 비밀 중 일부를 알아 버렸다는 것도 있다고 생각할 수 있다.

그리고 무녀가 리국까지 찾아온 이유도.

"입막음을 하기 위해서라고 생각하면…."

라한의 발언에 마오마오는 뭔가 석연찮은 느낌을 받았다.

어째서일까. 큰 무리 없는 추리 같은데, 왠지 정체 모를 무언가가 길을 잃고 헤매는 듯한 찜찜함이 남았다.

마오마오는 아버지를 보았다.

아버지는 긍정도 부정도 하지 않고 그저 아무 말 없이 앉아 있기만 했다.

18 화 ∶ 남녀의 거래

"뭐면 공과 함께 돌아가지 않는 건가?"

진시는 방에 남아 목욕물을 준비하는 마오마오에게 물었다.

"진시 님의 안색이 지나치게 나쁘시기에. 대체 며칠 밤을 지새우셨죠?"

질문에 질문으로 답하면서 마오마오는 잠이 잘 오는 약탕을 내밀었다. 라한은 뤄먼과 함께 돌아가고, 바센은 그 둘을 배웅하러 나갔다.

"밤을 새운 적은 없다."

"질문을 바꾸겠습니다. 최근 며칠 동안의 총 수면 시간은 얼마나 되죠?"

진시는 손가락을 꼽아 보았으나 양손이 모두 필요할 것 같진 않았다. 진시는 노골적으로 표정을 일그러뜨리며 약탕을 마셨다.

"내일은 일찍 일어나셔야 하나요?"

"아냐, 드디어 일을 좀 일단락 지었다. 아니 궁으로 돌아온 것 자체도 겨우 오늘이 되어서였지."

정말 수고가 많으시다.

"스이렌 님께서 걱정이 많으시던데요."

"너는 걱정해 주지 않는 건가?"

찻잔을 입술에 대며 진시가 물었다. 옷깃 가슴팍을 푸는 모습을 보고 마오마오는 잠옷이 어디 있더라, 하고 찾았다. 때마침 스이렌이 들어와 준 건 좋았으나 마오마오에게 잠옷을 건네주고는 재빨리 나가 버렸다.

'이걸로 갈아입히라는 뜻인가?'

전에 진시 밑에서 일했을 때, 싫지만 억지로 옷을 갈아입혀 줘야 했던 적이 있었다. 솔직히 이 정도는 혼자 할 수 있지 않나, 하는 마오마오의 생각과 늘 누군가가 해 주는 게 기본이었던 진시 사이에는 넘을 수 없는 평행선이 존재했다. 하지만 입장의 차이가 있으니 마오마오가 꺾여 주는 수밖에 없다.

진시가 옷을 벗어 툭 떨어뜨리자 마오마오는 잠옷을 어깨에 걸쳐 주었다. 그리고 허리띠를 둘러 가볍게 묶어 준 뒤, 진시가 떨어뜨린 옷을 주웠다.

"옌옌도 이렇게 옷을 갈아입혀 드렸나요?"

어이가 없다는 표정으로 마오마오가 물었다.

"아니, 시킨 적 없는데."

"머리 묶기는 했다던데요."

머리까지 묶어 줬다면 당연히 옷 갈아입히는 일도 도왔으리라 생각했다.

"머리를 묶게끔 하긴 했지만, 시종일관 스이렌이 감시하고 있었지."

"그랬나요?"

"그래, 등 뒤에서 단숨에 푹 찌르지 못하도록 말이야."

"서⋯."

마오마오는 '설마'라고 말하려다 멈췄다. 아가씨 결핍증에 빠진 옌옌이라면 그럴 일 없다고 딱 잘라 말하긴 힘들다.

"스이렌은 과보호 기질이 있어. 방에 단둘이만 있는 일도 없었다."

하지만 지금 현재, 진시와 마오마오는 방에 단둘뿐이다.

"⋯⋯."

"스이렌은 너를 높이 평가하니까."

"높은 평가를 받아 봤자 아무 소용도 없는데요."

마오마오에게는 아무런 이득도 없다. 스이렌이 자신을 높이 평가해서 도대체 무슨 좋은 일이 있단 말인가.

다 마신 찻잔을 가져가려 하는데 진시가 갑자기 마오마오의 손목을 덥석 잡았다.

"항상 그렇게 얼버무리려 하지."

"글쎄요, 무슨 말씀이신가요?"

이대로 방 안에 계속 있는 건 위험하다. 마오마오는 빨리 물러나고 싶었지만 진시가 손을 놓아주지 않았다.

"스이렌이 재촉하더군. 빨리 비를 들이는 게 좋겠다고. 일이 줄어들 거라면서."

"그랬군요."

마오마오는 완전히 남의 일처럼 대꾸했다.

하지만 그 때문에 진시는 기분이 상한 듯했다.

"내가 무슨 말을 하고 싶은지 알면서 왜 아무 일도 없었던 것처럼 행동하지? 그렇게 얽히기 싫은 건가?"

"그….."

대답하려다 말고 입을 틀어막았으나 때는 이미 늦었다.

"방금 그렇다고 대답하려고 했지?"

"신경 쓰지 마십시오."

진시의 눈이 가늘어졌다. 눈 밑에는 희미한 그늘이 드리워져 있었다.

'나한테 시비 걸 시간이 있으면 한숨이라도 더 자지.'

많이 지쳐 보이는데 빨리 잠이나 자라고 말하고 싶었다.

하지만 진시는 계속 말을 이었다.

"이러니까 뭐면 공도 고생하는 거야. 군사의 기분도 이해가 되는군."

"……."

울컥 화가 치밀었다.

진시도 많이 지쳤으리라. 불만을 털어놓을 수도 없을 테니 이래저래 울분도 쌓였을 테고, 심지어 수면도 부족한 상태다.

평소였다면 좀 더 배려해서 이런 말을 입 밖에 내진 않았을 것이다. 하지만 진시는 금기어를 내뱉고 말았다.

군사 일도 그렇지만, 지금의 마오마오에게는 '뤄먼'이라는 말이 너무나 크게 울려 퍼졌다.

오늘은 드물게도 마오마오가 뤄먼에게 반감을 갖게 된 날이었다. 그런데 진시가 말해 버린 것이다.

진시뿐만 아니라 마오마오도 연일 이어지는 과로 때문에 지쳐 있었는지도 모른다.

저도 모르게 폭발하고 말았다.

"진시 님, 진시 님은 저를 보고 말이 너무 부족하다고 말씀하시지만 진시 님도 남의 이야기를 하실 처지는 아니지 않습니까? 항상 제게 '알아채라'라고 말씀하시는 듯한 언동만 취하고 계시지 않습니까? 뭐? 알아채라고? 분위기로 느끼라고? 아아, 생각나네요. 기루 손님들 중 그런 사람들이 종종 있지요. 말로 표현하지 않고, '내 등을 봐라. 알겠지?'라는 태도만 취하는 분들. 좋아하는 여자에게 자기 마음을 똑바로 전하지도 못하고.

여자와 분위기가 좋아졌다고 생각하면 거기서 안심하고는 편지도 뭣도 건네지 않죠. 결과적으로 옆에서 누군가가 나타나서 여자를 낚아채 가 버리는, 그런 한심한 남자들이 떠오르는군요. 그렇게 차인 다음에는 또다시 기루에 찾아와서 술을 마시며 기녀들에게 불평을 늘어놓곤 하지요. 그럴 바에는 처음부터 상대에게 확실하게 속마음을 전했어야 하지 않을까요. 딱 잘라서, 단호하게. 상대를 불안하게 만들지 않도록, 뚜렷하게 말해야 한다고요."

마오마오는 단숨에 내뱉었다. 별일이 다 있다. 마오마오도 자신의 입에서 이렇게 한꺼번에 많은 말들이 쏟아졌다는 사실에 깜짝 놀랐다.

진시도 놀랐으나 표정은 금세 바뀌었다. 진시는 침대에서 일어나 서서 마오마오를 내려다보았다.

'크, 큰일 났다.'

이제 어쩌나. 오는 말이 있으면 가는 말이 있다고, 정확히 그 상황이다.

"딱 잘라서 뚜렷하게 말하면 되는 건가? 그렇게 말하면 너는 내 이야기를 제대로 들어 줄 건가? 다 들었다, 정말이지! 꼭이다! 지금부터 말할 테니까 귀 막지 말고 확실히 들어!"

진시는 재빨리 귀를 틀어막으려 하는 마오마오의 양손을 붙들었다.

진시는, 잠시 숨을 들이마셨다. 그리고 왠지 쑥스러운 표정을 지으며 마오마오를 바라보았다.

"너, 아니, 마오마오! 잘 들어라! 나는 너를 아내로 삼겠다!"

들었다. 들어 버렸다.

마오마오에게는 사형 선고나 다름없는 말을 듣고 말았다.

지금까지 진시의 애매한 언동은 말하자면 마오마오를 배려해 준 결과였다. 뚜렷하게 자신의 뜻을 말해 버리면, 진시와 마오마오의 입장으로 볼 때 그것은 명령이 된다. 마오마오에게 그 말을 거스를 방도는 전혀 없다.

진시의 얼굴은 희미하게 붉어진 데 반해 마오마오의 얼굴은 다소 파랗게 질렸다.

"이 자리에 신선이 나타나 시간을 되감아 줄 수는 없는 걸까."

"이봐, 머릿속 생각이 입 밖으로 줄줄 새어 나오고 있는데."

쑥스러운지 시선을 살짝 돌리긴 했지만, 마오마오의 두 손목은 아직 놓아주지 않았다. 무어라 형언키 힘든 분위기가 흘렀다.

"…하지만, 뭐."

진시는 후우, 하고 한숨을 내쉬었다.

"지금 상황으로는 전에 네가 말했듯이 폐해가 발생하지. 그렇게 되는 일은 너도 원치 않겠지?"

달아오른 얼굴을 가라앉히려는지 진시는 침대 앞에 놓여 있던 물주전자를 입에 직접 들이댔다.

"반드시 납득할 수 있는 상황으로 만들어 줄 테니, 각오하고 있어라."

진시는 그 말만 남기고 침대에 드러누워 버렸다.

"네가 두려워하는 상황은 절대 만들지 않을 것이야."

잠든 숨소리가 들려왔다.

'내가 두려워하는 일.'

마오마오는 교쿠요 황후의 얼굴을 떠올렸다.

'진시 님은 모르시겠지.'

진시 자신의 진정한 출생의 비밀을.

'교쿠요 님은 어떠실까?'

그리고 주상이 진시에게 품은 진정한 속마음은.

또 아뒤는.

'지나치게 많이 알면 좋지 않아.'

진시는 진실을 알면서도 마오마오가 납득할 수 있는 수단을 선택해 줄까. 마오마오 혼자만으로는 안 된다. 주위 사람들 모두가 입 다물게 만들 상황을 만들어 낼 수 있을까.

'그건 힘들 텐데.'

모든 사람이 다 납득하고 이해할 수 있는 세계를 만든다는 건 너무 어려운 일이다. 그 위치가 올라가면 올라갈수록 더욱 힘들어진다.

 마오마오는 고개를 절레절레 저으며 방을 나서려 했다. 하지만 방 입구에서 흐뭇한 표정을 짓고 있던 스이렌이 어째서인지 엄지를 번쩍 치켜 올렸다.

 마오마오는 할멈을 노려보며 그 옆을 재빨리 스쳐 지나갔다.

약사의 혼잣말

1 9 화 ⦂ 진실의 진실

그 후로 며칠 동안 진시에게서 아무런 소식도 없는 채 시간이 흘러갔다.

마오마오는 자신의 말이 절대적이라고는 생각하지 않는다. 하지만 그때 아버지에게 반발해서 내뱉었던 말들은 틀리지 않았다고 생각한다.

그러나 무녀 독살 미수 사건은 여전히 아이린을 용의자로 둔 채 진행되고 있었다.

아이린은 추궁하니 자백했다고 했다. 범행 이유는, 자기도 결코 이 나라에 오고 싶었던 건 아니지만 강제로 오게 되었으며 그 요인 중 하나였던 무녀에게 원한이 있었기 때문이라고 했다. 아이린은 원래 무녀 후보였으며 무녀가 되기 위해 키워졌다. 그러나 그 기회는 내내 무녀 자리에 눌러앉아 있던 인물 때문에 사라지고 말았다.

아이린이 무녀와 리국 양쪽에 대한 불만을 털어놓으며 자백했다면, 이젠 자포자기했다고밖에 생각할 수가 없다.

'황제에 대한 불만까지 담으면 인상이 최악이겠지.'

생각이 얄팍한 이국 여자가 원한을 품고 무녀를 습격했다.

그렇다고 해 두는 편이 편해진다.

"웃기지 말라고 해⋯."

마오마오는 보고하러 왔던 라한을 향해 무심코 그렇게 내뱉었다. 전령을 통해 전달시킬 이야기가 아니었기에, 라한은 마오마오를 불러내 직접 이야기하고 있었다. 일부러 약 심부름인 척하며 불러낸 자리였다.

"나한테 그런 소리 해 봤자 아무 소용도 없어."

라한은 위장약을 먹으며 말했다. 이런 녀석도 위장이 아파지는 때가 있는 건가, 하고 마오마오는 새삼 생각했다.

"나도 이상하다고 생각은 해. 아이린 비가 무녀를 그렇게 잘 따랐다던 이야기를 들었는걸. 그런데 이제 와서 원망이라니⋯."

라한은 고개를 가로저으며 깊은 한숨을 내쉬었다.

"그리고 보니 그 야오인가 하는 관녀는 어떻게 됐지?"

아무래도 이야기를 가져온 당사자인 만큼 라한도 야오에게 죄책감을 느끼는 모양이었다.

"아마 이제 괜찮을 거야. 후유증은 남을지도 모르지만."

야오는 아버지와 옌옌의 간호 덕분에 많이 좋아졌다. 하지만 아직 완벽하게 회복되었다고는 할 수 없고, "독인 줄도 모르고 먹었다니…." 하고 풀이 죽은 상태였다. 독버섯은 생각보다 꽤 맛이 좋기 때문에 모르는 것도 당연하다고 마오마오는 말하려 했지만, 아버지가 슬그머니 제지했다. 전혀 위로가 되지 않고, 오히려 역효과를 일으킬 말이라는 뜻이다.

마오마오는 하루에 한 번 무녀를 찾아가 용태를 진료했으나, 솔직히 자신의 표정을 잘 감추고 있다는 자신은 없었다.

무녀가 꾀병을 부리고 있다면 마오마오가 용태를 물을 필요도 없고, 무엇보다 무녀는 아이린에게 죄를 뒤집어씌운 공범이다.

무녀와 면회를 할 시간은 있는데도 그 점을 추궁하지 못하니 분하기 짝이 없었다.

무엇보다 마오마오가 내뱉은 말은 추측에 불과하며 뚜렷한 증거가 없다. 만일 아이린을 함정에 빠뜨리기 위해 일부러 바깥세상에 나온다 한들 도대체 어떤 약점을 잡을 수 있단 말인가. 위험이 너무 큰 일이다.

"그 여자는 무녀의 어떤 약점을 잡고 있는 거지…."

"나는 당연히 두 사람의 관계가 양호할 거라고만 생각했어. 확실히 약점을 잡으려 하고는 있었지만. 무녀에게 나쁜 인상을 갖고 있기보다는 존경하고 있는 듯 보였는데."

라한은 탁자에 팔꿈치를 짚으며 물을 마셨다. 마오마오는 문득 생각이 나, "배 속에 뭐가 좀 들어 있지 않으면 위장 상할걸." 하고 말해 주었다. 그랬더니 라한은 불만스러운 표정을 지으며 서랍에서 간식을 꺼냈다. 고구마 소가 들어간 찐빵을 본 마오마오가 "고기가 든 건 없어?" 하고 묻자 "없어."라고 답했다. 마음에 안 든다.

마오마오는 할 수 없이 고구마 찐빵을 빼앗아 먹으며 이야기를 이어 갔다.

"양호하다면 이런 일은 안 생겼겠지."

"적어도 아이린 비는 무녀를 진심으로 따르는 것 같아. 그렇지 않고서야 그런 진술을 할 리가 없지 않겠어? 아무리 억울한 누명이라 해도."

"…그건 그렇지."

"변명할 말이 있다면 들어 주겠다고 했는데도 노골적으로 자포자기한 태도를 취하면서…. 엄청난 배우야."

라한은 아이린이 누명을 썼다는 가설을 믿어 의심치 않는 모양이었다.

무녀에 대해 험담을 하며 자백하는 아이린 비의 모습은, 반대로 말하면 자신에게 죄를 뒤집어씌우고 있는 꼴이라고 할 수도 있겠다.

"아이린에게서 무녀와의 관계에 대해 어디까지 들었지?"

"전에 말했던 게 다야. 아이린 비는 차기 무녀 후보로서 현무녀 밑에서 5년 정도 견습 수련을 했다고 해. 지금도 견습은 월경이 시작되어 무녀 자격을 잃을 때까지 같은 궁에 산다더군. 원래 무녀 궁을 나가면서 결혼할 자리가 결정되어 있었지만, 아이린 비는 그게 견딜 수 없을 정도로 싫었다고 해. 그래서 사촌 자매와 함께 실력주의자인 할아버지에게 보호를 요청했지. 무녀에게서 배운 지식이 그때 크게 도움이 되었다더군."

그러는 과정에서 특사까지 되었던 걸까. 여자의 몸으로 낯선 이국까지 찾아오게 된 걸 생각하면 그간의 고생이 엿보인다.

견습 무녀 때 갓난아기의 존재를 알고 있었다거나, 또는 알아차렸다고 치고….

"보통은 더 빨리 폭로하려 하지 않아?"

"뭘?"

"갓난아기 말이야. 무녀가 출산 경험이 있다는 의혹."

약점을 쥔 게 아니라, 순수하게 궁금해져서 조사하려 했던 걸까.

"견습 무녀일 때부터 이상하다고 생각했다면, 이제 와서 폭로하겠다고 생각하는 편이 부자연스럽지 않겠어?"

"그건 그렇군."

라한은 미녀에게 약한 성격 탓인지 사고 회로가 살짝 둔해져 있었던 모양이다. 새삼 안경을 치켜 올리며 생각에 잠겼다.

"그럼 이렇게 생각하면 될까?"

라한은 팔짱을 끼고 눈을 감았다.

"사실은 아이를 낳았는지 안 낳았는지를 조사하라는 것 자체가 구실이었다."

"그렇게 생각했다 이거지."

라한은 평소에는 멍해 보이는 인상이지만 머리는 좋다. 사고 방식을 바꾸면 이해는 빠르다.

"그건 그냥 눈속임일 뿐이고, 뒤에서는 더 큰 걸 감추고 있었다. 지금의 사태에 빠지게 된 게 바로 그 때문이다, 라고 생각할 수도 있지."

"듣고 보니 또 앞뒤가 안 맞는 얘긴 아니네."

문제는 무엇을 감추고 있느냐다.

마오마오와 라한은 나란히 끙끙 신음했다.

"여기 아버지가 있었다면….."

"작은할아버님이라면 분명 뭔가 알고 계시겠지. 하지만 알고 계셔도 말씀 안 해 주실지도 몰라."

아버지는 내내 뭔가 석연치 않다는 표정을 짓고 있었다. 마오마오가 알아차리지 못한 무언가를 알고 있는 걸까. 예상은 되지만 어디까지나 예상이기 때문에 입 밖에 내지 않으려 하고 있는지도 모른다.

또다시 답답한 상황이 이어진다.

"작은할아버님께서 직접 무녀를 진찰해 보셨다면 확실히 알수 있었을지도 모르는데."

"미숙해서 미안하다."

마오마오가 비아냥거리며 대꾸했다. 하지만 마오마오도 동감이었다. 아무리 남자라도, 환관이라면 만져도 괜찮을 것 같은데.

"……."

"왜 그래?"

"환관."

마오마오는 이마를 짚었다. 정답의 조각들은 아직 곳곳에 흩어져 있다. 마오마오는 그것들을 떠올렸다.

마오마오는 품속에 넣어 두었던 기록을 꺼냈다. 기록에는 무녀를 문진할 때 적어 놓았던 내용들이 적혀 있었다. 그리고 식사회 때 옌옌이 적어 주었던 답장도 함께 끼워져 있다.

"이게 뭐지?"

"무녀가 자주 먹는다는 식재료. 부인병에 잘 듣는, 그러니까여자의 기운을 높여 주는 종류들이고 이쪽은 그 효능."

의관 할아버지가 옛날에 먹었다는 약의 재료들이기도 하다. 싫은 표정을 지었던 이유는 약이 너무 맛이 없어서 그랬다고 생각했는데, 효용을 보니 쓴웃음밖에 안 나는 내용들이었다.

"…마오마오, 너도 좀 복용하는 편이 낫지 않겠어?"

효용을 보고 라한이 놀리듯 말했다.

"자. 그럼 다음. 환관의 특징을 말해 봐."

"오라버니 대접이 엉망이군. 알았어, 네. 알겠습니다. 말씀해 드리죠. 남자의 기운이 깎이고, 체모가 옅어지고, 목소리가 높아지지."

"그리고 나이를 먹으면 살이 찌기 쉬워지고, 그 후 갑자기 확 늙게 되지. 아버지를 보면 알 수 있겠지만, 그 외에 또 다른 특징이 있어."

그게 무엇이냐는 표정으로 라한이 흥미진진하게 마오마오를 바라보았다.

"남자로서의 성장이 시작되기 전에 거세를 당하면 변성기도 오지 않고, 체모도 나지 않아. 그리고 성장과 관련이 있는 남자의 기운이 없는 탓에 팔다리가 유난히 길어지지."

"나는 무녀를 그렇게 뚫어져라 본 적이 없어서 잘 모르겠지만, 혹시 어쩌면…."

"여자로서는 장신이고, 팔다리가 길고, 요 몇 년 동안 갑자기 살이 찌기 시작했지. 여자의 기운이 깎임에 따라 발생하는 병도, 환관들 중에는 그 비슷한 증세를 보이는 경우가 있어."

특징도 딱 들어맞는다.

"아니, 잠깐 기다려 봐. 아무리 너라도 환관과 여성을 구별 못 할 리가 없잖아? 상반신 정도는 확인했을 테고…. 잠깐, 그렇다면 혹시!"

라한은 아까 본 약의 효용을 떠올린 모양이었다.

"그래. 가슴도 분명 있었어."

마오마오는 빈정거리듯 말하며 아까의 기록을 다시 꺼냈다. 옌옌에게 받은 편지에는 약의 효용이 적혀 있었고, 그중에 설합도 포함되어 있었다.

「설합 : 피부 관리와 미용에 좋다. 영양가가 높고 자양강장에도 좋다. 단, 지나치게 많이 먹으면 가슴이 비대해진다.」

설합은 옌옌이 야오에게 쭉 먹여 온 식재료다. 야오의 발육이 좋을 수밖에 없었다. 자랑스럽게 '키웠다'고 말하던 옌옌의 얼굴이 떠올랐다.

노의관이 쓴웃음을 지은 이유도 여기에 있었는지도 모른다. 지나치게 많이 먹으면 **남자**임에도 불구하고 가슴이 커진다니, 농담이 아니다.

"남녀의 차이를 확인하기 위해서는 우선 가슴부터 보게 되지. 배꼽의 위치를 알아차렸어야 했는데."

워낙 통통한 체형이었기에 의심을 갖고 있었어도 알아보긴 힘들었으리라. 남녀의 나체를 잘 아는 마오마오조차 그랬으니, 야오나 옌옌이 의심하지 않았던 건 당연한 일이다.

환관조차 곁에 가까이 들이지 않은 이유도 알 수 있었다. 무녀의 신체적 특성은 오히려 환관에 가까웠다. 그러니 당연히 들킬까 두려워했으리라.

처음부터 짜여진 일이었다.

'무녀가 경산부인지 아닌지를 조사할 것.'

이 시점에서, 마오마오는 무녀가 거세당한 남자일 거라고는 전혀 생각하지 못했다.

'당했다.'

완전히 속았다. 아버지가 애매한 표정을 지었던 이유도, 마오마오에게서 들은 무녀의 신체적 특성을 통해 그 가능성을 시사하려 했기 때문인지도 모른다. 분명 그 직후 무녀를 진찰했다면 아버지도 발언을 했을 텐데 말이다.

"그러니까 바로 이게 무녀가 지금껏 감춰 왔던 비밀이라고 한다면…."

어마어마한 약점이 된다.

"아니, 잠깐만. 설령 그렇다 해도 이제 와서 타국의 비가 된 여자의 입막음을 하러 찾아올 필요가 있어? 그것도 이렇게까지 복잡한 방법을 동원해서."

"그 점 말인데."

무녀는 여자가 아니었다. 그 가정대로라면 다른 부분에서도 속임수가 존재하지 않을까.

무녀가 죄를 뒤집어씌우려 했다. 아니, 오히려 아이린이 스스로 누명을 쓰려 했다. 그렇다면 도대체 스스로 죄를 뒤집어쓰려는 이유를 알 수가 없다. 아이린이 죄인이 될 경우 오히려 득을 보는 건 리국이다.

"…만약 무녀가 우리나라 국민을 해쳤다면 어떻게 되지?"

"일단은 한 나라의 얼굴이야. 여차하면 전쟁이 벌어지겠지. 지금 아이린 비가 자백해 준 건 정말 고마운 일이었을 거야."

"그럼 아이린이라면 아무 문제없다는 뜻이야?"

"꼭 그렇다는 건 아니지만, 전쟁까지 일어나진 않을 거야. 하지만 샤오 앞에서 우리나라가 저자세를 취하는 꼴은 면하지 못하겠지."

전쟁도 일어나지 않고, 근린의 대국에도 거만한 태도를 취할 수 있다.

머릿속이 뒤죽박죽 복잡해지긴 했지만 차분하게 이야기를 정리해 봐야만 한다. 무녀의 성별에 대해서도 생각해 보자.

"무녀가 남자라는 사실이 샤오에서 밝혀졌을 경우에는 어떻게 되지?"

"이 나라에서 주상이 만일 여성이라는 사실이 드러나면 어떻게 될까?"

질문에 질문으로 답이 날아왔다. 우문이었다. 우선 전제부터 말도 안 된다고 생각해도 좋다. 리국에서는 지금까지 한 번도 여성 황제가 배출되지 않았다. 그렇다, 선제의 모후인 '여제'는 어디까지나 통칭에 불과했을 뿐이고 실제 직함은 황태후였다.

성별을 속이고 즉위했다면 본인이 처벌받는 데서 그치지 않고, 국가의 위신까지 흔들리는 사태가 된다.

"샤오의 경우 정치에는 무녀와 왕, 두 개의 기둥이 있지. 그게 하나로 줄어들었을 경우 유쾌해질 사람은 틀림없이 있을 거야. 설령 다음 무녀가 정해진다 해도 위신은 땅에 처박히겠지. 긴 세월을 들여 힘들게 백피증 무녀를 만들어 놓는데, 그래서는 완전히 무너지고 말 거야."

지금의 무녀가 즉위해서 보낸 기간은 매우 길다. 덕분에 샤오에서는 여성의 발언권이 상당히 강력해졌다. 하지만 그 무녀가 남자였다는 사실이 밝혀지면 근본부터가 흔들리게 된다.

무녀에게 교육을 받은 덕분에 원치 않는 결혼을 회피하고, 여자의 몸으로 특사 지위에까지 오를 수 있었던 아이린은 이 사실을 어떻게 생각할까.

"무녀의 정적, 예를 들어 왕 또는 왕의 관계자가 그 사실을 눈치챘다면? 무녀는 늦든 빠르든 비밀을 폭로 당할 운명이었어. 따라서 본래는 있어서는 안 될 외유外遊를 나온 거지."

마오마오가 사실을 확인하듯 하나하나 말했다.

"외유를 나온 이유는, 왕 일파에게 자신의 정체를 들키지 않기 위해서…."

더는 들키지 않을 수 있는, 또 그들의 손이 닿지 않는 장소로 가기 위해. 증거를 남기지 않기 위해.

마오마오는 이마를 꾹 눌렀다. 아니, 설마, 이게 말이나 되는 소리일까. 마오마오는 이를 갈았다. 하지만 지금까지의 행동을 생각하면 이것이 가장 납득되는 가설이었다.

"자살하기 위해."

마오마오는 무시무시한 추측을 내뱉었다.

약사의 혼잣말

습기를 머금은 바람이 불어왔다. 기온은 몸에 익숙한 기후보다 훨씬 서늘할 텐데도, 피부에 달라붙는 이 축축한 감각에는 통 적응이 되지 않는다. 하지만 햇볕의 기세가 약한 건 건물 안에서도 느낄 수 있다. 평소보다 산책 시간이 조금 더 길다는 사실이 고마웠다.

요 몇 개월 동안 자신은 도대체 얼마나 커다란 모험을 한 걸까, 하는 생각이 들었다. 내내 저택 안에 틀어박혀, 사람들에게 숭배만 받으며 살아온 세월. 누군가의 경애를 받는 건 익숙하고, 당연하며, 동시에 지루하기 짝이 없는 일이었다. 그 자리를 원하는 사람이 있다면 언제든지 넘겨줄 준비는 되어 있었다. 하지만 자기 자신의 존재 때문에 그 기회는 항상 박탈되곤 했다.

'무녀'라 불리는 사이 자신의 본래 이름조차 잊어버리고 말았

다. 만일 자리를 넘겨주고 나면 어떤 이름으로 불려야 할지, 그
조차 걱정될 지경이었다.

겨우 끝이 난다.

무미건조하기만 한 시간을 보내 왔다. 지금 이 시기는 마치
최후의 유예처럼 느껴졌다.

여러 겹의 장막이 쳐져 있는 방 안에서 옷자락 스치는 소리
가 났다. 무슨 일인가 했더니 소녀 한 명이 얼굴을 반쯤 내밀고
이쪽을 엿보고 있었다. 소녀의 이름은 자즈굴, 이는 '봄의 꽃'
을 의미한다. 1년쯤 전에 데려온 소녀로 태어날 때부터 말을 하
지 못한다.

자즈굴이 어떤 경위로 자신의 곁에 오게 되었는지를 묻는 건
눈치 없는 짓이리라. 생김새는 사랑스럽고 예뻐도 팔다리가 지
나치게 가늘고 신체에 영양분이 부족하다는 사실은 한눈에 알
수 있었다. 글을 읽지 못한다고 들었지만, 귀는 들리기 때문에
이쪽 이야기는 알아듣는다. 지식이 없어서 오히려 더 좋았다.

무녀가 손짓을 하자 자즈굴은 신이 난 얼굴로 다가왔다. 오늘
은 손님이 없다. 요 며칠 동안 무녀는 계속 병석에 누워 있어서
자즈굴과 놀아 주지 못했다. 신경을 좀 써 줘야 할 것 같다.

기쁜 얼굴로 다가온 소녀에게 무녀는 웃어 주었다. 무녀는 침
대에서 살며시 내려와 방 한구석에 놓아두었던 도구를 집어 들
었다. 그 속에는 염료가 들어 있었다. 무녀는 손가락 끝으로 붉

은 염료를 살짝 떠서 소녀의 얼굴에 발라 주었다. 이미 새겨져 있는 문신을 강조하듯, 그 테두리를 따라 그렸다. 자즈굴은 즐거운 얼굴로 가만히 있었다.

타인과 대화를 하지 않아서인지, 아니면 배움이 없어서인지, 생김새보다 훨씬 어려 보였다.

무녀는 소녀의 얼굴을 붉게 칠해 주고 난 뒤 양피지를 꺼냈다. 책상에 염료를 늘어놓고 자즈굴에게 물새 깃털을 건넸다.

"오늘은 어떤 꿈을 꾸었지?"

무녀가 물으니 자즈굴은 서투른 솜씨로 그림을 그리기 시작했다. 말도 하지 못하고 글자도 쓸 수 없으니, 사용할 수 있는 수단은 어설픈 그림밖에 없다.

그림을 그리기 시작하면 금세 몰두한다. 하지만 계속 무녀의 방에 있게 할 수는 없다. 이제 곧 식사 시간이다.

"방으로 돌아가렴."

무녀는 양피지와 염료를 정리해서 자즈굴에게 건넸다. 양피지는 부피가 커서 거치적거리기 때문에 자즈굴은 제대로 받아들지 못하고 자꾸만 놓쳤다. 자즈굴은 계속 무녀의 곁에 있고 싶은지, 양피지를 주우며 눈치를 보았지만 할 수 없는 일이다. 무녀는 평소보다 더욱 다정한 손길로 머리를 쓰다듬어 주었다.

"계속 함께 있을 수는 없단다. 그림도 혼자서 그릴 수 있겠지?"

소녀가 고개를 끄덕이자 무녀는 미소를 지었다.

자즈굴이 나가고 나서 얼마 후 가무스름한 피부의 시녀가 들어왔다. 무녀는 이 인물을 무격巫覡이라 부르고 있다. 무격이란, 결국 의미는 '무녀'와 똑같은 존재다. 무격 역시 무녀와 마찬가지로 자신의 이름을 잊어버렸으리라. 선대 무격에게서 자리를 물려받은 후 벌써 20년 가까이 무녀 곁을 지켜 왔다.

'무녀'란 사실 '신의 아이'라는 뜻이란다.

선대 무격이 했던 말이 떠올랐다. '신의 아이'를 모시는 자라면 '무격'이라 불러도 합당하다. 신의 음성을 듣는 일이 바로 '무巫'가 할 일이니 말이다.

'신의 아이'는 어느샌가 '무녀'라고 불리게 되었다. 선택받은 자가 여자밖에 없었기 때문일까, 아니면 여자만 남았기 때문일까, 어느 쪽이었을까.

이 무녀 또한 자신이 '무녀'라 불리기에 합당한 존재라고 생각했다.

무녀는 어린 시절 선대 무격에 의해 선발되었다. 철이 들기도 전 불려 가, 내내 궁 깊은 곳에서 살았다.

늘 특별하다는 말만 들었다. 하얀 머리카락에 하얀 피부에 붉은 눈동자. 색소가 부족하기 때문에 오히려 신의 목소리를 들을 수 있다고 했다.

무녀의 일거수일투족이 전부 점술이 되었고, 무격은 그것을 읽어 냈다.

　하얀 무녀의 점은 잘 들어맞았다. 왕조차 함부로 대할 수 없는 유일한 인물, 아니 인간으로 취급할 수도 없다며 신으로서 궁 깊은 곳에 앉혀 놓은 존재.

　무녀에게 배움은 필요치 않았다. 그 존재 자체가 가장 높은 곳에 있기 때문이다. 무격들은 대대로 무녀에게 지식을 가르치지 않았다. 그러나 이 무녀를 키운 무격은 특이한 인물이었는지, 무녀에게 글자와 읽고 쓰기를 가르쳤다.

　그래도 세상 물정을 하나도 모르는 건 어쩔 수 없었다.

　'무녀'는 보통 초경과 함께 그 자리에서 물러나게 된다. '무녀' 자격을 잃으면 어떻게 될까. 상상도 하지 못한 채 열 살이 넘고, 열다섯 살이 지나갔다.

　초경은 사람마다 차이가 있기 때문에 역대 '무녀'들 중에도 초경이 오지 않은 자가 있었다고 들었다. 따라서 별로 신기해할 일은 아니었고, 그저 '무녀' 일을 계속하면 된다고 생각했다. 하지만 자신의 육체에 초경이 오지 않는 것 이외에도 또 다른 점이 있다는 사실을 깨닫지 못할 수는 없었다.

　여자로서의 성장은 전혀 오지 않았다. 유방이 커지지도 않고, 그저 신장과 팔다리만이 늘어날 뿐이었다. 아무리 세상 물정을 모른다 해도 남녀의 차이 정도는 안다. 무격에게 물었더니 "당신이 특별하기 때문입니다."라고만 대답했다. 하지만 그 이후로 무녀의 식사에는 익숙지 않은 식재료들이 올라오기 시작했다. 가슴은 커졌지만 여전히 초경은 오지 않았다.

아무것도 모르는 채, 알지 못한 채 세월이 흘러갔다. 무녀로서의 지명도가 올라갔는지 점을 쳐 달라며 찾아오는 사람들이 늘어났다. 무녀는 점을 칠 때는 마음대로 행동해도 좋지만 절대 목소리를 내서는 안 된다는 지시를 받았다. 대변代弁은 모조리 무격이 맡아서 했다.

그런 무격도 무녀가 스무 살이 넘었을 무렵 건강이 나빠졌다. 수명이 다 되었기 때문이지만, 사람의 죽음을 본 적이 없는 무녀는 잘 이해가 되지 않았다. 쇠약해진 무격 대신 지금의 무격이 찾아왔다. 무격의 손녀라고 했다.

늙은 무격은 무녀에게 말해 주었다. 무녀에게 왜 초경이 오지 않는지, 왜 여자답지 않은 체격이 되었는지.

무녀가 태어난 고향은 작은 마을이었다. 사막으로 된 대지가 많은 샤오 안에서는 드물게도 녹색이 풍부한, 특별한 곳이었다. 은퇴한 '무녀'가 돌아갈 곳으로 준비되어 있는 장소였고, 마을 사람들 대부분에게는 역대 '무녀'들의 피가 흐르고 있었다.

과거에도 하얀 '무녀'가 존재했으리라. 무녀는 그곳에서 태어났다.

남자로서.

무슨 농담인 줄 알았다. 웃을 수도 없었고, 그냥 자신을 놀리는 줄 알았다.

하지만 무격은 쉰 목소리로 말을 이었다.

당시의 왕은 못난 인간이어서, 샤오가 교역의 중간 지점으로서 번영하고 있었음에도 다른 나라에 전쟁을 걸겠다느니 하는 어처구니없는 소리를 지껄이곤 했다. 신하들이 애써 달래고는 있었으나 고집 세고 완고한 젊은 왕은 남의 말을 들으려 하지 않았다.

왕을 제어할 수 있는 존재는 또 하나의 기둥인 '무녀'밖에 없었다. 하지만 당시 '무녀'의 구심력은 그만큼 강하지 않았고, 이제 곧 은퇴해야 할 연령에 다다라 있었다.

새로운 '무녀'가 탄생하면 왕과 면회를 해야 한다. 하얗고 특별한 '무녀'라면 더욱 깊은 의미가 있는 일이다.

무격은 어리석은 왕을 폐하기 위해 무녀를 이용하기로 했다. 무녀를 **남자**가 아닌 존재로 만들었다. 수컷 새끼 산양에게 하는 방식과 똑같이 무녀를 거세했던 것이다.

무녀는 **여자**로서 왕을 면회했다. 갓난아기가 울음을 터뜨리는 일은 놀랍지 않고, 아기인 무녀는 익숙지 않은 분위기 때문에 울었다고 한다. 하지만 무격은 그것을 핑계 삼아 '왕이 왕자리에 적합하지 않다'는 점 결과를 전달했다.

무녀의 인생 전부를 부정하는 일이나 다름없는 고백이었다. '무녀'로서 20년 이상을 살아왔는데, 그 전부가 다 거짓이었다는 사실을 알게 된 순간이었다.

왕을 폐하기 위해 준비된 장기짝, 고작 그 정도밖에 안 되는 존재였음에도 불구하고 스스로가 특별하다고 믿고 살아온 세월.

무녀는 숨을 거두는 무격에게 욕설을 퍼붓고 싶었다. 하지만 어떤 말로 욕을 해야 할지조차 모를 만큼 무녀는 무지했다. 약간의 지식으로는 아무런 의미도 없었다. 그 얼마 안 되는 지식조차 무격이 양심의 가책에서 벗어나기 위해 무녀에게 가르쳤던 내용들이었으리라.

선대 무격의 죽음과 더불어 무녀는 요양을 목적으로 고향 마을에 가까운 장소로 옮겨 살기 시작했다. 선대 무격은 유능해서, 무녀라는 꼭두각시를 충분히 활용하여 정사를 안정시켜 놓았다. 손녀 무격도 유능하긴 했지만 경험이 부족했으므로 익숙해질 때까지는 도망치는 편이 낫겠다고 판단했던 모양이다.

사실은 무격이 교체됨과 동시에 '무녀' 또한 교체해야 한다는 무언의 재촉을 받긴 했다. 견습 무녀로서 양가 자녀들이 여러 명 무녀 밑으로 들어왔다. 그중에 아이린과 아이라도 있었다. 둘 다 우수한 인재들이었다. 선대 무격이 그랬듯, 무녀도 이 아이들에게 교육을 시켰다. 속이고 있다는 사실에 대한 속죄였는지도 모른다. 하지만 아이들의 미래 가능성을 넓혀 주는 데 도움이 된 것도 사실이었다.

'무녀' 자리 따위는 아무에게나 넘겨줘도 상관없다고 생각했지만, 자신은 결국 그 자리에 매달리는 수밖에 없었다. '무녀'가 되기 위해 만들어진 존재, 이름마저 잊힌 존재이니 말이다.

아이린은 무녀를 잘 따랐으나 다른 많은 견습들은 무녀를 방해꾼 취급했으리라. 아이라도 무녀를 적대시하던 자들 중 하나였다. 쌍둥이처럼 꼭 닮은 두 사람이었으나 성격은 판이했다.

계속 요양만 하며 지낼 순 없다고 생각하던 즈음, 무녀가 태어난 마을에서 심부름꾼이 찾아왔다. 하얀 배내옷으로 감싼 갓난아기를 안고 말이다. 그 아이는 혈관이 다 비쳐 보일 정도로 새하얀 피부를 지니고 있었다.

"무녀님."

익숙한 목소리에 무녀는 깜짝 놀랐다. 눈앞에는 무격이 있었다. 저도 모르게 옛날 일을 생각하느라 넋을 놓았던 모양이다.

"…정말 괜찮으시겠어요?"

눈앞에는 잡탕죽이 놓여 있었다. 그랬다, 식사 준비를 부탁한 것이다.

"이 이상 늦어지는 것도 이상하지 않겠니?"

"……."

무격의 얼굴은 어두웠다. 분명 모든 사실을 다 알고 있을 텐데 왜 그런 표정을 짓는 걸까. 무격은 주먹을 꽉 부르쥐고, 무녀와 눈을 마주치지 않으려는 듯 고개를 숙였다.

"식사는 혼자 하겠다. 그러니 저쪽으로 가 다오."

웃었다. 웃는 수밖에 없었다.

"너라면 뒷일을 맡길 수 있을 테지."

무녀는 천천히 수저를 입으로 옮기려 했으나, 갑자기 밖이 소란스러워졌다.

미간에 주름을 잡은 무녀가 무격과 얼굴을 마주 보고 있는데 문이 활짝 열렸다.

"실례합니다!"

몸집 작은 여자 하나가 리국의 언어로 말하며 대담하게 모습을 드러냈다. 몇 번 왕진을 온 적 있었던 의관 보조 관녀였다. 오늘은 올 예정이 없었을 텐데.

"무, 무례하군요!"

무격이 벌떡 일어났으나, 관녀는 그 옆을 잽싸게 스쳐 지나가서는 무녀 앞으로 다가와 섰다. 경비는 도대체 어떻게 된 걸까.

"무례 아니야. 내 일, 이것!"

관녀가 이번에는 샤오 말로 바꾸어 말했다. 어색한 말투였다.

도대체 무슨 일인가 싶어 넋이 나가 있는 사이 관녀가 수저를 빼앗아 갔다.

그리고 죽을 한 숟갈 떠서 입 안에 집어넣었다.

무녀와 무격의 얼굴이 새파래졌다.

관녀는 히죽 웃으며 눈을 가늘게 뜬 채 무녀를 응시했다.

"맛있다, 버섯죽."

관녀는 의기양양한 얼굴로 말했다.

약사의 혼잣말

마오마오는 죽을 한 입 더 뜨기 위해 숟가락을 뻗었다. 하지만 맛있는 버섯죽은 무녀의 시녀가 빼앗아 가고 말았다.

"무, 무슨 짓을 합니까!"

"뭐냐니, 독 시식인데요."

상대방이 리국 말로 바꿨다. 마오마오의 샤오 말은 아무래도 구사가 어색했던 모양이다. 차라리 고마운 일이었다.

"그 죽을 이리 주시지요. 아직 독 시식이 다 끝나지 않았습니다. 아니면 그 남은 죽을 무녀님께 드시게 할 생각이신가요?"

"……."

시녀가 아무 말이 없자, 마오마오는 잘되었다는 듯 말을 이어 갔다.

"사실 그런 건 없겠지만, 꽤나 귀중한 물건 아닌가요? 입수 증거가 남지 않는 독이라니…."

"무엇을 근거로 말씀하십니까?"

시녀는 한순간 얼굴을 일그러뜨렸으나 금세 차분한 표정으로 돌아갔다. 그렇게나 복잡한 방식을 떠올린 사람들이니, 낯가죽도 두껍다. 무녀도 시치미 뚝 뗀 표정이었다.

'그렇겠지.'

여기서 쉽게 자백해 준다면 일이 얼마나 간단할까.

"그럼 잠시만 기다려 주시겠습니까? 방금 먹은 죽에 독이 들어 있다면 제게도 독의 증상이 나타날 테니까요. 하지만 딱 한 입만으로는 독의 효과를 알아보기 힘드니, 나머지도 이리 주시지요."

마오마오는 손을 뻗었지만 시녀는 죽을 건네려 하지 않았다.

"방금 그 한 입 속에는 기껏해야 버섯 하나 정도밖에 들어 있지 않았습니다. 치사량에 이르지 못했죠. 이리 주십시오."

"바보 같은 소리 하지 않습니다. 독이라면 토합니다."

"아뇨, 토하지 않을 겁니다."

마오마오는 품에서 수첩을 꺼냈다.

"그것은?"

"무녀님의 독 시식 담당이었던 야오라는 관녀의 수기입니다. 향학열이 높은 소녀이며, 독 시식을 할 때 음식에서 이상한 냄새가 나면 먹지 말라고 제가 알려 주었습니다. 설령 아이린 비 전하가 독을 넣었다 해도, 말향이라면 냄새로 알아차렸을 테지

요. 경험은 미숙하지만 초보적인 부분에서 실수를 할 아이는
아닙니다."

그리고 수기에는 식사회 전 며칠 동안의 이야기가 자세히 적
혀 있었다.

"무녀님이 어떤 음식을 드셨는지 전부 다 적어 놓았습니다.
식사회 전, 아침 식사로 이것과 같은 음식으로 여겨지는 죽이
올라왔군요."

수첩에는 「아침 : 버섯이 든 잡탕죽」이라고 적혀 있었다.

"독이 얼마나 지나야 효력을 발휘하는지, 확실하게 계산하셨
겠지요. 식사회가 끝난 후 때맞춰 몸 상태가 나빠지도록. 그리
고 아무리 그래도 죄책감이 들었던 모양이지요? **적절**한 처치
를 하면 살아날 수 있는 양의 독이더군요."

지금은 많이 진정되었다. 내장에 후유증이 남을지 어떨지 걱
정이 되긴 하지만, 생명을 잃을 정도는 아닌 모양이었다. 옌옌
도 마음을 놓았으리라.

"아까부터 계속 무슨 말을 하는지 모르겠습니다. 이미 범인은
자백하지 않았습니까?"

"네, 자백했지요. 범인이 발견되어 처분이 결정됐다는 연락
을 오늘 받으셨겠죠? 그래서 마음 놓고 자살을 기도할 수 있게
된 거죠."

범인을 아이린으로 몰아가야 하는 이상, 무녀는 반드시 유죄

가 확정되고 나서 자살해야 할 필요가 있다. 두 단계에 걸쳐 효력을 발휘하는 독을 선택한 이유도 그것이었으리라. 그에 더해 아이린이 범인이라고 확정되면 그 후 무녀의 죽음도 유야무야 될 가능성이 높다. 괜히 진범을 찾아내려 했다가는 쌍방의 입장이 모두 애매해진다.

두 사람은 냉정하게 마오마오를 쳐다보았다.

'여기서 느닷없이 입막음을 하려 덤비진 않겠지.'

라한이 무녀의 별궁에서 대기하고 있다. 심부름꾼에게 아버지를 불러 오게 했으니 아버지 역시 금방 올 것이다.

'입막음은 어렵겠지만, 여기서 내가 비밀을 폭로하는 건 더 곤란할 테고.'

알고 있다. 그것이 마오마오 자신에게 무슨 득이 되지도 않는다. 지금까지 협박하듯 말했던 건 딱히 죄를 폭로하기 위해서가 아니라, 자신의 이야기를 제대로 듣게 만들기 위한 포석이었다.

"무녀님. 아이린 비전하와 전부터 알고 지내던 사이라고 들었습니다."

"…네, 과거의 무녀 후보였습니다."

무녀가 입을 열었다. 어딘가 쓸쓸한 표정이었다.

'역시.'

아이린은 무녀를 감싸려 했다. 무녀가 일방적으로 아이린에

362

게 죄를 뒤집어씌웠다면 무녀도 이런 반응을 보이진 않을 터였다. 오히려 이 무녀라면 처음부터 아이린이 후궁에 들어올 것 자체를 계산에 넣고 행동했는지도 모른다.

"이대로는 아이린 비전하가 교수형을 당하게 됩니다."

무녀가 움찔했다. 시녀에 비해 무녀는 배우로서 많이 서투른 모양이었다. 동요시킬 거라면 무녀를 노리는 편이 나을 것 같았다.

"샤오에서는 어떨지 모르지만 이 나라에서는 암살은 물론이고 암살 미수까지도 사형에 처해지게 되어 있습니다. 당신을 위해 목숨을 바친 사람을 그냥 못 본 척하실 생각이란 말이지요?"

두 사람은 아무 말도 없었다.

"아이린 비전하를 죽게 내버려 둘 생각이신가요? 장래를 생각해서 열심히 교육까지 시켰는데. 그걸 자기 손으로 꺾어 버릴 건가요?"

마오마오는 단호하게 말했다. 이국에서 온 두 사람은 아무 말도 없었다.

'역시 무리인가.'

마오마오가 다음에는 어떻게 구슬려 볼까 생각하고 있는데 무녀가 침대 위에서 고개를 숙였다. 그리고 오열하는 듯한 소리가 들려왔다.

"무, 무녀님."

"…어떻게 하면 좋습니까?"

흘러나온 목소리에는 위엄이 없고, 지푸라기에 매달리는 듯 덧없기만 했다.

"태어났을 때부터 삶의 방식은 뒤틀려 있었고, 그 흐름에 거스르지 못한 채 살아왔습니다. 제게는 무녀라는 신분밖에 없었지요. 그래서 최후까지 훌륭한 무녀로서 살아가려 했는데…."

정신을 차리고 보니 샤오 어가 터져 나오고 있었다. 마오마오는 최선을 다해 그것을 알아들으려 애썼다.

"무녀님!"

시녀가 무녀를 붙잡고 흔들었지만 무녀의 독백은 이어졌다.

더듬거리는 리국 말과 유창한 샤오 말이 뒤섞여 흘러나왔다.

이야기의 내용은 마오마오의 예상을 크게 벗어나지 않는 듯했다. 지나치게 세력이 커진 무녀가 방해라고 생각한 왕 일파는 무녀를 자리에서 끌어내리려 하고 있었다. 그냥 끌어내려지기만 하면 다행이지만 그 결과 시집갈 곳까지 정해지게 된다면 당황스러울 수밖에 없다.

"무녀라는 존재를 땅바닥에 떨어뜨리는 것이 목적입니다. 저는 그 아이에게 미움을 받았습니다. 아이라에게…."

'아이라….'

또 한 명의 특사. 아이린은 거짓말만 하진 않았다. 진실과 거짓을 교묘하게 뒤섞어 놓았다. 아이라는 자신이 무녀가 되지 못했다는 원한 때문에 백피증을 싫어했는지도 모른다. 바이냥 냥을 이용한 이유도 이해가 된다.

무녀의 정체를 이미 알아차렸는지, 아니면 무녀라는 신성한 존재에서 한낱 누군가의 아내로 끌어내림으로써 부정하려 했던 건지, 그건 알 수 없다. 하지만 무녀가 교체되면 힘이 크게 깎일 것만은 확실했다.

마오마오는 무녀의 정체가 남자라고 딱 잘라 말하진 않았으나, 무녀가 하는 이야기의 맥락으로 보아하니 이쪽에서 이미 알아차리고 있다고 간주하는 느낌이었다. 감정이 격앙된 탓에 저도 모르게 흘렸을지도 모르지만, 굳이 그것을 지적할 마음은 없었다.

"아이린이 제안했습니다."

아이린은 자매처럼 자란 아이라의 속마음을 바로 알아차렸다고 했다. 거기에 바이냥냥도 이용당했다고 말이다.

"그 아이에게 무녀는 특별한 존재였으니까요."

시녀가 말했다.

아이린은 리국의 국내 사정에 밝았다. 무녀가 국외에서 목숨을 잃었을 경우, 그 유체는 뼈만 남아 돌아오게 된다. 리국에서는 매장이 기본이며 화장은 사형을 당한 자에 한해서 이루어지지만, 이는 문화 차이다. 무녀는 불에 태워짐으로써 태양으로 돌아간다고 한다.

'뼛조각만 남으면 아무도 이러쿵저러쿵 떠들어 대지 못하겠지. 성별을 알아볼 수 없을 부분만 가지고 돌아가면 되고.'

무녀의 죽음에 의해 리국은 샤오에 빚이 생긴다. 범인은 샤오 출신이며 이는 부정할 수 없는 사실이다. 그에 더해 샤오는 거치적거리던 무녀를 없앨 수 있다. 그것만으로도 왕은 만족하리라 했다.

"무녀님이 사라지면 결국 똑같은 것 아닌가요?"

"아닙니다."

무녀는 시녀를 슬며시 바라보았다.

"제가 없어도 다음 무녀가 있습니다."

'그랬군.'

무녀 자리에는 보통 초경을 맞이하지 않은 소녀를 세운다. 시녀가 귀국하면, 이 시녀가 새 무녀의 참모가 될 것이다.

"차기 무녀는 저보다 훨씬 뛰어납니다. 그러므로 자리를 넘겨 줍니다."

마흔 줄의 무녀보다 나이가 한참이나 어린 소녀가 뛰어나다니, 근거가 있는 말일까. 마오마오는 의문을 느끼면서도 일단 입을 다물기로 했다.

"제가 없어도 문제가 없습니다."

그러나 무녀의 이 발언에는 한마디 할 수밖에 없었다.

"정말 그럴까요?"

마오마오는 찬물을 끼얹듯 말했다.

"그건 어디까지나 무녀님 측의 이상적인 바람이죠. 만일 이 사실을 저희 주상께서 아시면 화를 내실 거라는 생각은 안 해 보셨나요?"

여기서 거론되는 바는 어디까지나 샤오의 이익뿐이다. 무녀 일행이 제멋대로 소동을 일으키고, 심지어 샤오에 빚까지 만들어 놓았으니 리국 측에는 아무런 이득도 없다. 설령 무녀와 아이린이 희생된다 해도 말이다.

자기 나라를 아끼고 사랑하는 무녀. 하지만 그 갸륵한 마음이 타국에 민폐를 끼치게 되는 것도 사실이다.

"만일 야오가 죽었다면 어떻게 할 생각이었죠?"

이것만은 말하고 싶었다.

마오마오는 야오의 수기를 툭툭 두드렸다. 도대체 야오에게 무슨 죄가 있는지 묻고 싶었다.

"그, 그것은…."

두 사람에게도 죄책감은 있는 모양이었다. 어정쩡하게 약한 독을 쓸 수는 없다. 무녀가 죽어도 이상하지 않을 정도의 독성을 보여 줄 필요는 있었다. 독이 듣는 정도를 어느 정도 조절했다고는 하나, 조금만 잘못했으면 사람이 죽었을 것이다.

"우리나라에는 불이익을 끼쳐 놓고, 자기들만 아름답게 마무리를 지으려 하다니 저도 가만히 있을 수는 없습니다."

"…제가 죽어도 말입니까?"

"죽음으로써 모든 것을 다 끝내려 하는 방식이 마음에 안 든다고요."

마오마오는 제일 하고 싶었던 말을 내뱉을 수 있어서 속이 시원했다. 즉, 최후까지 사태를 지켜보아야 하지 않겠느냐는 이야기다.

문득 벌레를 좋아하던 천진난만한 소녀가 떠올랐다. 눈 속으로 사라진 뒤 행방이 묘연해진 소녀, 언젠가 자신이 그 소녀에게 주었던 비녀가 되돌아오지 않을까 싶어 마오마오는 저도 모르게 가게 좌판을 살펴보곤 했다.

"무녀님이 돌아가신 후 샤오가 우리나라에 무리한 요구를 하지 않는다는 확증이 있나요?"

"…그야, 몇 가지 요구를 하게 되겠지만."

"어떤 요구요? 식량 문제 말인가요?"

"그것도 있습니다. 그리고 또 하나는, 그쪽에 있는 하얀 소녀를 되돌려 받습니다."

"바이냥냥… 말인가요?"

부모 자식일 리는 없으리라. 그러고 보니 처음부터 아이린도 낌새를 풍겼다. 도대체 무슨 관계일까. 아이라가 이용했다면 샤오 주민일 가능성은 있는데 말이다.

"그 아이는 사실 다음 무녀로 육성되어야 했습니다."

바이냥냥은 무녀가 태어난 마을에서 태어났고, 무녀와는 친족 관계라고 한다. 혈족이라는 걸 보니 역시 백피증이 태어나기 쉬운 가계인 모양이지만, 그래도 드문 존재라고 했다.

"그때 순순히 받아들였다면 지금 이런 사태는 되지 않았습니다. 무녀로서 그 자리에 매달릴 수밖에 없었던 저는 하얀 갓난아기를 마을로 되돌려 보냈습니다."

하지만 어째서인지 그 아이는 이렇게 타국을 어지럽히다 못해 죄인이 되고 말았다.

"백피증 아이가 한 명 더 있다면 추후 문제가 됩니다. 그렇게 생각하고 숨겨 기르라고 전했습니다. 하지만….."

"이용당했단 말인가요?"

"저를 실각시키려 하는 자, 아이라가 이용했다 합니다. 5년쯤 전 아이라가 그 아이를 데려갔다고 듣습니다."

무녀는 그저 슬픈 표정으로 고개를 숙였다.

설령 무녀가 되지 못했다 해도, 존재를 은폐당한 백피증 소녀가 갈 만한 곳은 마땅히 없다.

"…즉, 무녀님 때문에 우리나라 입장에서는 온통 피해만 봤다는 말이군요."

"무엄한!"

마오마오의 노골적인 말투에 냉정했던 시녀가 분노를 내뿜었다. 하지만 무녀가 그런 시녀를 제지했다. 둘 중 하나가 감정적인 태도를 보이면 다른 한 사람이 침착하게 대응한다. 오랜 세월 한 쌍으로 지내 온 분위기가 엿보였다.

"사실이니까, 참습니다."

"네, 그렇다면 남은 인생을 속죄하는 데 쓸 생각은 없으신가요?"

마오마오는 생각하고 또 생각해 봤지만 결국 다른 안이 떠오르지 않았기에 그렇게 말하기로 했다. 이 말로 안 된다면 어쩔 수 없다.

"한 번은 진짜 죽어 주셔야겠는데요."

마오마오의 말에 두 사람은 서로 얼굴을 마주 보았다.

2 2 화 : 미래의 무녀

　도자기 그릇 속에 달그랑달그랑 뼛조각 떨어지는 소리가 울려 퍼졌다. 양손 위에 전부 올려놓을 수 있는 크기의 작은 뼛조각밖에 넣을 수 없는 그릇이었다.

　하얀 술 같은 머리카락 다발도 함께 넣고 비단 천으로 감쌌다.

　이 이름 모를 여자의 뼈가 머나먼 타국 땅에서 숭배를 받으리라고는 꿈에도 생각하지 않는다. 수많은 사람들의 배웅을 받으며, 진혼곡이 울려 퍼지는 장례식이 치러질 리도 없다.

　형식적으로만 조의를 표한 뒤 마오마오는 검은 허리띠를 어루만지며 살며시 자리를 떴다.

　무녀는 그 후 예정대로 죽었다. 검시에는 마오마오뿐만 아니라 아버지도 입회했다. 만일 다른 의관이 입회했다면 마오마오는 정말로 한차례 죽었다 살아나는 약을 무녀에게 먹여야만 할 뻔했다.

'아버지라면 얼버무릴 수 없을 테니까.'

협박하는 것 같아서 미안하긴 했지만, 아버지는 사람 생명이 걸리면 아무래도 마음이 약해지는 사람이니 반 정도는 공범으로 만들어 놓았다.

그리고 진짜 무녀로 말할 것 같으면….

"이런 장소인데 괜찮겠습니까, 무녀님?"

진시가 물었다. 이미 무녀가 아니게 된 이 사람을 무어라 불러야 좋을지 알 수 없었으나 결국 전과 다름없이 부르기로 한 모양이다.

이제 무녀가 아니니 남자 접촉 금지 따위는 날아간 지 오래다.

"네, 아주 편안합니다."

진시는 장막이 여러 겹으로 쳐져 있는 방, 무녀에게 직사광선이 닿지 않는 공간을 특별히 준비했다.

"그거 다행이군요. 빛의 밝기가 마음에 들지 않으신다면 바꿔 드릴까 생각하고 있었습니다만."

진시의 뒤에서 남장미인 아둬가 말을 걸었다. 아둬의 별궁은 이렇게 밖으로 존재를 드러낼 수 없는 사람들을 숨겨 주는 장소라 해도 과언이 아니다.

아뒈가 사는 별궁에는 아직까지도 주상이 찾아오곤 한다. 아뒈는 비가 아니지만 그 지혜는 웬만한 관리보다 훨씬 뛰어나다. 또는, 그냥 단순한 술친구로 돌아갔을 수도 있다.

그런 장소에 무녀를 숨겨 줄 이유는 차고도 넘친다.

이 무녀는 샤오 국내에서 '무녀'라는 존재의 입지를 낮추고 싶지 않았다. 따라서 국외에서 숨을 거두고, 그 육체라는 증거를 말소시킬 계획이었다.

망명이라는 수단은 사용이 불가능했다. 무녀의 위엄이 땅에 떨어질 테니 말이다.

무녀가 죽음을 선택하려던 이유는 이 이상 자신이 할 수 있는 일이 없다고 생각했기 때문인지도 모른다.

'그럴 리가 없지.'

옆 나라에서 내내 권력의 정점을 지키고 있던 인물에게 얼마만큼의 가치가 있는지 본인은 정말 모르는 걸까. 그것은 무대에서 내려온 후에도 충분히 쓸모가 있다.

수십 년 동안 축적된 정보에 도대체 얼마나 어마어마한 가치가 있을지 상상도 안 된다.

무녀로서 오랜 세월 살아온 나라를 배반하는 행위가 되겠지만, 지금은 그런 소리를 할 처지도 아닌 모양이다.

"교환 조건에는 전부 응해 주시겠지요?"

"네, 인질이 두 명 있으므로."

인질이란 죄인으로서 붙잡혀 있는 바이냥냥과 아이린을 말한다. 그 두 사람의 죄질을 생각하면 언제 목이 날아가도 이상하지 않다.

"그리고, 샤오에, 원조를 부탁합니다."

무녀는 상당히 호쾌한 발언을 했다.

"거기에 합당한 대가를 치르신다면."

진시 또한 만만찮은 미소를 지었다. 성별을 초월한 존재인 무녀에게는 통하지 않겠지만, 이 어두컴컴한 방 안에서는 비위에 거슬릴 정도로 눈부셔 보였다.

정사에 미추는 없다. 그저 잘 다스리기만 한다면 이런 식으로 처리하는 일도 드물진 않으리라.

마오마오는 진시가 방을 나가자 그 뒤를 따라갔다.

"아아, 잠깐."

무녀가 불러 세우는 바람에 뒤를 돌아보았다. 무녀는 무슨 두루마리를 들고 있었다.

"이것을."

무녀는 물건을 진시가 아니라 마오마오에게 건넸다. 뭘까, 하고 생각하며 두루마리를 펼쳐 보니 둘둘 만 양피지가 여러 개 겹쳐져 있었다. 그리고 거기에는 뿌옇게 흐려진 어설픈 낙서들이 그려져 있었다.

"어린애 낙서?"

마오마오는 저도 모르게 중얼거렸다.

"네."

무녀가 긍정했다. 그 별궁에 어린아이가 있었던가, 하고 생각하던 마오마오가 눈을 동그랗게 떴다.

'한 명 있었지.'

그 시녀가 데리고 다니던 말 못 하는 어린아이 하나. 마오마오 일행 세 사람이 난감해하면서 보호자를 찾아 주려 애쓰던 자즈굴이라는 소녀가 분명히 있었다.

'그러고 보니 별궁에서는 못 봤는데.'

그 자즈굴이 그린 그림이라 치고, 도대체 무슨 의미가 있는 걸까. 물끄러미 낙서를 들여다보던 마오마오는 문득 "으응?" 하고 고개를 갸웃거렸다.

염료로 그린 그 그림에는 하얀 옷을 입은 사람 두 명이 있었다. 아마도 젊은 여자로 보였는데, 그중 한 명의 손에는 붕대 같은 무언가가 감겨 있었다.

"저…인가요?"

"네."

마오마오와 야오를 그린 그림이라면 당연히 받아야 할 것이다. 하지만 자즈굴을 만났을 때는 야오뿐만 아니라 옌옌도 함께 있었다. 그리고 그때는 의관 보조 옷도 입고 있지 않았다.

어떻게 된 일일까, 하고 생각하고 있는데 양피지 뒤에 숫자가 적혀 있었다. 아마 날짜 같았는데, 마오마오에게 익숙한 숫자는 아니었다.

"저어, 이건⋯."

"샤오를 떠나기 전, 자즈굴이 그렸습니다."

"떠나기 전?"

아니, 아무리 생각해도 이상하다. 마오마오 일행과 아직 만나기도 전의 일이 아닌가. 무슨 농담을 하는 걸까.

무녀는 드물게도 살짝 장난스러운 표정을 지었다.

"말씀드렸습니다. 제가 없어도 다음 무녀가 잘해 줄 것입니다. 그날, 자즈굴이 미아가 되었던 날도 그 아이가 드물게 고집을 부렸기에 밖에 나가게 했습니다. 분명 당신들을 만나기 위해서입니다."

"아, 아뇨, 그럴 리가⋯."

마오마오는 확실히 근거가 있는 말만을 믿고 싶다. 무녀가 농담을 하고 있다고만 생각하며 양피지를 넘겨 보았다. 두 장째 양피지에는 무녀로 보이는 인물과 함께 쓸데없이 반짝반짝 빛나는 인물, 늘씬한 인물, 그리고 아까 낙서 속에 있었던 마오마오와 똑같이 생긴 인물의 그림이 그려져 있었다.

지금 이 자리에 있던 사람들과 완벽하게 일치했다.

"⋯⋯."

"다른 한 장도 나중에 천천히 보아 주십시오."

무슨 말을 해야 좋을지 알 수가 없었다. 마오마오는 그저 망연한 표정으로 우두커니 서 있을 뿐이었다.

"한 가지 말씀드리겠습니다. 제게도 옛날에 있었던 일입니다. 샤오의 무녀는 무언가가 결핍되는 대신, 다른 힘을 가진다고 알려져 있습니다. 저는 색이 부족하고, 자즈굴은 목소리가 빠져 있습니다. 제 힘은 스스로의 정체를 안 그 순간 이미 사라져 버렸습니다만."

무녀는 학습 능력이 대단히 뛰어난지, 처음 왔을 때보다 언어 구사가 훨씬 유창해졌다.

멍한 표정을 짓고 있는 마오마오에게로 진시가 돌아왔다.

"이봐, 뭐 하고 있어. 어서 가자."

"아, 네."

마오마오가 다급히 뒤를 쫓아가자 진시는 의아한 표정으로 앞을 향해 걸어갔다. 방금 전 이야기를 듣지 못했던 걸까.

'대체 뭐야. 저 무녀라는 사람은.'

무슨 장치가 있을 것이다. 하지만 알 수가 없다. 아니, 잠깐. 그냥 우연히 그런 그림을 그렸을 뿐인데 상황을 끼워 맞춘 게 아닐까, 하고 생각하며 마오마오는 마차에 올랐다.

그리고 마차에 탄 채 마지막 양피지를 펼친 마오마오는 또다시 고개를 갸웃거리는 수밖에 없었다.

"그게 뭐지?"

"글쎄요?"

거기에는 선이 하나 있고, 아무렇게나 시커멓게 칠을 해 놓은 게 전부인 그림이 그려져 있었다.

매미 소리가 그치고 귀뚜라미 소리가 울려 퍼졌다.

'마을에서는 귀뚜라미 씨름을 한창 시키고 있겠지.'

귀뚜라미끼리 싸움을 붙이는 오락, 즉 투실鬪蟋을 말한다. 투계와 마찬가지로 돈을 거는 경우도 드물지 않지만 지금은 그런 시정의 소란스러움과는 상당히 떨어진 장소에 와 있다. 도성 교외에 있는 저택의 어느 한 방에서, 마오마오는 침대에 누워 있는 야오를 바라보았다. 야오가 태어나고 자란 집이었다.

"빨리 일에 복귀하고 싶은데."

야오는 잠옷 차림으로 밖을 내다보았다. 독 시식 사건 이후로 반달 이상이 흘렀다. 한때는 의식이 혼탁해서 걱정스러울 정도였으나 이제는 별문제 없어 보인다.

"빨리 복귀해 주시면 옌옌이 기뻐할 거예요."

옌옌은 일하는 중이다. 진시 직속 시녀 자리에서 내려와 다시 의국에서 일하고 있지만 아마 건성으로 하고 있을 것이다. 야오가 쓰러진 이후 계속 일에 집중을 못 하고 있었기에 진시 직속 자리에서도 해임당한 상황이었다. 계속 곁에 붙어서 간호하고 싶은 눈치였으나 야오가 내쫓았다.

"옌옌 없이도 잘 해낼 수 있을 거라고 생각했는데."

야오가 독백처럼 중얼거렸다.

"옆에 있었어도 어차피 막을 수 없는 사태였을걸요."

"마오마오 너였어도?"

"……."

저도 모르게 입을 다물고 말았다. 마오마오는 궁금하면 자진해서 독도 먹는 성격이다. 독우산광대버섯도 이미 경험한 바 있는데, 그것이 소화 기관에 흡수되기 전에 다 게워 냈다. 참고로 버섯죽을 빼앗겼을 때도 잊지 않고 소화되기 전 입 속에 손가락을 집어넣어 토했다. 조금 남아 있었던 탓에 그 이후 가벼운 구토 증세가 오긴 했지만 말이다.

'그때도 녹청관 할멈한테 배를 엄청나게 얻어맞았지.'

기녀 낙태에 익숙해진 탓인지 할멈은 사정이 없었다. 위장까지 다 토해 낼 기세였다.

아무튼 그런 연유로 마오마오는 버섯의 식감과 맛에 대해서는 잘 기억하고 있었다. 따라서 음식 속에 버섯의 원형이 남아 있었다면 알아차렸을지도 모른다.

"역시 내가 너무 미숙했던 걸까?"

야오는 앞머리를 쓸어 올렸다. 독 때문에 살이 쭉 빠지긴 했지만 가슴은 아직 건재했다.

마오마오는 아버지에게서 받아 온 약탕을 야오에게 건넸다. 위험한 고비를 넘긴 후로는 자택 요양을 하는 중이었는데, 마오마오는 저택을 보고 고개를 살짝 갸웃거렸다.

저택 자체는 으리으리하지만 다소 쓸쓸한 분위기가 풍겼던 탓이었다. 마오마오를 마중 나온 하인들도, 저택의 규모에 비하면 수가 적었다.

"하인이 적어서 미안하게 됐네."

'딱히 그런 생각은 안 했는데요'라고 대꾸해야 하겠지만, 마오마오는 애당초 듣기 좋은 말을 할 줄 모르는 인간이다.

"여긴 원래 별장이야. 본가는 숙부님에게 빼앗겼거든."

"그랬군요."

어쩐지 이런 쓸쓸한 곳에서 살고 있다 했다. 야오의 집안이 번듯하다는 사실은 잘 알고 있었지만 어째서 의관 보조 관녀가 되려 했는지, 또 유난히 향학열이 높은 이유가 무엇인지를 이제야 알 것 같은 기분이었다.

"옌옌도 전에 일을 그만둔 적이 있었는데 결국은 돌아왔어. 나를 모셔 봤자 출세할 수도 없을 텐데 말이야."

야오의 부친은 이미 세상을 떠났다고 한다. 유산은 있지만 가문은 숙부가 이었다. 리국에서는 여자가 남자를 따르는 것이 관습이다. 숙부가 가주가 되었다면 야오에게는 앞으로 숙부가 시키는 대로 결혼하는 미래밖에 없을 것이다.

'일을 배우려 했던 것도….'

다부진 야오가 그 운명에 저항하기 위해 선택한 하나의 수단이었는지도 모른다.

"옌옌도 참 아까운 짓을 했어. 달의 귀인 눈에 제법 들었던 모양이던데."

"그러게요."

진시가 옌옌을 마음에 들어 한 이유를 왠지 알 것 같은 기분이었다. 마오마오가 이런 말을 할 자격도 없긴 하지만, 진시는 상당히 비뚤어진 인물이다. 자신을 지나치게 좋아하는 상대보다, 필요 최소한의 접촉만으로 끝내려 하는 상대와 함께 있는 편을 더 편안하게 느끼는 성품이다.

앞으로 진시가 어떤 행동을 취할지 조금 걱정이 되긴 했지만 한동안은 괜찮을 거라고 마오마오는 생각하고 있다.

"옌옌이라면 어딜 가서도 잘 해낼 수 있겠지."

"옌옌은 오히려 야오 씨 밑에 있어야 진가를 발휘할 수 있을 거라고 생각하는데요."

지나치게 발휘하다 못해 폭주할 때가 있다는 게 무서울 정도다. 특히 야오의 가슴으로 말하자면, 항상 필요한 영양소를 생각하면서 키워 왔을 게 틀림없다.

'어떤 음식들을 먹었는지, 꼭 나중에 일람을 물어봐야겠어.'

마오마오의 양손이 꾸물꾸물 춤을 추었다.

"그래. 그래서 떨어뜨려 놓으려고 했는데, 정말 안 되겠어. 나 하나만 못쓰게 되는 게 아니야. 무슨 일이 있어도 옌옌에게는 내가 필요하다고 하니, 어쩔 수가 없어."

뭐랄까, 평소에는 늘 쌀쌀맞다가 어쩌다 한 번씩 다정하게 구는 부분도 옌옌에게는 엄청난 매력으로 느껴지는 모양이다. 만일 야오가 시집이라도 가게 되면 어떤 반응을 보일지 정말 기대가 된다.

"정말 할 수 없다니까."

야오는 그렇게 말하며 마오마오를 흘끔 쳐다보았다.

"마오마오는 우리한테 비밀로 하고 이런저런 일을 하고 있지?"

"무슨 말인가요?"

마오마오는 시치미 뚝 떼고 모르는 척을 했다. 죄책감은 느껴졌다. 아무리 살아났다고는 하나, 야오에게 맹독을 먹인 범인을 자신이 살려 놓은 꼴이 되었으니 말이다. 그리고 표면상 야오는 독 시식에 실패하고, 심지어 요인을 죽게 만들었다는 오명까지 뒤집어쓰고 말았다.

'득 본 게 하나도 없지.'

"난 원래 이렇게 극진한 대접을 받을 처지가 아니라고 생각해. 실수만 했잖아. 하지만 실제로는 정중한 대우를 받고, 앞으로도 계속 일을 할 수가 있지. 세상이 이렇게 만만하다고 생각할 만큼 어린애는 아니야."

"…으."

"아무 말 안 해도 돼. 이건 그냥 내 혼잣말이야. 마오마오는 그냥 멍한 얼굴로 차나 마시고 있어."

야오가 청산유수처럼 말을 늘어놓았다.

"나는 처분이 내려지지 않은 만큼 주위에서 나를 봐주고 있다고 생각해. 또 그만큼 내가 상대가 되지 않는다는 것도 알아. 여기서 이러쿵저러쿵 떠들어 봤자 현명한 짓은 아니라고 생각하니까, 이렇게 입 밖으로 내는 것도 어른스럽지 못하다는 증거이긴 하겠지만 이 정도는 말하게 해 줬으면 좋겠어. 그래, 이건 어디까지나 내 혼잣말이야."

사건이 겉으로 드러난 형태와는 다른 방식으로 끝났다는 사실을 어렴풋이 느끼고 있는 모양이었다. 야오 말고도 수상하게 여기는 사람은 더 많이 있으리라. 하지만 아무 일 없었던 것으로 해 두는 게 가장 현명한 방법이라고 생각하기에, 다들 입을 다물고 있을 뿐이다.

"하지만 만약 그게 옌옌에게 알려지면 무슨 짓을 저지를지 몰라. 내가 수긍했다 해도 내 말조차 안 들을 수도 있어. 그러니까 옌옌에게는 절대 들키지 않도록 조심해 줘."

하기야 옌옌이라면 이번 일을 수상하게 생각할 수도 있다. 만일 독을 탄 진범이 누구인지 알게 되고, 그 범인이 살아 있다는 사실을 알면 야오 대신 복수를 하러 갈지도 모른다.

"나는 옌옌이 이상한 짓을 저지르는 바람에 내 출세까지 방해받는 걸 원치 않아. 알겠지? 그게 전부야."

역시나 쌀쌀맞으면서도 다정한 말투였다.

이번 사건은 이것으로 끝났다. 위에서 그렇게 정한 이상 마오마오에게도 끝일 수밖에 없다.

괜히 헤집고 다니는 건 바람직하지 못하다.

"저는 귀가 안 좋아서 이야기를 제대로 못 들었는데요. 그런 걸로 해 두면 되겠죠?"

"어머, 그거 정말 불쌍하네."

야오가 살짝 장난기를 섞어 대꾸했다. 앞으로 며칠만 더 지나면 야오도 원래 직무로 복귀하게 된다는 이야기를 나눈 뒤, 마오마오는 저택을 뒤로했다.

오늘은 휴일이므로 평소와 달리 마차는 타지 않는다. 조금 멀긴 하지만 걸어서 돌아가기로 했다.

어린아이가 벌레 채집 상자를 들고 달려갔다. 축제의 소란스러움도 가라앉고, 거리에는 나른한 분위기만이 가득한 듯 보였다.

거리 사람들은 이국 무녀가 죽은 일 따위는 그저 한때의 화젯거리로 삼고 끝냈을 것이다. 축제의 여운도 전부 사라지고 일상으로 돌아갔다.

마오마오는 어느덧 싸늘해진 바람에 코를 훌쩍이며 귀로에 올랐다.

약사의 혼잣말 7권 마침

약사의 혼잣말

약사의 혼잣말 [7]

2019년 10월 10일 초판 발행
2024년 4월 10일 2쇄 발행

저자	휴우가 나츠
일러스트	시노 토우코
옮긴이	김예진

발행인	정동훈
편집인	여영아
편집 팀장	황정아 김은실
편집	노혜림

발행처	(주)학산문화사
등록	1995년 7월 1일
등록번호	제3-632호
주소	서울특별시 동작구 상도로 282 학산빌딩
편집부	02-828-8838
영업부	02-828-8986

ISBN 979-11-348-2401-3 04830
ISBN 979-11-348-1428-1 (세트)

값 9,000원